Jill Childs

Das Klippenmädchen

atb aufbau taschenbuch

Jill Childs hat schon immer Geschichten geliebt, echte und erfundene. Über dreißig Jahre lang bereiste sie als Journalistin die ganze Welt – je nachdem, wohin die Nachrichten sie führten. Heute lebt sie als Autorin mit ihrem Mann und ihren Zwillingen in London.

Nina Restemeier begann zunächst, Literaturwissenschaft zu studieren, stellte aber schnell fest, dass sie lieber *mit* Literatur statt *über* Literatur arbeitet. Seit sie in Düsseldorf den Diplomstudiengang Literaturübersetzen für die Sprachen Englisch und Italienisch abschloss, ist sie als freie Übersetzerin und Lektorin tätig.

Sophie hat das Gefühl, dass ihr alles entgleitet. Da kommt die Einladung ihrer Jugendfreundin Caroline gerade recht, sie und ihre Familie in ihrem wunderschönen, einsam gelegenen Strandhaus zu besuchen. In den letzten Jahren ist der Kontakt der beiden Frauen immer mehr eingeschlafen, und Sophie freut sich darauf, ihre Freundschaft mit Caroline wieder zu vertiefen und am Meer etwas zur Ruhe kommen zu können. Doch als sie dort ankommt, findet sie ihre Freundin völlig verändert vor. Caroline, die früher warmherzig und selbstbewusst war, ist nun verschlossen, nervös und verbringt viel Zeit alleine, fernab ihrer Familie. Carolines Mann ist kaum da, kommt nur am Wochenende nach Hause. Und die kleine Tochter Lucy hat kurz nach dem Einzug in das Haus aufgehört zu sprechen. Was hat das Mädchen erlebt? Und warum hat Caroline Sophie hierher eingeladen?

Eines Nachts wird Sophie von einem Schrei geweckt. Als sie zu Hilfe eilen möchte, trifft sie auf Lucy, die am Dachbodenfenster steht und entsetzt hinausstarrt. Beim Blick aus dem Fenster gefriert Sophie das Blut in den Adern …

JILL CHILDS

DAS KLIPPEN MÄDCHEN

THRILLER

Aus dem Englischen
von Nina Restemeier

atb aufbau taschenbuch

Die Originalausgabe unter dem Titel
The First Wife
erschien 2020 bei Bookouture, London.

MIX
Papier | Fördert gute Waldnutzung
FSC® C083411

ISBN 978-3-7466-4193-5

Aufbau Taschenbuch ist eine Marke
der Aufbau Verlage GmbH & Co. KG

1. Auflage 2025

www.aufbau-verlage.de
10969 Berlin, Prinzenstraße 85

Bei Fragen zur Sicherheit unserer Produkte wenden Sie sich bitte an
produktsicherheit@aufbau-verlage.de.
Umschlaggestaltung Grit Bomhauer
graphische Adaption www.buerosued.de, München
unter Verwendung von Motiven von © Shutterstock / elegeyda,
morrowlight, Tongsai, Tongsai, Rak ter samer, BG Plus2, Miloje,
schankz und Phordi Hinthong
Satz LVD GmbH, Berlin
Druck und Binden CPI books GmbH, Leck, Germany

Printed in Germany

Für Sheila

PROLOG

Ich liege im Dunklen auf dem feuchten, borstigen Gras und muss mich anstrengen, um die Felsen und die Brandung unter mir auszumachen. Salziger Wind schmirgelt mir übers Gesicht. In der Abendstille steigt das Donnern der Wellen laut zu mir auf.

Ich kann das Meer nicht sehen, aber ich weiß, es ist da, ganz nah, und wartet auf mich – wie der Tod. Ein unermessliches Nichts. Der Rand der flachen Erde.

Zwischen den dünnen, vereinzelten Wolkenfetzen, die über mir vorüberziehen, kämpft der Mond darum, sich zu erneuern.

Andere Menschen würden sich daran erfreuen: »Schau mal, der Mond, wie schön. Er erinnert mich immer daran, wie gut wir es haben. Wie gesegnet wir sind.«

Andere Menschen vielleicht.

Ich robbe vorwärts, bis mein Kopf über den Abhang ragt. Wo die Wellen gegen die Felsen schlagen, blitzen hier und da Schaumkronen auf. Ihr Echo hallt nach, bevor es wieder still wird.

Ich könnte springen.

Bei der Vorstellung setzt mein Herz aus. Ich spüre förmlich, wie ich einen Satz ins Nichts mache. Ein paar endlose Sekunden fühlt es sich an wie Fliegen. Die Beine strampeln in der Leere, die Arme weit ausgebreitet. Unten lauern die Felsen – Krokodile mit aufgerissenen Mäulern. Ich sehe mich selbst dort unten, wie ich mit zerschmettertem, verdrehtem Körper und gespaltenem Schädel darauf liege.

Vorsichtig krieche ich vom Abgrund zurück, lege den Kopf auf den Unterarmen ab, schließe die Augen. Das Blut rauscht mir in den Ohren, und ich warte, konzentriere mich auf meine Atmung, bis sie sich langsam wieder beruhigt. Ich bin noch da, Körper und Seele noch immer eine Einheit. Das ist eine Erleichterung. Eine Offenbarung. Aber wie lange noch?

Und plötzlich weiß ich es. Während ich zitternd und schwach auf dem rauen Gras liege, purzeln die Ideen in meinem Kopf durcheinander, noch eine und noch eine, und ein Plan entsteht. Mein Plan. Ich werde mich rächen. Es gibt einen Weg. Wieder beschleunigt sich mein Atem. Hitze steigt mir in die Wangen.

Bald, wenn meine Kraft zurückgekehrt ist, werde ich von dieser Klippe fortkriechen und nach Hause gehen. Ich werde mir die nassen Sachen ausziehen und mich in einen Morgenmantel kuscheln, und wenn meine Hände nicht mehr zittern, werde ich den Laptop einschalten und meiner alten Freundin Sophie eine lange E-Mail schreiben, auf die sie reagieren muss.

Ich werde sie zu uns einladen. Werde sie drängen. Noch nicht, solange es ihrem Vater so schlecht geht. Aber so bald wie möglich, wenn sich die Wogen in ihrem Privatleben geglättet haben.

Sophie, meine Liebe, würdest du mir diesen Gefallen tun? Ich glaube, der richtige Zeitpunkt ist gekommen.

Ich drehe mich auf den Rücken und spüre den kühlen Wind auf dem Gesicht, auf meinem Körper. Als ich die Augen öffne, blicke ich in gleißende Helligkeit, und ich bin so geblendet, dass Flecken und seltsame, wabernde Formen vor meinen Augen tanzen. Und als ich blinzele, bewegen sie sich und flimmern, und es fällt mir schwerer denn je, zu unterscheiden, was echt ist und was nicht.

KAPITEL 1

SOPHIE

In meiner letzten Nacht zu Hause, der allerletzten in dem Häuschen, in dem Mum, Dad und ich so lange gewohnt hatten, träumte ich wieder von dem Mord.

Ich schreckte aus dem Schlaf, lag schwitzend und stocksteif da und starrte mit weit aufgerissenen Augen an die Decke, an der die dünnen Schatten der im Wind schwankenden Bäume draußen zuckten. Mein Herz pochte. Eine Weile lag ich einfach da, ohne dem Schrecken des Traums entfliehen zu können. Der gleiche Traum wie schon früher. Keine Gewalt. Kein Blut. Keine Darstellung des tatsächlichen Todes. Nur die Übelkeit erregende Gewissheit, dass ich irgendwie einen schrecklichen Mord, das ultimative Verbrechen, begangen hatte, und die entsetzliche Furcht, dass irgendjemand wusste, was ich getan hatte.

Zitternd lag ich da und zwang mich, ruhig zu atmen. *Es war nur ein Traum.* Ich hatte keinen Mord begangen, nicht im wahren Leben. Mir drohte kein Leben hinter Schloss und Riegel. Nur ein Traum.

Ich drehte mich auf die Seite und schaute auf mein Handy. Zehn nach vier. Ich kroch aus dem Schlafsack und tappte die Treppe hinunter.

Die Küchenfliesen waren kalt. Noch halb im Schlaf wollte ich mir ein Glas Wasser holen, öffnete den Küchenschrank und sah nur leere Bretter. Die frisch geputzten Oberflächen, bereit für den Verkauf, glänzten gespenstisch in der Dunkelheit. Sogar die Geräusche waren anders. Hohl. Ohne das vertraute Durcheinander der Möbel kamen mir die Zimmer fremd vor. Alles war eingepackt, und nur ein paar Erinnerungsstücke – wir besaßen nichts von großem Wert – eingelagert für eine Zukunft, die ich mir noch nicht recht vorstellen konnte.

Am Spülbecken drehte ich den Hahn auf, trank aus der hohlen Hand und begann zu zittern. Ich schlürfte lautstark, kam mir vor wie ein ungezogenes Kind, und als ich mich umdrehte, fühlte ich eher, als dass ich sie sah, die strenge Gestalt meiner Mutter am anderen Ende der Anrichte. Ich blinzelte im Dunklen. Nichts außer Staub und Schatten.

Ich schlich wieder nach oben und kroch zurück in den Schlafsack, rollte mich, so gut es ging, darin zusammen. Meine Füße waren eiskalt. Ich hatte Kopfschmerzen und wollte bloß weiterschlafen, aber jetzt war ich wach, und mein Magen krampfte sich zusammen, während ich mich an die letzten Augenblicke hier klammerte und versuchte, mir alles genau einzuprägen. Jede knarzende Bodendiele, jede windschiefe Türöffnung, das verblassende Muster der Tapeten.

Ich schloss die Augen, ließ die Dunkelheit glitzern und schimmern und wartete darauf, dass der Tag anbrach.

Verschwitzt und zerzaust stieg ich aus dem Zug und kämpfte mich mit meinen beiden Rollkoffern durch den unbekannten Bahnhof. Der Rucksack auf dem Rücken und die Handtasche vor der Brust zogen mich nach unten.

Auf dem Bahnhofsvorplatz blieb ich stehen und schaute mich um. Von Caroline war weit und breit nichts zu sehen.

Ich warf einen Blick aufs Handy. Sie hatte immer noch

nicht auf die Nachricht geantwortet, die ich ihr aus dem Zug geschickt und in der ich ihr meine Ankunftszeit mitgeteilt hatte. Plötzlich kam ich mir sehr dumm vor. Ich hätte sie gestern noch einmal anrufen sollen, zur Bestätigung. Aber die letzten Wochen waren so voll von Notaren und Möbelpackern und Immobilienmaklern gewesen.

Dabei hatte Caroline in ihrer letzten Mail so dringend geklungen. *Komm einfach her, bitte*, hatte sie geschrieben. *Steig in den ersten Zug, den du nehmen kannst. Ich werde da sein und hole dich vom Bahnhof ab.*

Ich rief auf ihrem Handy an und ließ es klingeln. Keine Reaktion. Ich schickte noch eine Nachricht, inzwischen weniger zuversichtlich. *Hi, Caroline, ich bin da. Kannst du mich abholen?*

Während ich überlegte, was ich machen sollte, sah ich mich nach einer Sitzgelegenheit um. Ein Stück die Straße hinunter war ein Café, direkt am Ende der Kiss-and-Ride-Zone. Ich stolperte hinein und stellte mein Gepäck in einer Ecke ab. Es war ein seelenloser Ort, altmodisch und spartanisch eingerichtet. Eine rotgesichtige Kellnerin stützte sich mit den Ellenbogen auf den Tresen und starrte stumpf ins Leere, als könnte sie nichts mehr überraschen.

Ich trank eine Tasse schlechten Kaffee und ließ mein Telefon nicht aus den Augen. Immer noch keine Nachricht und kein verpasster Anruf. Ich ging noch einmal Carolines Mails durch. Die letzten Monate, seit Dad so überstürzt ins Krankenhaus gekommen war, hatten wir keinen Kontakt mehr gehabt, aber ich war mir sicher, dass sie mir eine Festnetznummer geschickt hatte, zusammen mit ihrer neuen Adresse, als sie Anfang des Jahres in das neue Haus gezogen war.

Als ich die Nummer endlich gefunden hatte, nahm sie schon nach ein paarmal Klingeln ab. Es war seltsam, nach so langer Zeit ihre Stimme zu hören.

»Hallo?«

»Caroline?«

»Wer spricht da bitte?« Sie klang förmlich und ein wenig außer Atem, als wäre sie aus einem anderen Teil des Hauses zum Telefon gelaufen und in Gedanken immer noch dort.

»Ich bin's, Sophie. Ich bin am Bahnhof. Hast du meine Nachricht nicht bekommen?«

Pause. »Was? In Billingslow?« Sie kreischte auf. »Meine Güte, Sophie!«

Ich lächelte. Dieses Kreischen. Es versetzte mich sofort zurück in unsere Schulzeit. Es war, als wären nicht über zwanzig Jahre vergangen.

»Du hast mir geschrieben?«, stieß sie hervor. »An die neue Nummer oder die alte?«

»An die, die du mir im März geschickt hast. Hast du eine neue? Wie auch immer, ich bin jetzt da.«

Ich blickte hinaus in den trüben, wolkenverhangenen Himmel. Ein Bus fuhr vor und blieb eine Weile mit laufendem Motor stehen. »Ich bin in einem Café, bei der Bushaltestelle.«

»Oh nein, nicht diese Absteige.« Ihr Lachen war ansteckend. »Halte durch, ich komme sofort.«

Krachend wurde das Telefon aufgelegt.

Meine Laune besserte sich schlagartig, und ich freute mich darauf, sie zu sehen. Ich war hierhergekommen, weil Caroline in ihrer letzten Mail – die sie mir geschrieben hatte, als mein Vater ins Krankenhaus gekommen war und um sein Leben kämpfte – so verzweifelt geklungen hatte. Und weil ich nun, da er nicht mehr war, auf einmal das Bedürfnis verspürte, sie zu sehen. Caroline kannte ihn noch von damals, als wir beide Kinder waren. Auch wenn viele Jahre vergangen waren, seit wir uns tatsächlich gesehen hatten, würde sie mich verstehen.

Ich betrachtete den wartenden Bus und ließ die Gedanken schweifen. Eine junge Frau kam eilig aus dem Bahnhof, an der Hand zog sie ein vier- oder fünfjähriges Mädchen hinter sich her. Die fellbesetzte Kapuze rutschte der Kleinen vom Kopf, als sie über den Vorplatz zum Bus liefen. Ihre Haare waren zu zwei dünnen Zöpfen geflochten, die ihr über den Rücken fielen.

Ich stellte mir vor, wie die junge Frau mit geschickten Bewegungen die Haare kämmte und flocht. Hatte der Kamm geziept, hatte das Mädchen geschrien und sich gewehrt und war dafür gescholten worden? War sie so eine Mutter? Oder war sie langsam und vorsichtig gewesen und hatte, als sie fertig war, ihrer Tochter einen Kuss auf den Scheitel gegeben, so wie meine Mutter immer? So wie ich es mit meiner Tochter getan hätte? Ich schüttelte den Kopf und rutschte auf meinem Stuhl hin und her, versuchte, den Kloß im Hals hinunterzuschlucken.

Ich hatte meiner Mutter nicht glauben wollen, als sie mich gewarnt hatte. »Ach, Sophie, verschwende deine Zeit nicht«, hatte sie gesagt, als ich ihr endlich von Andrew erzählt hatte. »Selbst wenn er seine Frau verlässt, was für ein Mann ist er dann? Könntest du ihm je vertrauen?«

Ich hatte bloß mit den Achseln gezuckt und mich abgewandt. Ich glaubte, sie verstand nicht, dass Andrew – der lustige, schlaue Andrew – nicht so einer war. Aber natürlich hatte sie recht. All die Jahre hatte ich gewartet, mir Hoffnungen gemacht, doch er hatte seine Frau und seine Kinder nie verlassen. Als ich endlich die Kraft fand, die Sache zu beenden, war ich vereinsamt, Mitte dreißig und lebte wieder zu Hause, um meinen Dad zu pflegen. Was blieb mir jetzt noch, nun, da ich ohne Partner auf die vierzig zuging?

Die Tür zum Café flog auf, und ein Schwall kalter Luft drang herein.

»Sophie?«

Eine laute Stimme, selbstbewusst und durchdringend. Ich drehte mich um. Caroline? Sie lüpfte die Sonnenbrille, um mich anzusehen, während sie auf meinen Tisch zusteuerte. Nur Caroline trug an einem grauen Septembertag eine Designersonnenbrille. Sie ließ den Blick über mein mausbraunes Haar schweifen, das nach der langen Reise zerzaust und strähnig war. Über meinen alten Anorak und die zerknitterten, von zu häufigem Tragen ausgebeulten Jeans. Die klobigen Schnürschuhe.

Ich zögerte unsicher. »Tut mir leid, ist das …?«

Ein Lächeln breitete sich auf ihrem Gesicht aus. »Es tut dir leid? Was denn? Ich fasse es nicht, dass du da bist.«

Sie musterte den Gepäckhaufen zu meinen Füßen, schwang sich den Rucksack auf die Schulter und griff nach einem Koffer.

»Na komm, gehen wir.«

Ich grinste, als ich den Rest nahm und ihr nach draußen folgte. Ich war wieder zehn Jahre alt, die sozial Unbeholfene, die immer als Letzte in die Mannschaft gewählt wurde und sich wunderte, warum ausgerechnet die hübsche, reiche Caroline ihre Hand genommen und sie im Schulbus auf den Platz neben sich gezogen hatte.

Sie fuhr schnell und sicher. Ihr Auto war ein flacher Sportwagen, und ich fühlte mich unwohl neben ihr, so knapp über der unter uns vorbeiziehenden Straße, und lehnte mich auf dem Beifahrersitz weit nach hinten. Sie schwieg, und mir war nicht danach, das Schweigen zu brechen. Ich sah einfach zu, wie die Vorstadtszenerie langsam Feldern und schließlich dem offenen Land wich. Es war eine raue, windgepeitschte Landschaft mit borstigem Gras, Ginster und knorrigen, windschiefen Bäumen.

Irgendwann nahm ich meinen Mut zusammen, richtete mich auf dem Sitz so weit auf, wie ich konnte, und warf ihr verstohlene Blicke zu. Ich war mir nicht sicher, ob ich sie nach all den Jahren überhaupt wiedererkannt hätte. Sie war immer noch herrisch, immer noch attraktiv, aber auf eine andere Weise. Das dünne junge Mädchen war breiter und kräftiger geworden. Die Arme am Lenkrad wirkten muskulöser. Ihre Haare waren immer noch blond, aber nicht mehr ganz so glänzend, als wären sie gefärbt, vielleicht um die ersten grauen Strähnen zu vertuschen. Graue Sprenkel trübten ihre hellblauen Augen.

Auch ihre Wangen waren voller. Ihr ganzes Gesicht war breiter geworden, als hätten sich mit zunehmendem Alter ihre Knochen ausgedehnt. Ich dachte an ihre Mutter, die immer so elfengleich und elegant gewesen war. Ich war davon ausgegangen, dass Caroline genauso altern würde.

Sie sah mich von der Seite an. »Alles in Ordnung?«

Ich errötete beschämt, weil sie mich beim Glotzen erwischt hatte, und schaute nach vorn auf die Straße, die stetig schmaler wurde und von einem schlammigen Graben gesäumt war.

Sie fuhr fort: »Ich habe mich gerade gefragt, wie lange es her ist.«

Ich nickte. »Ja, ich mich auch. Fünfundzwanzig Jahre?« Ich ließ es wie eine Frage klingen, dabei war ich mir längst sicher. Wir waren gerade elf geworden, als wir nicht mehr zusammen zur Schule gingen. Während ich auf die örtliche weiterführende Schule kam, zog Carolines Familie nach Singapur. Danach New York. Dann Hongkong.

In all diesen Jahren, vor allem während unserer Teenagerzeit, labte ich mich an ihren Briefen, später an ihren E-Mails. Sie kamen unregelmäßig, dazwischen konnten Monate oder sogar Jahre vergehen. Ihr Leben klang so exotisch. Ich war nicht neidisch, ich war stolz. Es schien, als hätte ich einen Filmstar zur Freundin. Ihre Familie war ganz anders als meine. Das wusste ich. Es lag nicht nur am Geld. Sie waren einfach aus anderem Holz geschnitzt.

»Lieber Himmel, ein Vierteljahrhundert. Jetzt fühle ich mich alt.« Sie lachte.

Ihre Augen waren auf die Straße gerichtet, als sie bei voller Geschwindigkeit eine enge Kurve nahm und dann scharf bremsen musste, um die Kontrolle über den Wagen nicht zu verlieren und uns wieder sicher auf unsere Fahrbahn zu steuern. Sie schürzte die leuchtend roten Lippen.

Es war seltsam, sie wiederzusehen. Sie kam mir vor wie eine Fremde, obwohl ich in den letzten Jahren so oft an sie gedacht hatte. Ich erinnerte mich an die lange E-Mail, die sie mir nach ihrer Hochzeit geschickt hatte. Sie klang so glücklich, es schien das perfekte Happy End zu ihrer märchenhaften Romanze dort drüben in Hongkong.

Ich hatte Mum angerufen und ihr alles erzählt, alle Details, die Caroline mir beschrieben hatte. Wie hübsch sie ausgesehen haben musste, wie ungezwungen elegant. Nach der Trauung hatten sie zum Empfang auf dem Victoria Peak geladen, eisgekühlter Champagner gegen die Hitze mit Blick auf den Hafen.

Meine Mutter sagte: »Aber du warst nicht eingeladen, nicht wahr?«

Ich zögerte. Sie hatte Caroline nie gemocht, nicht einmal, als wir noch Kinder waren. *Du vergötterst sie*, sagte sie immer mit gekräuselten Lippen. *Sie ist nur deine Freundin, wenn es ihr gerade passt.*

»Das habe ich auch gar nicht erwartet. Sie weiß ja, dass ich nicht hätte kommen können.«

Ihr Schnauben war durch die Telefonleitung zu hören. »Wenn sie dich wirklich hätte dabeihaben wollen, hätte sie dir den Flug bezahlen können. Sie hat genug Geld. Wie lange seid ihr schon befreundet?«

Ich antwortete nicht. Das musste ich auch nicht. Ich wusste, was sie dachte.

Nach einer Weile sagte sie, nun etwas nachdenklicher: »Und außerdem, wer weiß? Vielleicht ist es gar nicht das Märchen, für das du es hältst.«

Nicht einmal einen Monat später war meine Mutter tot, überfahren von einem Betrunkenen, der auf den Gehweg krachte, als sie nach ihrer Schicht im Krankenhaus zur Bushaltestelle ging. Und ich war wieder zu Hause eingezogen, um mich um Dad zu kümmern. *Nur eine Weile*, hatte ich mir eingeredet. *Nur, bis er wieder Fuß gefasst hat.*

Jetzt sagte ich: »Ich kann nicht glauben, dass du zurück bist.«

Caroline zuckte mit den Achseln, die Augen auf die Straße gerichtet. »Es ist wegen Lucy. Ich liebe Hongkong, aber es ist nichts für Kinder.«

Sie fuhr um eine weitere enge Kurve. Die Straße war kaum breit genug für zwei Autos, und das Licht wurde mit der zunehmenden Dämmerung schwächer. Ein salziger Geruch wehte zu mir herüber. Wir mussten uns dem Meer nähern.

»Wie alt ist sie jetzt?« Der Gedanke, sie zu sehen, machte mich nervös. Ich hatte alle Fotos aufbewahrt, die Caroline mir über die Jahre geschickt hatte. Viele waren es nicht gewesen. Das verknautschte Baby, in weißes Leinen gewickelt. Das strahlende Kleinkind mit dem schokoladenverschmierten Gesicht. Die Zweieinhalbjährige in Shorts und T-Shirt, das schulterlange Haar zu zwei Zöpfchen zusammengebunden, lachend und mit großen Augen. Ihr Anblick hatte etwas in mir geweckt, eine Sehnsucht, die ich inzwischen weggeschlossen hatte. »Drei?«

»Dreieinhalb.« Immer noch behielt sie die Straße im Blick.

Ich nickte, dachte darüber nach und fragte mich, wo sie wohl gerade war. Wie konnte Caroline mit einem kleinen Kind immer noch so frei und glamourös wirken? »Geht sie in den Kindergarten?«

»Nein, wir haben eine Nanny, die bei uns lebt. Tanya. Eine Bulgarin. Sie ist nicht perfekt, aber man darf nicht wählerisch sein.«

Ich versuchte, mir vorzustellen, wie es für Lucy gewesen sein musste, von dem Luxusleben in Hongkong in die wilde Ecke eines Landes zu kommen, das sie kaum kannte. »Hat sie sich gut eingelebt?«

»Denke schon.«

Wieder verfielen wir für eine Weile in Schweigen, und mir wurde erst klar, dass sie in Gedanken immer noch in Hongkong war, als sie sagte: »Schade, dass du uns nie besucht hast. Du hast echt was verpasst.«

Ich antwortete nicht. Sie ging so mühelos darüber hinweg, dass ich mir das gar nicht hätte leisten können. Und selbst wenn, sie hatte mich nie explizit eingeladen. Immer nur vage Bemerkungen am Ende ihrer ausschweifenden E-Mails, in denen sie einen Besuch andeutete, aber es nie wirklich ernst zu meinen schien.

Sie bog auf einen Feldweg ein, der so holprig war, dass wir im Sportwagen durchgerüttelt wurden.

»Halt deinen Hut fest.«

Ich klammerte mich an den Haltegriff, während ich von einer Seite zur anderen geschleudert wurde. Ich wollte sie bitten, langsamer zu fahren, aber so, dass es wie ein Scherz klang. »Ruhig, Brauner« oder so etwas Ähnliches. Doch ihre Augen leuchteten begeistert, also klappte ich den Mund wieder zu.

»Schau nach vorn. Gleich ist es so weit.«

Erbittert krallte ich mich fest und blickte in die zunehmende Dunkelheit. Sie fuhr um eine weitere Kurve, folgte dem holprigen Weg entlang einer Reihe von windschiefen Bäumen. Sie neigten sich seitwärts, wandten sich elegant von der Küste ab.

Einen Augenblick später durchfuhren wir ein offenes schmiedeeisernes Tor in einer hohen Umfassungsmauer. Das wilde Gestrüpp draußen wich einer gepflegteren Landschaft: ein kleines Wäldchen mit Eichen, Buchen und einigen Büschen zwischen Nadelbäumen. Der Feldweg ging in eine Kiesauffahrt über. Caroline öffnete das Fenster einen Spalt, und kalte, salzige Luft strömte herein, zusammen mit dem Knirschen der Räder auf den losen Steinen.

»Ich sage Dom ständig, er soll eine richtige Straße daraus machen«, sagte sie. »Und diese Bäume fällen. Es ist so ein Urwald.« Irgendetwas an ihrer Stimmung veränderte sich. Sie wirkte jetzt fröhlicher, glücklich, zu Hause zu sein. »Du kennst ja Dom und seine Allüren. Er hält sich hier draußen für den Gutsherrn. Du kannst es dir vorstellen.«

Konnte ich nicht. Ich hatte Dominic nie kennengelernt. Was er wohl von mir halten würde? Nach allem, was Caroline erzählt hatte, hatten wir nicht viel gemeinsam.

Ich erschauderte. Sie machte eine schwungvolle Linkskurve, wobei sie Steinchen aufwirbelte, und kam zum Stehen. Ich blieb sitzen und starrte hinaus. Das Haus zeichnete sich düster und imposant vor dem sich verdunkelnden Himmel ab. Es war nicht groß genug für ein Herrenhaus, aber mit dem Türmchen auf der einen Seite und einem einzelnen hohen Schornstein wirkte es wie eines. Die Dachziegel auf den schrägen, unregelmäßigen Dachflächen glänzten im letzten Sonnenlicht. Große Sprossenfenster und hoch oben unter dem Dach vergitterte Fenster. Eine vorspringende Veranda in der Mitte des Hauses erwartete uns.

Caroline löste ihren Gurt und stieg aus. Als sie achtlos die Tür hinter sich zuschlug, drang ein weiterer Schwall kalter Seeluft zu mir herein. Ich konnte mich nicht rühren. Keine Ahnung, warum, aber plötzlich hatte ich Angst und wollte nicht aus dem sicheren Auto aussteigen. Ich gehörte nicht hierher. Passte nicht in ihre Welt. Ich konnte nicht so tun, als wäre ich wie sie. Das Gewicht des Tages lastete auf mir. Noch heute Morgen war ich zu Hause aufgewacht, in meinem Elternhaus, in das ich nie zurückkehren würde. Einen Moment lang fühlte ich mich völlig hilflos und biss mir auf die Lippe, damit ich nicht in Tränen ausbrach.

Caroline riss die Beifahrertür auf, meinen Rucksack auf der Schulter. Die raue, salzige Brise schlug mir entgegen. Sie brachte den Rhythmus des Meeres mit sich, das Geräusch der Wellen, die in der Ferne auf einen Kieselstrand brandeten. Ich fröstelte.

»Na komm. Du kannst doch nicht den ganzen Abend hier sitzen.« Caroline nickte in Richtung Kofferraum. »Nimm einfach deine Tasche. Dom kann die Koffer holen.«

Mit klappernden Schlüsseln öffnete sie die Haustür. Ich trat in die großzügige Eingangshalle und sog den Geruch des Hauses ein. Frische Farbe über dem Muff von altem Mauerwerk und einem Hauch salziger Feuchte.

Sie deutete auf die Treppe. »Da ist das Gästezimmer. Erster Stock, gleich die erste Tür. Es hat ein eigenes Bad, falls du dich frisch machen möchtest. Ich hoffe, es ist in Ordnung. Tee?«

Ich wuchtete mir den Rucksack auf die Schulter, nahm die Tasche vom Boden und stieg die Treppe hinauf. Sie war breit und beeindruckend, drehte sich am ersten Absatz um hundertachtzig Grad und führte in Richtung des Hauptteils weiter hinauf. Ich trat durch die vorderste Tür, ließ das Gepäck fallen und tastete nach dem Lichtschalter.

Es war ein geräumiges Gästezimmer, frisch gestrichen in hellem Grün. An der gegenüberliegenden Seite befanden sich große Fenster. In der Mitte, an der rechten Wand, nahm ein großes Doppelbett den Raum ein. Über dem Kopfende hing ein Wandteppich mit grün-braunem Saum. Ich trat näher heran. Es war sorgfältige Handarbeit, bestickt mit den Figuren Dutzender Kinder, die Drachen steigen ließen, einander jagten oder mit Bällen und Reifen spielten.

Ich blinzelte. Er war wunderschön und eindeutig einer ihrer Schätze aus Hongkong. Bei seinem Anblick überkam mich plötzlich eine wehmütige Sehnsucht nach diesem exotischen, weit entfernten Ort, der ihnen so vertraut war und den ich vermutlich niemals sehen würde.

Nach ihrem sorglosen Wohlstand, der ihnen all dies ermöglichte. Sogar nach den Kindern, die ich mir immer gewünscht hatte und die ich, wie ich nun langsam akzeptieren musste, wahrscheinlich nie haben würde.

Ich wandte mich ab und ging über den edlen Teppich zum Fenster. Der dramatische Ausblick traf mich mit solcher Wucht, dass ich mich schwer auf die Kissen auf der Fensterbank fallen ließ. Schon auf der Fahrt hierher hatte ich das Gefühl gehabt, das Meer könne nicht weit sein, aber mir war nicht klar gewesen, dass es so nah war, direkt zu meinen Füßen. Ich blickte eine steile Klippe hinunter zu einer zerklüfteten Bucht, wo sich die Wellen brachen und schäumten und sich dann blubbernd und rasselnd über die schwarz glänzenden Kieselsteine zurückzogen.

Als ich mich vorbeugte, wurde mir schwindlig von dem Gefühl, dass die Erde so unvermittelt dem Nichts wich. Ich drückte die Stirn an die Scheibe und schaute hinunter, um zu erkennen, was direkt unter mir lag. Eine schmale Reihe von Sträuchern umrahmte das Haus, und aus meiner Perspektive schien das alles zu sein, was das Gebäude vom Abgrund trennte. Ich ließ den Blick daran entlang bis zur hinteren Ecke des Hauses und der grasbewachsenen Böschung gleiten, eine gemähte Rasenfläche, die zu einem niedrigen Zaun mit einem Holztor hin abfiel. Er trennte das Grundstück von einem steilen Pfad, der zwischen den Felsen und den wilden Grasbüscheln zum Meer hinunterführte.

KAPITEL 2

SOPHIE

»Was hat sie denn da drin? Das Familiensilber?«

Eine Männerstimme im Flur. Tief und voll und kultiviert.

Carolines Stimme aus der Küche, leise und belustigt: »Das bezweifle ich sehr.«

Ich schlich aus der Zimmertür und spähte, verborgen in den Schatten, über das Treppengeländer. Ein Witz auf meine Kosten. Natürlich gab es kein Familiensilber. Aus so einer Familie stammte ich nicht.

Unschlüssig und verletzt blieb ich stehen, überlegte, was ich tun sollte, als der Mann mit meinen Koffern die Treppe hinauf und direkt auf mich zukam. Jetzt konnte ich auch nicht mehr verschwinden. Überrascht sah er mich an.

»Alles in Ordnung? Hast du dich verlaufen?« Er lächelte, seine Zähne blitzten. Er sah schick aus in seinem Poloshirt und den Designerjeans.

»Hallo.« Ich zwang mich zu einem Lächeln, beschämt, weil er mich beim Lauschen ertappt hatte.

»Du musst die lang vermisste Sophie sein. Die unsichtbare Freundin.« Er stellte einen Koffer ab, drückte ihn mit dem Knie gegen die Treppenstufe und streckte die Hand aus. »Dominic.«

»Freut mich.« Sein Händedruck war fest und warm. »Wie geht es dir?«

»Sehr gut, danke. Und dir?« Sein Ton war locker. Er nahm den Koffer wieder auf, ging an mir vorbei und brachte mein Gepäck ins Gästezimmer.

Ich folgte ihm. »Das Haus ist wunderschön.«

»Findest du?« Er stellte die Koffer ab, trat einen Schritt aufs Fenster zu und blickte aufs Meer. Es war grau, der Himmel darüber wolkenverhangen. Die Wellen schwollen an, als der Wind das Wasser aufpeitschte. »Das finde ich auch. Allerdings glaube ich, Caro ist nicht überzeugt. Für sie ist es vielleicht ein bisschen zu wild und rau.« Er unterbrach sich und blickte aufs Wasser hinunter. »Aber ich sitze ja auch nicht die ganze Zeit hier draußen fest. Ich bin nur am Wochenende hier.«

Ich dachte an Carolines E-Mails zurück. *Es wird dir gefallen*, hatte sie geschrieben. *Ganz anders als Hongkong. Bitte komm uns besuchen. Bitte.*

Ich schluckte und blickte ebenfalls auf die tosenden Wellen. »Danke für die Einladung.«

Er zuckte mit den Achseln. »Gern geschehen. Ich hoffe, du langweilst dich nicht zu sehr. Hier ist nicht besonders viel los.« Er musterte mich nachdenklich, und ich fragte mich, was Caroline ihm wohl über mich erzählt hatte. »Jedenfalls schön, dass ich dich noch erwischt habe. Ich muss leider gleich zurück nach London. Da bin ich unter der Woche. Geht nicht anders.« Er zögerte, und ich spürte, dass er sich fragte, ob ich wohl noch da sein würde, wenn er zurückkam. Ich wusste es selbst nicht. Carolines erste Einladung war so vage gewesen: *Komm uns bald besuchen. Du kannst so lange bleiben, wie du magst!* Aber das war Monate her, und tatsächlich war sie auf meinen Besuch nicht vorbereitet gewesen.

Er räusperte sich und wechselte das Thema. »Wie es aussieht, hat Caro gerade ihren ersten Auftrag an Land gezogen. Hat sie dir davon erzählt? Burrels. Die Hotelkette.«

Er bemerkte meinen verständnislosen Blick. Ich hatte

Caroline nie als Unternehmerin gesehen. Sie brauchte nicht zu arbeiten. Ihr Vater hatte ein kleines Vermögen besessen und ihr alles vererbt. Ihr Job in der Personalabteilung hatte immer mehr nach Privatvergnügen als nach Arbeit geklungen, und sie hatte ihn drangegeben, nachdem sie sich mit Dominic verlobt hatte.

»Hat sie ihre Geschäftsidee nicht erwähnt?« Er schüttelte den Kopf. »Nun, dann möchte ich ihr nicht die Show stehlen. Sie will es dir sicher selbst erzählen.« Er lächelte verschwörerisch, und ich wandte den Blick ab. Es lag nicht nur an seinem Äußeren, obwohl er definitiv attraktiv war. Er hatte Ausstrahlung. Es kam mir vor, als würde ich, ohne hinzusehen, wissen, dass er den Raum betreten hatte. Er war einer von diesen Männern, die allein durch ihre Anwesenheit die Atmosphäre aufluden, die Temperatur ansteigen ließen.

»Der Tee ist fertig. Kommt ihr?«, rief Caroline von unten.

Ich zuckte zusammen. Er bemerkte es und lachte.

»Sind schon unterwegs.« Er rauschte an mir vorbei, nahm alle seine Energie mit sich, galoppierte zwei Stufen auf einmal vor mir die Treppe hinunter und verschwand irgendwo im hinteren Teil des Hauses.

Ich ging langsamer und durchquerte die Eingangshalle. Die Küche lag verlassen da.

»Caroline?«

»Hier drüben!«

Ich fand sie in dem großen Wohnzimmer, das sich über die ganze vom Meer abgewandte Seite des Hauses erstreckte. Es hatte einen vorspringenden Erker mit Fenstern an drei Seiten. Die edlen roten Vorhänge waren zurückgebunden und rahmten den Ausblick auf die Landschaft und das Wäldchen.

Caroline hatte das eckige Tischchen mit einer weißen Tischdecke und einem Tablett mit Tee und bunten Macarons gedeckt. Sie deutete auf einen der beiden Stühle im Erker, mit Blick auf die Bäume. Sie selbst schaute in die entgegengesetzte Richtung, zur Auffahrt und über das Grundstück.

Gerade hatte sie den Tee eingeschenkt, als Dominic hereinmarschiert kam, der einen mit Fleece besetzten Reisemantel trug. Er nahm sich ein grünes Macaron und aß es im Stehen.

»Ich muss los, Schatz«, sagte er zwischen zwei Bissen. Er beugte sich zu Caroline hinunter und gab ihr einen Kuss auf den Mund. Einen langen Kuss. Ich wandte den Blick ab. »Mach's gut.«

»Du wirst mir fehlen. Komm bald wieder.«

Schließlich löste er sich von ihr und nickte mir zu.

»War schön, dich kennenzulernen, Sophie. Tut mir leid, dass ich schon wegmuss.«

Carolines liebevoller Blick folgte ihm durchs Zimmer und zur Tür hinaus. Sobald er außer Sicht war, veränderte sich etwas an ihrem Gesicht, als wäre ein Licht gedimmt worden.

Sie bemerkte, dass ich sie musterte. »Die Arbeit«, sagte sie, als wäre sie mir eine Erklärung schuldig. »Er ist so gern hier. Fährt nicht gern weg. Aber er muss. Das ist der Preis, den wir bezahlen.«

Einen Augenblick später erklang draußen hohes Kinderlachen. Ich drehte mich um. Dominic schwang seine kleine Tochter hoch über den Kopf, dann ließ er sie in einem Bogen hinuntersausen, knapp über dem Boden zwischen seinen Beinen hindurch. Ihre langen blonden Haare flogen in alle Richtungen. Sie kreischte begeistert. Ich lächelte.

»Lucy?« Die Frage war unnötig, aber sie sah so viel älter aus als auf den Fotos.

Caroline lächelte auch. »Unter der Woche vermisst sie ihn immer so.«

Sie rührte sich nicht, ein paar Minuten später verklang das Lachen und die beiden verschwanden. Ich wandte mich wieder dem Fenster zu. Drei vom Wind zerzauste Möwen kreisten auf den Luftströmen. Eine Autotür wurde zugeschlagen, ein Motor heulte auf und wurde dann leiser. Dominic auf dem Weg in die Stadt, nahm ich an.

Ich holte tief Luft. »Dominic hat erzählt, du gründest ein Unternehmen?«

»Ach ja?« Sie wirkte erfreut. »Ich strecke erst einmal die Fühler aus, aber ich bin mir sicher, dass es einen Markt dafür gibt.« Sie griff nach dem Teller mit Macarons und hielt ihn mir hin.

Ich blinzelte. »Einen Markt wofür?«

»Personalvermittlung für Hausangestellte.« Sie stellte den Teller ab und beugte sich mit neuer Energie nach vorn. »Der Extraklasse. Meinst du nicht? Hier an der Küste gibt es so viele große Häuser. Abgeschieden, aber hier sitzt das Geld. Die Männer arbeiten auswärts, viele jedenfalls. Die Mütter sind entweder mit den Kindern zu Hause oder pendeln zur Arbeit. Frustrierte Berufstätige, die keine gute Kinderbetreuung, keine anständigen Putzfrauen oder Gärtner bekommen.«

Ich biss von meinem Macaron ab, balancierte Serviette und Teller auf meinen Knien und versuchte nicht zu krümeln. *Wenn ich Kinder hätte, würde ich mich selbst um sie kümmern, wenn ich es mir irgendwie leisten könnte. Darum geht es doch, oder nicht?* Eine meiner schönsten Kindheitserinnerungen war es, mit meiner Mutter Feentörtchen zu backen, Seidenpapier und Alufolie auf Pappstreifen zu kleben. Ich sagte nichts, und Caroline redete weiter.

»Ich fasse es nicht, wie rückständig es hier im Vergleich zu Hongkong ist. Dort kann man jede Hilfe buchen, die man braucht. Ganz schnell und einfach. Wenn dir das Personal nicht passt, bekommst du noch am gleichen Tag Ersatz. Echt.«

Ich schüttelte den Kopf und versuchte, mir vorzustellen, Leute einzustellen und wieder zu feuern, wie sie es erzählte. Es war eine völlig andere Welt, und offensichtlich keine besonders nette.

»Natürlich sind die Arbeitskräfte dort billig. Alle suchen verzweifelt eine Anstellung, besonders bei Europäern. Sie glauben, wir würden sie besser behandeln, weißt du? Chinesische Familien können richtig unangenehm sein. Haben keinen Sinn für Menschenrechte.«

Ich wusste nicht, was ich sagen sollte, also nickte ich nur und hörte ihr weiter zu.

»Und sie sind gebildet. Ich hatte eine Haushälterin von den Philippinen, die eine hochqualifizierte Lehrerin war, aber bei mir zu kochen und zu putzen, hat ihr mehr Geld eingebracht, als sie zu Hause in einer Schule verdient hätte.«

»Wie schrecklich.« Ich konnte nicht anders. »Was für eine Verschwendung.«

Sie zuckte mit den Achseln. »Sie konnte jeden Monat genug Geld nach Hause schicken, um vier Kindern die Schule zu finanzieren. Als Lehrerin hätte sie das nicht gekonnt.«

»Und du hast vielleicht schon einen ersten Kunden?«

»Dom hat tatsächlich geplaudert.« Sie sah wieder erfreut aus. »Ich stelle mich ihnen gerade vor. Burrells. Sagt dir das was? Die betreiben Luxushotels. Ein halbes Dutzend Häuser im Süden. Sie sind auf der Suche nach jemandem, der ihnen qualifizierte Kindermädchen für Gäste und Veranstaltungen vermitteln kann. Vorzeigbare Mädchen. Gebildet, verstehst du?« Sie grinste. »Am Dienstag treffe ich mich mit ein paar Vertretern des Unternehmens.«

Ich schluckte mein Macaron hinunter. »Das hört sich toll an.«

Nachdenklich sah sie mich an. »Also, was ist mit dir? Ach, mein Beileid übrigens. Wegen deinem Vater und allem. Es war bestimmt schrecklich.«

Ich antwortete nicht sofort. Das war das erste Mal, dass sie meinen Vater erwähnte, und ich nahm an, dass sie irgendeine Anekdote über ihn zum Besten geben würde. Als wir noch klein waren, war ihr Vater immer unterwegs gewesen. Auf Geschäftsreise. Es war meiner, der in seinem warmen Mantel, den Schal um den Hals geschlungen, auftauchte und uns, ohne sich zu beklagen, von Geburtstagsfeiern abholte. Samstags, wenn wir Hockey spielten, lief er als einer von wenigen Eltern an der Seitenlinie auf und ab, um uns anzufeuern. Er wusste, wie viel es mir bedeutete, als ich es schließlich in die zweite Mannschaft schaffte und bei richtigen Spielen antreten konnte. Er war immer da. Nicht weltgewandt und charmant wie Dominic, einfach da. Eine ruhige, beständige Präsenz. Er pflegte zu sagen: *Achtzig Prozent des Lebens besteht daraus, da zu sein.* Und das war er immer.

»Dominic hat auch beide Eltern verloren«, sagte sie. »Die arme Lucy hat nur noch eine Großmutter. Meine Mutter. Und die hat sie noch nie gesehen.«

Sie legte die Stirn in Falten, als wäre der Tod meiner Eltern ein zu unangenehmes Thema, und blickte aus dem Fenster.

»Danke, dass ich hier sein darf.« Ich zögerte. »Im Moment sitze ich ein wenig zwischen den Stühlen. Ich habe das Haus ausgeräumt, kann es aber nicht verkaufen, solange nicht der ganze Papierkram erledigt ist.«

Meine Gedanken wanderten zu den leeren Zimmern, dem hallenden Flur, als ich zum letzten Mal die Tür zugezogen hatte.

»Dauert das lange?«, fragte sie.

»Ich hoffe nicht. Beim Notariat scheinen sie ziemlich auf Zack zu sein. Sie haben mir erlaubt, einen Teil von Dads Ersparnissen zu nehmen, für … na ja.« Ich brachte es nicht über mich, das Wort »Beerdigung« auszusprechen. Noch nicht. »Es ging alles so schnell. Der Herzinfarkt. Ihn zu verlieren.« Ich holte tief Luft. Es war alles noch zu frisch. »Und dann das Haus auszuräumen, verstehst du? Es ist unglaublich, wie viel Zeug man als Familie über die Jahre ansammelt.«

Sie nickte. »Das kann ich mir vorstellen.«

Das bezweifelte ich. Ihre Familie war ständig auf dem Sprung gewesen, war von einem Haus, von einem Land ins nächste umgezogen.

Dann sagte sie: »Aber wenn alles geregelt ist, kannst du dir dann etwas Eigenes kaufen? Ein eigenes Haus?«

»Wahrscheinlich. Vielleicht eine Wohnung. Irgendwo.« Ich konnte es mir nicht richtig vorstellen. Es kam mir so unwirklich vor. »Jedenfalls bin ich dankbar, dass ich hier sein darf. Aber ich möchte eure Gastfreundschaft nicht überstrapazieren. Du musst sagen …«

Sie wollte gerade etwas erwidern, da flog die Tür auf und Lucy kam hereingestürmt. Sie blieb abrupt stehen, als hätte sie nicht erwartet, hier jemanden anzutreffen.

Caroline breitete die Arme aus. »Hallo, mein Schatz. Hast du Spaß?«

Lucy antwortete nicht. Sie stand da und starrte mich, ohne zu blinzeln, an.

»Hallo.« Ich lächelte, auf einmal fühlte ich mich unwohl, wie sie mich so gründlich musterte. »Ich bin Sophie.«

Caroline unterbrach uns. »Was um alles in der Welt hast du gemacht?«

Lucy blickte traurig an sich hinunter, als sähe sie ihre Kleidung gerade zum ersten Mal. Die pinke Hose war voller Schlamm. Die langen glatten Haare waren zerzaust und verknotet und hingen voller trockener Blätter, als hätte sie sich darin gewälzt. Ich dachte daran, wie wir uns an kühlen Herbsttagen vom Hügel auf dem Schulhof hatten hinunterrollen lassen, in Blätterhaufen gesprungen waren und einander mit Erde beworfen hatten, bis die Lehrer schimpften.

»Tanya!«

Eine Gestalt, die sich im Türrahmen herumgedrückt hatte, trat zögerlich ein und legte Lucy besitzergreifend eine Hand auf die Schulter. Es war eine schmächtige junge Frau in engen Jeans und einem dunkelblauen Pullover, über dem sie einen offenen Anorak trug. Ihre Haare waren kurz und stachelig und ihr Gesichtsausdruck mürrisch, wie sie dort stand und Befehle entgegennahm.

»Stecken Sie das bitte alles in die Wäsche.« Carolines Ton war höflich, aber distanziert. »Und dann lassen Sie ihr ein heißes Bad ein. Ich komme später nach oben, nach dem Tee.«

Lucys Gesicht verdüsterte sich, als Tanya sie umdrehte und ohne eine Antwort mit sich zog.

Kaum waren die beiden gegangen, schnalzte Caroline mit der Zunge und beugte sich vor. »Verstehst du, was ich meine? Monatelang habe ich nach einer anständigen

Nanny gesucht, und das war die beste, die ich finden konnte. Keine möchte hier draußen festsitzen. Alle wollen lieber nach London, damit sie jeden Abend feiern gehen können.«

Sie goss heißes Wasser in die Kanne nach und rührte um.

Ich beobachtete ihre raschen, sicheren Bewegungen und dachte an Lucy. Ich kannte mich mit Kindern nicht aus, aber irgendetwas an Lucys Schweigen störte mich. Der mürrische Blick auf ihrem schmalen Gesicht, als sie sich abgewendet hatte.

»Wie dem auch sei«, fuhr Caroline fort und schenkte mir frischen Tee ein. »Du kannst gerne eine Weile hierbleiben, wenn dir das hilft. Wenn es dir nichts ausmacht, hier mitten im Nirgendwo festzusitzen.«

Im nächsten Augenblick wechselte sie das Thema, erzählte mir, dass sie heute Abend eine Freundin zum Essen treffen würde, um mit ihr ihren Businessplan durchzusprechen, und am nächsten Tag habe sie einen Termin bei ihrer Bank in der Stadt. Sie legte den Kopf schräg, eine kokette Geste, die ich noch von früher kannte.

Sie hoffe, es mache mir nichts aus, dass sie mich mir selbst überlasse. In der Küche gebe es genug zu essen, und Tanya könne mir jederzeit behilflich sein. Sie machte eine ausladende Armbewegung, die alles um sie herum einschloss. *Bedien dich*, schien sie zu sagen. *Mein Königreich ist dein Königreich.*

An diesem Abend stellte ich mir aus den Vorräten im Kühlschrank ein kaltes Abendessen zusammen, eine Platte mit Schinken und Salat. Im Haus war es still. Tanya war irgendwo oben, und Lucy schlief in ihrem Zimmer, aber ich hatte keine Ahnung, wo genau.

Als ich zwischen der Küche und dem kleinen Esszimmer daneben hin- und herging, fühlte sich das Haus mit seinen Schatten unheimlich an. Die einzigen Geräusche waren die knarrenden Dielen unter meinen Füßen, das hohe Pfeifen des Windes an den Hausecken und das ferne Rumpeln der Steine unten am Strand, die von den zurückweichenden Wellen aufgewirbelt wurden.

Mit angehaltenem Atem lief ich die Treppe zu meinem Zimmer hinauf, und als ich die Tür hinter mir schloss, ließ ich das Licht im Flur an. Ich redete mir ein, ich täte es aus Rücksicht auf Caroline, wenn sie später nach Hause käme, aber in Wirklichkeit war ich auf einmal ängstlich und fühlte mich schrecklich allein.

Bevor ich die Vorhänge zuzog, blieb ich noch einen Moment am Fenster stehen und blickte auf das Meer hinaus. Das Wasser, eine wogende schwarze Masse, war in der Dunkelheit kaum zu erkennen. Wenn ich den Kopf senkte und direkt nach unten schaute, konnte ich mit Mühe den glitzernden Schaum auf den Felsen erkennen, wenn die Wellen ans Ufer brandeten und im Nichts verschwanden.

Im Bett rollte ich mich unter der Decke zusammen, schlang die Arme fest um mich und wiegte mich selbst. *Ich hätte nicht herkommen sollen*, dachte ich elend, kurz bevor ich einschlief. Ihre Einladung, vor all den Monaten, hatte so aufrichtig geklungen. Beinahe verzweifelt. Aber ich hatte sie missverstanden. Ich hätte nicht kommen sollen. Ich gehörte nicht hierher. Das Problem war jedoch, ich gehörte nirgendwo hin.

Schreie.

Ich schlug die Augen auf und lag ganz still. Mein Herz pochte. Die Dunkelheit war undurchdringlich. Die Stille lastete schwer auf mir. Ich bewegte vorsichtig einen Fuß, versuchte zu verstehen, warum ich nicht in meinem eigenen Bett lag.

Wellen brandeten unaufhörlich auf die losen Steine, der ewige Herzschlag der See. *Carolines Haus. Caroline und Dominic.* Die Erinnerung an den gestrigen Tag stürzte wieder auf mich ein.

Wieder dieser Schrei, weit weg, aber echt. Hoch und voller Angst.

Ich schlug die Decke zur Seite und tastete nach der Nachttischlampe, wobei ich ein Buch hinunterstieß. Auf meinem Handy sah ich, dass es zwanzig vor zwölf war. Ich zog mir einen Pullover an und trat aus der Tür.

Draußen auf dem Flur brannte immer noch das Licht. Zitternd stand ich da, lauschte angestrengt, unsicher, ob ich nach unten oder die zweite Treppe hinaufgehen sollte, tiefer ins Haus hinein.

Der nächste Schrei entschied es. Es war Kinderweinen, jetzt hörte ich es ganz deutlich, und es kam von oben. *Lucy, ganz sicher.*

Ich schaltete die schwache Taschenlampe an meinem Handy ein und folgte dem Lichtschein nach oben. Die Treppe führte zu einer größeren Ebene, direkt über der Eingangshalle. Die zwei Türen links von mir waren geschlossen. Vielleicht schlief Tanya in einem von diesen Zimmern. Vielleicht Lucy in dem anderen. Die dritte Tür, weiter hinten auf der rechten Seite, stand offen, und ich schlich hinüber und spähte hinein.

Es war ein beeindruckendes Schlafzimmer mit einem großen Doppelbett auf der einen Seite. Riesige Einbauschränke nahmen die andere Wand ein. Das Zimmer entsprach in Schnitt und Größe dem Wohnzimmer darunter, es hatte den gleichen großen, an drei Seiten von Fenstern gerahmten Erker auf der gegenüberliegenden Seite.

Die Vorhänge waren offen. Silbernes Mondlicht fiel herein und erhellte die Schatten. Auf zwei Ohrensesseln lagen abgelegte Kleidungsstücke. Goldknöpfe glänzten. Die rote Wolljacke, die Caroline getragen hatte, als sie mich abholen kam. Wo auch immer sie heute Abend hingegangen war, sie war noch nicht zurück.

Wieder der Schrei, herzzerreißend. Ich folgte ihm. Er kam nicht aus einem dieser Zimmer, sondern von weiter oben, eine weitere, steilere Treppe hinauf, die zu einer geschlossenen Tür führte. Ich beeilte mich, hielt mich mit einer Hand am Geländer fest, während mir die Beine zitterten. Stillzustehen machte mir mehr Angst als weiterzugehen. Die Tür am Ende der Treppe war schwer, und ich musste mit der Schulter gegen das Holz drücken, um sie zu öffnen.

Auf den Bodendielen lag kein Teppich. Das hier waren ehemalige Dienstbotenzimmer, hier hatten vor langer Zeit die viktorianischen Zimmermädchen gelebt, die längst kalt und vergessen in der Erde ruhten. Ich stolperte die letzten paar Stufen hinauf, die nackten Füße auf rauem Holz.

Die hinterste Tür stand offen, und ein seltsames orangefarbenes Licht drang heraus. Drinnen saß eine winzige Gestalt in einem weißen Nachthemd aufrecht im Bett. Ich starrte sie an. *Ein Geist. Ein Phantom aus der Welt der Toten.* Sie drehte sich zu mir um und schrie wieder, laut und nah. Der Schrei hallte durch das Zimmer. Ich tastete an der Wand nach einem Schalter und machte das Licht an. Etwa eine Sekunde lang musterten wir einander, halb geblendet, wie betäubt vom Licht.

Ihre Haare waren zerzaust und wild, ihr Gesicht vom Weinen geschwollen. Tränen liefen ihr in Sturzbächen aus den großen braunen Augen – Dominics Augen – und die Wangen hinunter. Mit weit aufgerissenem Mund rang sie nach Luft.

»Lucy! Lucy! Was ist passiert?«

Ich setzte mich neben sie auf das kleine Bett und schlang die Arme um ihre schmalen Schultern, drückte ihren Kopf an meine Brust und wiegte sie. Sie zitterte und wollte sich von mir lösen, aber ich hielt sie fest und strich ihr in sanften Kreisen über den Rücken.

»Lucy, Süße, was ist? Hast du schlecht geträumt?«

Sie schluckte und schluchzte, und schließlich erschlafften ihre Schultern. Ich strich ihr über die Haare und hielt sie an mich gedrückt. So saßen wir eine Weile und wiegten uns vor und zurück. Während sie sich an mich klammerte, beruhigte sich ihr Atem langsam, ihr Schluchzen ließ nach.

Sie tastete nach irgendetwas hinter sich, zog einen altmodischen Teddybären zwischen uns und drückte ihn an sich. Ich sah mich um. In diesem Zimmer fühlte ich mich unwohl. Es war groß und düster, Spielzimmer und Kinderschlafzimmer in einem. Die Schatten unter der Dachschräge wurden im schwachen Licht der Deckenlampe zu Monstern. Hier unter dem Dach heulte der Wind umso stärker.

Ich hätte ein Kind niemals ganz allein hier oben untergebracht. Es wirkte, als hätte man sie vom Hauptteil des Hauses, von seiner Wärme, seinen Menschen ausgeschlossen.

»Psst, Lucy. Ist ja gut.« Ich sprach sanft und leise, um sie zu beruhigen. »Ich bin Sophie, weißt du noch? Ich war vor langer, langer Zeit mit deiner Mummy in der

Schule. Hat sie dir das erzählt? Du hast mich vorhin beim Tee im Wohnzimmer gesehen.«

Sie schniefte und kuschelte sich in meine Arme.

»Deine Mummy ist gerade nicht da, aber sie kommt bald wieder. Wo ist Tanya?«

Sie zitterte. Es war kalt hier oben. Der Wind, der von der breiten Fensterfront hereindrang, bewegte die Vorhänge.

»Na komm, dir ist ja ganz kalt. Schnell wieder unter die warme Decke.« Ich wollte sie wieder zudecken und strich das Laken unter ihr glatt. Es war kalt und feucht. Ich hob die Decke ein wenig an, und da roch ich den Ammoniakgeruch.

»Oje.« Ich hielt inne, um sie nicht noch mehr aufzuregen. »Ist dir ein Malheur passiert?«

Sie antwortete nicht und ließ den Kopf hängen. Ich konnte ihre Verzweiflung spüren.

»Das ist nicht schlimm, Lucy. Es ist nicht deine Schuld.«

Ich betastete ihr Nachthemd. Es war klatschnass und klebte ihr an den Beinen. Die arme Kleine, ihr war bestimmt kalt.

»Komm, wir befreien dich von den nassen Sachen, damit dir wieder warm wird, okay?«

Ich zog ihr das nasse Nachthemd über den Kopf und schaute mich um, fragte mich, wo ich wohl frisches Bettzeug und etwas Trockenes zum Anziehen finden würde. In einer weißen Kommode entdeckte ich ein Unterhemd, ein T-Shirt und eine Hose und half Lucy beim Anziehen. Keine Spur von Bettwäsche. Sie hockte auf der Bettkante, zitterte und sah elend aus. Ich zögerte, war mir unsicher. Aber ich konnte sie hier oben nicht allein lassen. Es war zu zugig. Zu einsam …

»Möchtest du mit nach unten in mein Zimmer kommen? Ich habe ein großes Bett. Du kannst auf der anderen Hälfte schlafen, wenn du magst.«

Sie riss die Augen auf und nickte. Ich hob sie hoch, und sie schlang die Arme um meinen Hals und vergrub das Gesicht unter meinem Kinn. Sie wog fast nichts.

Zurück im Gästezimmer deckte ich sie auf der anderen Seite meines Bettes zu und legte mich neben sie. Sie drehte sich um und streckte die eiskalten Füße aus, wärmte sie an meinem Bein.

Schon bald atmete sie tief und gleichmäßig, die knochigen Arme und Beine im Schlaf weit ausgebreitet, so dass mir nur der äußerste Rand der Matratze blieb.

Ich lag da, lauschte dem Rauschen der Wellen und fragte mich, ob es oft vorkam, dass das kleine Mädchen im Dunklen schrie und schrie, aber niemand kam.

KAPITEL 3

SOPHIE

»Wo waren Sie? Antworten Sie mir!«

Caroline stand in der Eingangshalle und schimpfte mit Tanya. Lucy und ich saßen mit unseren Cornflakesschalen in der Küche. Selbst auf ihrem Hochstuhl wirkte sie winzig am Küchentisch, ihre Ellenbogen reichten gerade einmal hoch genug, um sich das Essen in den Mund zu löffeln. Die Haare hingen ihr in zwei Zöpfen vom Kopf, ihr Blick war auf den Esstisch gerichtet.

»Warum hat Sophie Lucy unten im Gästezimmer gehört, aber Sie nicht?«

Falls Tanya sich verteidigte, tat sie es leise. Ihre Stimme war nicht mehr als ein Murmeln. Ich wusste es auch nicht. Vielleicht hatte sie einen festen Schlaf. Vielleicht hatte sie Kopfhörer aufgehabt und laut Musik gehört. Sie war noch jung.

»Das ist eine Verwarnung, haben Sie verstanden? Ich bezahle Sie gut dafür, dass Sie auf sie aufpassen. Das ist doch nicht so schwer. Noch eine Nachlässigkeit wie diese, und ich muss Sie entlassen.«

Lucy zeigte keine Regung. Ich wandte den Kopf, um über den Tisch hinweg ihren Blick aufzufangen, sie anzulächeln oder ihr zuzuzwinkern. Sie reagierte nicht.

Später fuhr Caroline zu ihren Terminen in die Stadt, und Tanya räumte mit verdrießlichem Gesicht das Frühstücksgeschirr in die Spülmaschine, dann verschwand sie in Richtung rückwärtiger Veranda, um Lucy fürs Spielen draußen zurechtzumachen. Ihre Stimme, tadelnd und herrisch, drang zu mir durch, als ich nach oben ging, um mir einen Pullover und einen Mantel zu holen. So wie es sich anhörte, erwartete Lucy ein anstrengender Morgen.

Eine Weile stand ich an meinem Zimmerfenster und blickte hinaus auf das Grundstück und das Meer darunter. Heute Morgen war der Himmel lichter, hier und da blitzte ein wenig Blau zwischen den Wolken hervor. Ich leerte einen Leinenbeutel aus und hängte ihn mir über die Schulter, zog den Mantel an und ging nach draußen. An der Hausecke bog ich in Richtung Meer ab, um dem schmalen Pfad zum Tor und hinaus auf die Klippe zu folgen.

Die Brise vom Wasser erfasste mich, sobald ich aus dem Windschatten des Hauses trat. Ich zog meine Kapuze hoch und schob die Hände in die Manteltaschen, dann beschleunigte ich meine Schritte. Das Tor war verriegelt, und ich marschierte über das Gras, folgte dem Pfad, der stellenweise schlammig war und manchmal fast vom rauen Gras verschluckt wurde.

Fast sofort wurde mir die Kapuze wieder vom Kopf geweht, also ließ ich sie unten, spürte beim Gehen den Wind im Haar. Er kühlte meine Wangen und war erfrischend, und ich sog Luft in die Lunge und genoss die körperliche Aktivität. Schon bald war ich außer Atem. Das Blut rauschte mir in den Ohren. Eine Weile stand ich nahe am Abgrund und spähte hinab.

Die Wellen prallten auf den steinigen Strand und rasselten schäumend wieder zurück. Es war dasselbe Knirschen, das ich in meinem Zimmer gehört hatte, bloß lauter und ungefiltert. Unter mir, ein Stück den Abhang hinunter, kreiste eine Möwe, dann stieg sie höher und flog an der Küste entlang davon.

Im Gehen betrachtete ich die Szenerie, versuchte, mich zu orientieren. Nun, da ich das Haus hinter mir gelassen hatte, wurde mir klar, wie abgelegen es war.

An der nächsten Landzunge hielt ich inne und blickte zurück. Das Haus stand eindrucksvoll auf einem Felsvorsprung, das rote Dach bildete einen Kontrast zum dunklen verwitterten Gemäuer. Der ehemals weiße Putz war nun grau und blätterte ab.

Ich wandte mich in Richtung Landesinnere – nichts als Buschland, hier und da unterbrochen von Baumgrüppchen, hauptsächlich vereinzelte, knorrige Nadelbäume, vom Wind gebeugt.

Ich dachte an mein Zuhause und war froh, nicht dort zu sein. Die Notare hatten sich nicht festlegen wollen, wie lange der nötige Papierkram dauern würde. Sobald das Haus wirklich mir gehörte, würde ein Immobilienmakler anfangen, einen Käufer zu suchen. Wer wusste schon, wie lange das dauerte? Und selbst nachdem ich es verkauft hätte, wären noch Rechnungen zu begleichen.

Ich stellte mir vor, wie Fremde durch die Zimmer trampelten, Schmutz auf dem ausgetretenen Küchenboden hinterließen, den meine Mutter immer so akribisch geputzt hatte. Wenn sie fertig war, hatte sie immer den Wischmopp in die Tür gelehnt als Zeichen für mich, damit ich nicht hineinstürmte, bevor der Boden getrocknet war.

Schwer schluckend blickte ich auf meine Füße hinunter, die Schritt für Schritt vorwärts marschierten, das elastische Gras nur für einen kurzen Augenblick niederdrückten, immer im Gleichtakt mit den Wellen.

Ich brauchte einen sauberen Schnitt. Ich ertrug den Gedanken nicht, an unserem Haus vorbeizulaufen und die Veränderungen zu sehen. Die Einbauschränke herausgerissen und auf dem Weg zur Müllhalde. Mums Boden zerstört. Dads wacklige Regale und die Lampenfassungen – günstig gekauft und nie ganz passend – weggeworfen.

Ich konnte nicht an einem Ort so voller Erinnerungen, voller Geister leben. Sie würden mich erdrücken.

Aber wo sollte ich hin? Und was sollte ich machen? Nicht nur die juristische Prozedur hielt mich auf. Ich wollte nichts überstürzen. Brauchte Zeit, um mich auszuruhen und wieder der Mensch zu werden, der ich einst gewesen war. Ich brauchte ein Schlupfloch.

Vor mir am Rande der Klippe stand ein knorriger, unbelaubter Baum, gekrümmt von den Jahrzehnten, in denen er dem Seewind ausgesetzt gewesen war. Direkt dahinter schlug ich einen Küstenpfad ein, der sich anmutig um die Landzunge schlängelte. Der Wind wurde immer schwächer, je weiter der Pfad mich ins Landesinnere führte. Vor mir erstreckte sich eine offene Grasfläche, auf der ein Anwesen auftauchte, und dann, weiter hinten, ein zweites. Die Häuser waren groß – ähnlich wie das von Caroline und Dominic –, renovierte viktorianische Gebäude mit falschen Türmchen und Zäunen und Gartentoren zur Küste hin. Von den verglasten Balkonen, die elegant mit Polstersesseln, Glastischchen und Zimmerpflanzen ausgestattet waren, hatte man einen unverstellten Blick aufs Meer. In einem der Gärten stand Kinderspielzeug, eine blaue Plastikrutsche und eine Schaukel, auf der sich die Überreste des letzten Regenschauers sammelten.

Als ich daran vorbeiging, flitzte ein Hund auf mich zu, seine Beine flogen nur so über das Gras, die Ohren waren flach an den Kopf gedrückt. Er rannte um mich herum und hielt dann inne, um an meinen Füßen zu schnüffeln, bevor sein Herrchen, ein Mann mittleren Alters in grünen Gummistiefeln und einer dunklen Wachsjacke, ihn zurückpfiff. Ohne nachzudenken, hob ich die Hand und winkte dem Mann zu, der mir zunickte und dann landeinwärts weiterging. Erst jetzt fiel mir auf, wie einsam dieser Küstenabschnitt war. Er war der erste Mensch, dem ich begegnete. Ich hätte nicht gedacht, dass es in England noch so dünn besiedelte Ecken gab.

Jenseits der großen Häuser blieb ich stehen und sah den Weg, den der Mann und sein Hund genommen hatten, einen Pfad, der zwischen Bäumen und entlang einem Maschendrahtzaun vom Meer wegführte. Ich bog darauf ab. Sofort legte sich der Wind, und die Sonne wärmte mein Gesicht. Ich hörte meinen eigenen Atem wieder, nun, da er nicht mehr von der Brise fortgerissen wurde, und strich mir die vom Wind zerzausten Haare glatt.

Der Weg endete in einem Neubaugebiet. Ich lief weiter, jetzt ziellos und langsam etwas erschöpft, vorbei an einem verlassenen Kinderspielplatz hin zu einem kleinen Parkplatz, der von einer Reihe von Geschäften gesäumt wurde: ein bescheidener Supermarkt, ein Friseursalon, eine Reinigung, ein geschlossenes italienisches Restaurant und ein Café.

Ich durchstöberte die Regale des kleinen Supermarkts und stellte mir einen Korb mit Vorräten zusammen, die mich über den Tag bringen würden. Pralinen für Caroline und eine Flasche Wein. Ein Stoffhund und ein Malbuch für Lucy – Gastgeschenke, die ich eigentlich bei meiner Ankunft am Bahnhof hatte kaufen wollen, doch da hatte ich keine Hand mehr dafür freigehabt.

Anschließend aß ich einen Schokoriegel und setzte mich auf eine Tasse Kaffee in das menschenleere Café.

Das Drama meiner überraschenden Ankunft am Bahnhof gestern schien schon so lange her. Ich wusste nicht, was ich erwartet hatte, doch in Carolines letzter E-Mail hatte ich eine Art Hilferuf gesehen. Sie hatte mich angefleht, hierherzukommen, ohne mir zu sagen, wieso.

Vielleicht hatten sich ihre Gründe, was auch immer sie gewesen sein mochten, inzwischen erledigt. Vielleicht hatte ich ihre Mail in meinem Zustand, während Dads letzten Tagen, einfach überinterpretiert. Jetzt schien sie sich jedenfalls selbst genug zu sein, mit ihrem Mann, ihrer Tochter und ihrer Geschäftsidee.

Die mittelalte Frau kam hinter der Theke hervor zu meinem Tisch, um die leere Tasse abzuräumen, und sah mich neugierig an. »Haben Sie sich verlaufen?« Sie musterte meine Kleidung. »Sie sehen nicht nach einem Wanderer aus.«

Ich lächelte über ihre Direktheit. »Ich übernachte bei Freunden«, sagte ich. »Auf The Conifers, ein Stück die Küste hinunter.«

Sie kniff die Augen zusammen. »Das alte Haus von Dr Lamley?«

»Kann sein.« Ich zuckte mit den Schultern. »Dominic und Caroline haben es Anfang des Jahres gekauft. Kennen Sie sie?«

Sie schüttelte den Kopf, als sie meine Tasse abräumte.

Ich war schon an der Tür, da rief sie mir nach: »Passen Sie auf, wenn Sie an der Küste entlang zurückgehen. Der Wind frischt auf. Könnte ein Sturm werden.«

»Wirklich?« Es hatte so ruhig ausgesehen, als ich vor etwa einer Stunde das Haus verlassen hatte.

Die Frau zuckte mit den Achseln. »Das Wetter kann hier von einer Minute auf die andere umschlagen. Das werden Sie schon noch sehen.«

Sie hatte recht. Als ich den Küstenpfad erreichte, war der Himmel wolkenverhangen. Ein paarmal zerrte der Wind so heftig an mir, dass ich Mühe hatte, auf den Beinen zu bleiben. Ich drückte mich an die Baumreihe und hielt mich vom Rand der Klippe fern. Es wurde immer dunkler, und die viktorianischen Häuser wirkten bedrohlich, als ich wieder daran vorbeikam. Die leere Schaukel schwang im Wind quietschend vor und zurück, als säße ein Geisterkind darauf.

Das Unwetter brach los, als ich den am wenigsten geschützten Teil des Weges erreicht hatte, den steilen Anstieg zur Felsklippe, der mich über die Anhöhe und zurück zur Bucht und dem Haus darüber führen würde. Es regnete in Strömen. Ich rannte los, aber der Wind, der über den ungeschützten Boden fegte, warf mich hin und her und bremste mich.

Eine plötzliche Böe erfasste mich und ließ mich taumeln, drängte mich mehrere Schritte Richtung Abgrund. Panisch ließ ich mich aufs Gras fallen und kroch auf allen vieren weiter, den Kopf gesenkt, fort vom Meer hin zu den Bäumen.

Kaum hatte ich sie erreicht, ließ die Kraft des Windes nach, und das Dröhnen, das beinahe ohrenbetäubend gewesen war, wich einem gespenstischen Pfeifen. Ich ging nun langsamer, auf einmal erschöpft, hangelte mich ziellos voran, um so viel Schutz vor dem Sturm zu finden, wie es die hohen, schlaksigen Bäume zuließen. Es roch durchdringend nach Harz, Mulch und Kiefernnadeln. Stöckchen knirschten und knackten bei jedem Schritt.

Ich hatte keinen guten Orientierungssinn und kannte mich hier in der Gegend noch nicht aus, aber ich nahm an, wenn ich weiterginge, würde ich früher oder später auf die Straße treffen. Es wäre ein Umweg, aber zumindest würde ich wissen, wo ich war, und könnte der Straße bis zum Abzweig und schließlich der Auffahrt zum Haus folgen.

Ich zitterte. Der Mantel klebte mir durchnässt und schwer am Rücken. Meine Füße schlitterten in meinen nassen Schuhen, und bei jedem Schritt spritzte es. Tropfen fielen von den Bäumen auf meine nassen Haare und liefen mir die Wangen hinunter. Mein Leinenbeutel, der nun voller Lebensmittel und Geschenke war, baumelte mir vor dem Körper und war vor Nässe ganz dunkel geworden. Ich dachte an Lucy, wie sie letzte Nacht nass und frierend in der Dunkelheit geweint hatte. Während ich weiterstapfte, stellte ich mir vor, wie ich zurück ins Haus kommen, die nassen Sachen ausziehen und mich unter die heiße Dusche stellen würde. Wie mir wieder warm werden würde.

Nachdem ich mich etwa eine halbe Stunde lang von der Klippe wegbewegt hatte, verließ mich langsam der Mut. Die ganze Zeit hatte ich gedacht: *Noch fünf Minuten, dann treffe ich auf die Straße. Bestimmt kommt sie gleich. Es kann nicht mehr weit sein.*

Ich war den Tränen nahe, völlig durchnässt, erschöpft und hoffnungslos verirrt, als die Bäume sich auf einmal lichteten und ich auf einen schmalen schlammigen Pfad stolperte, auf dem sich das Regenwasser staute. Er führte zurück zum Meer, das spürte ich, aber der Sturm hatte sich fast verzogen. Die Natur hatte sich beruhigt. Über mir brach die dichte schwarze Wolkendecke auf und wich helleren Wölkchen und sogar einem trüben Streifen Sonnenschein am Horizont.

Der Weg führte hinunter zu einem Felsspalt, der so hoch und eng war, dass ich das Gefühl hatte, mich durch

Wände zu drücken. Auf der anderen Seite trat ich hinaus auf einen natürlichen Felsvorsprung, von dem aus ich tief unter mir das Meer sah.

Neben mir, dicht am Fels, stand eine große Holzhütte. Sie sah aus wie ein Strandhaus, und einen Moment lang stellte ich mir vor, dass sie von einer Monsterwelle vom Ufer, wo sie hingehörte, angehoben und hierher gespült worden war, hoch über den Meeresspiegel.

Ich blieb einen Moment lang stehen und betrachtete sie, ohne meinen Sinnen zu trauen. Ich war sofort verliebt. Sie erinnerte mich an eine Spielhütte für Kinder, zum einen wegen ihrer Größe, zum anderen, weil sie die befriedigend simple Form eines rechteckigen Kastens hatte, mit holzvertäfelten Fassaden und einem schrägen Ziegeldach, das nur von einem großen Dachfenster unterbrochen wurde.

Ich ging hin, um das Häuschen zu besichtigen, und erst als ich es erreicht hatte, bemerkte ich seine Hauptattraktion. Die Vorderfront, die zum Meer hinausging, bestand aus einem einzigen großen Fenster. Ich stellte mich davor, legte die Hände an die Scheibe, um meine Augen vom Licht abzuschirmen, und spähte hinein.

Drinnen entdeckte ich eine hölzerne Staffelei und einen hohen schwarzen Regiestuhl. Ringsherum waren Leinwände aufgereiht, hölzerne Bilderrahmen lehnten aneinander wie Dominosteine kurz vor dem Umfallen. Der Boden war lackiert, aber von hellen Farbklecksen übersät.

Ein Künstleratelier. Ich nickte, während ich hineinstarrte, und fühlte mich plötzlich wie ein Eindringling. Natürlich – das musste Carolines sein. Ich trat einen Schritt nach hinten und versuchte, mich so weit zurückzulehnen, dass ich oben hinter dem Rand der Klippe das

Haus ausmachen konnte. Es musste ganz in der Nähe sein. Doch wenn das der Fall war, war es gut versteckt. Aus diesem Blickwinkel sah ich nichts als steil ansteigenden Fels. Ein geheimes Versteck. Ich schüttelte den Kopf. Wie typisch für Caroline.

Ich ging um die Hütte herum zum anderen Ende. Die Holztür war zurückgesetzt, durch einen schmalen Vorbau geschützt, stabil und fest verschlossen.

Plötzlich verspürte ich Neid. Ich wollte dort drinnen sein, so geschützt und gemütlich, wollte diesen Ort besitzen. Es sollte meiner sein. Die Wucht des Gefühls überrumpelte mich. Ich wusste nicht, woher es kam. Ich hatte nicht vor zu malen, hatte ich noch nie. Aber ich fühlte eine starke und unmittelbare Verbindung zu diesem Versteck, genauso stark wie das Unbehagen, das ich in Lucys Zimmer unter dem Dach empfunden hatte. Es war perfekt. Inmitten der Elemente und zugleich vor ihnen geschützt.

Erneut stellte ich mich an das große Fenster und spähte hinein, die Hände an die Scheibe gepresst, ließ den Blick erst in die eine, dann in die andere Richtung schweifen, um im dämmrigen Inneren etwas zu erkennen. Die sich ständig verändernden Muster des Meeres und des Himmels spiegelten sich auf dem Glas. Der Wind, der wieder aufkam, erfasste meine Kleidung und ließ mich frösteln. Ich wollte nicht fort, aber ich musste weitergehen.

Ich stieg hinauf zur Klippe, trat aus dem Spalt und lief, so schnell ich konnte, an der Steilküste entlang und über eine unberührte Grasfläche. Die Kälte ließ mich straucheln.

Als ich mich umdrehte, waren der Pfad, die Felsspalte und natürlich die Hütte vollkommen unsichtbar, so plötzlich verschwunden, wie sie aufgetaucht waren. Ein paar Minuten später erschien das Haus vor mir, stolz prangte es in einiger Entfernung auf der Klippe, und ich fing an zu rennen, weil ich so schnell wie möglich ins Trockene und Warme wollte.

Den Nachmittag verbrachte ich ins Bett gekuschelt, eine Tasse Kaffee auf dem Nachttisch, und las einen Kriminalroman, den ich mir aus dem Bücherregal im Wohnzimmer ausgeliehen hatte. Caroline liebte Krimis. Als Kind war sie keine große Leserin gewesen – die Bücher, die wir im Englischunterricht besprochen hatten, langweilten sie mit ihren seitenlangen Beschreibungen –, aber Mordfälle hatten sie schon immer fasziniert. Zumindest das hatte sich, den Regalen dort unten nach zu urteilen, nicht geändert.

Geschrei im Erdgeschoss schreckte mich auf. Carolines Stimme, schrill, zornig.

»Lucy! Um Himmels willen! Was hast du gemacht?«

Ich erstarrte unter meiner Decke, lauschte und überlegte, was ich tun sollte. Ich fühlte mich hilflos. Ihre Schreie drangen zu mir herauf. Bis zu diesem Moment hatte ich nicht gewusst, dass sie überhaupt zu Hause war, hatte kein Auto vorfahren gehört.

»Tanya! Was zum Teufel ist passiert?« In Carolines Stimme lag ein hysterischer Unterton.

Ich schlug die Decke zurück und trat in meiner zweitbesten Jeans und einem Schlabberpullover hinaus auf den Treppenabsatz.

Caroline stand in ihrem Mantel da, die Autoschlüssel in der geballten Faust, und starrte mit großen, wütenden Augen in die Eingangshalle hinein. Ich trat auf die Treppe und schaute hinunter, um zu sehen, was sie so aufregte.

Lucy hing im Flur am Geländer, einen Arm locker um den zweituntersten Pfosten geschlungen, und schwang sich hin und her. Sie sah merkwürdig aus, und ich brauchte einen Moment, bis ich begriff, warum. Einer ihrer Zöpfe hing ihr über die Schulter. Der andere war abgeschnitten. Über Lucys Ohr stand ein zerzaustes Büschel kurzer Haare ab.

Tanya stand mit verschränkten Armen in der Küchentür.

»Wo waren Sie?« Caroline sah sich um. »Wie konnten Sie sie nur so etwas Dummes tun lassen?«

Tanya zuckte mit den Schultern. Ihr Gesicht war verschlossen und trotzig. »Was soll ich machen?« Es war das erste Mal, dass ich Tanya sprechen hörte. Sie hatte eine raue Stimme und sprach mit einem starken osteuropäischen Akzent. »Ich koche Mittagessen. Sie nimmt Schere und *schnipp*. Weg. Ungezogenes Kind.«

»Sie ist drei!«, schrie Caroline. »Das ist Ihre Schuld, nicht Lucys. Was haben Sie sich nur dabei gedacht?«

Tanya richtete sich zu ihrer vollen Größe auf. »Nicht alles ist meine Schuld, was hier passiert. Vielleicht braucht sie Hilfe? Sie ist ein gestörtes Kind. Warum ist sie drei Jahre alt und spricht nicht? Warum macht sie ins Bett? Es ist nicht alles meine Schuld.«

»Wie können Sie es wagen!« Caroline machte einen Satz auf sie zu, aber Tanya wich ihr ungerührt aus, ohne die Miene zu verziehen.

»Caroline!« Ich stürzte die Treppe hinunter. »Schon gut. Das wächst doch wieder. Stimmt's, Lucy?«

Unten angekommen legte ich Lucy eine Hand auf die Schulter. Sie war wie in ihrer eigenen Welt, schaukelte hin und her, mit einem Arm am Geländerpfosten, den anderen theatralisch ausgestreckt.

»Mir reicht's. Ich gehe.« Tanya stürmte an mir vorbei die Treppe hinauf. Sie wirkte entschlossen.

»Wo wollen Sie hin?«, rief Caroline ihr nach. Und als Tanya um die Ecke bog und verschwand, brüllte sie: »Kommen Sie sofort zurück!«

Ich hielt Lucy fester, als Carolines zorniger Blick von der Treppe auf das Kind fiel. »Was schaust du denn so? Findest du das lustig?«

Ich stellte mich zwischen sie. Noch nie hatte ich Caroline so wütend erlebt.

»Na komm, Lucy, essen wir etwas.« Ich löste ihre Hand vom Geländer und führte sie in die Küche, weg von Caroline.

Während Lucy in der Küche Frischkäse und Brotstangen mümmelte und mit den Füßen auf den Boden trommelte, kämmte ich ihr die Haare und versuchte herauszufinden, wie man sie retten könnte.

»Das wird schon wieder«, erklärte ich ihr, aber es schien sie nicht zu interessieren. »Wir können auch die andere Seite kürzen, dann wird es ganz flauschig, wenn es nachwächst. Wie bei einem kleinen Küken.«

Ich lauschte auf die Geräusche im Haus. Irgendwann trampelte Tanya mit schweren Schritten die Treppe hinunter und durch die Eingangshalle. Die Haustür knallte zu. Stiefel marschierten über die Kiesauffahrt davon. Ich strich Lucy über den Rücken. Ihr Gesicht war ausdruckslos, und ich fragte mich, was wohl in ihr vorging, warum sie kein Wort sprach. Wie ging es ihr, wenn ihre Mutter und ihre Nanny miteinander stritten und Tanya drohte zu gehen?

»Das ist nicht deine Schuld«, sagte ich leise. »Erwachsene werden halt manchmal wütend. Sie vertragen sich bestimmt bald wieder.«

Ihr vorsichtiger Blick huschte kurz zu mir.

Lucy half mir gerade dabei, das Geschirr in die Spülmaschine zu stellen, als Caroline wieder hereingerauscht kam.

»Sie ist weg. Keine Nachricht, gar nichts.«

Ich räumte weiter ab und wischte mit einem feuchten Tuch über den Tisch. »Sie kommt bestimmt zurück, wenn sie sich beruhigt hat.«

»Wohl kaum. Sie hat ihr Zimmer geräumt.«

Ich stutzte. »Geräumt?«

»So ziemlich. Sie hat ihren Koffer mitgenommen. Ein Taxi gerufen.« Caroline marschierte auf und ab. »Unglaublich. Was jetzt? Ich muss mich morgen mit den Leuten vom Hotel treffen. Ich muss eine Präsentation vorbereiten. Was um alles in der Welt soll ich mit Lucy anstellen?«

Lucy tappte allein aus der Küche, den Blick gesenkt. Ich dachte an ihren knochigen Körper mit den spitzen Knien und Ellenbogen, wie sie sich in meinem großen Bett an mich gekuschelt und ihre winzigen, eiskalten Füße an meine warmen Beine gedrückt hatte.

»Ich kann sie nehmen, wenn du möchtest. Nur bis nach deinem Termin.«

Caroline sah mich an, als sähe sie mich zum ersten Mal. Ihre Augen leuchteten. »Wirklich? Würdest du das tun?«

Ich zuckte mit den Schultern und spürte, wie ich errötete, weil sie sich so freute. »Wieso nicht?«

Caroline kam zu mir herüber, nahm meine Hand und drückte sie impulsiv. »Das wäre wunderbar.«

Ich blickte auf ihre Finger mit den sorgfältig lackierten Nägeln hinab, die sich fest um meine schlangen. Auch ich lächelte wieder. »Vielleicht könnte ich mich nach örtlichen Kindergärten erkundigen. Es würde ihr guttun, ein paar Freunde zu finden.«

»Absolut.« Carolines Augen leuchteten immer noch. »Danke, Sophie.« Unvermittelt war der Moment verflogen. Sie ließ meine Hand los und wandte sich ab, nun wieder brüsk.

Auf einmal kamen mir Zweifel an meinem Angebot. Was konnte ich schon tun, um Lucy zu bespaßen? Ich dachte an ihren missratenen Haarschnitt. »Ich könnte mit ihr in den Ort gehen. Vielleicht können sie ihr im Friseursalon die Frisur richten.«

Caroline nickte, vor Erleichterung jetzt wieder freundlich. »Ich lasse dich auch in die Versicherung für das Nanny-Auto eintragen.« Sie griff nach ihrem Handy. »Es ist bloß ein kleiner Gebrauchtwagen. Tanya hat ihn benutzt. Gute Idee?«

Ich nickte. Das erschien mir sinnvoll. Bis zu den Geschäften, die ich heute Morgen entdeckt hatte, war es ein langer Fußmarsch, und ich wusste nicht, wohin ich sonst gehen sollte.

Sie strahlte. »Ich rufe sofort dort an.« An der Tür drehte sie sich noch einmal um, jetzt so lebhaft, wie sie eben noch wütend gewesen war. »Wenn du etwas essen möchtest, bedien dich einfach. Im Tiefkühler ist genug für Lucys Abendessen, nur für den Fall, dass ich bis dahin nicht zurück bin.«

Ich holte den Stoffhund und das Malbuch, das ich vorhin für Lucy gekauft hatte, und ging nach oben, um sie zu suchen. Sie saß auf dem Teppich in ihrem Dachzimmer und spielte still mit Puppen und Teddys. Als ich eintrat, blickte sie nicht auf. Ich zögerte und versuchte, mich daran zu erinnern, wie es war, drei Jahre alt zu sein. Bestimmt war sie traurig, oder? Weil Tanya gegangen und ihre Mutter so böse auf sie war.

»Ich dachte, wir könnten rausgehen und ein bisschen spielen. Wie fändest du das?«

Sie antwortete nicht, beachtete mich gar nicht und konzentrierte sich stattdessen auf ihre Spielsachen.

Ich trat ans Fenster, um sie nicht zu bedrängen. Die Vorhänge waren zurückgezogen und ließen die Strahlen der schwachen Herbstsonne herein. Ganz am Rand erhaschte ich einen partiellen Blick auf die Auffahrt und Carolines Auto, das dort parkte. Irgendetwas störte mich. Etwas stimmte nicht in diesem Haus, und ich wusste nicht, was oder wieso. Ich fühlte es einfach.

Die großen Fenster an der Seite des Gebäudes blickten in die gleiche Richtung wie die in meinem Zimmer, nur zwei Stockwerke höher. Sie boten eine beeindruckende Aussicht über die wilden Klippen und das Meer dahinter, doch der Blick wurde von einem Eisengitter, das am Fensterrahmen angebracht war, in gleichmäßige Streifen geschnitten.

Ich lehnte die Stirn an die kalte Farbe und roch das Eisen der Stangen. Ich verstand ihren Zweck. Sie dienten Lucys Sicherheit, hier in diesem hoch gelegenen Zimmer. Sie sollten verhindern, dass Lucy eines der Fenster öffnete und hinunterstürzte.

Doch zugleich fiel es mir schwer, das Gitter nicht als bedrohlich wahrzunehmen. Es war ein weiterer Beweis dafür, dass dieses kleine, schweigsame Kind in einem Haus eingesperrt war, das kaum mehr als ein Gefängnis war.

KAPITEL 4

CAROLINE

Ich verliebte mich in Dominic, als ich ihn zum ersten Mal sah. So ein Mann war er.

Wir waren bei Freunden in Mid-Levels zum chinesischen Neujahrsfeuerwerk eingeladen. Sie hatten eine Wohnung im obersten Stock eines eher niedrigen fünfzehnstöckigen Wohnblocks, und sie hatten für den Abend die Dachterrasse gemietet.

Tanzmusik dröhnte aus riesigen Lautsprechern, Büfetttische mit weißen Tischdecken bogen sich unter tonnenweise Essen und Getränken. Natürlich gab es einen Partyservice. Gab es bei allen Feiern. Höfliche chinesische Kellner in Smokings und weißen Handschuhen liefen mit Getränken und Snacks herum, reichten Dim Sum oder Miniburger oder Pommes in Zeitungspapiertüten. Die Seiten waren aus der *South China Morning Post*, nicht aus der *Daily Mail*, aber trotzdem war es eine Hommage an England.

Ich hatte in diesem Jahr einen neuen Job in der Personalabteilung einer großen Bank angefangen und mir eine eigene Wohnung geleistet, die ich in erster Linie meinem Vater zu verdanken hatte. Es war eine schicke Eigentumswohnung mit Blick auf den Hafen, in einem etwas höheren Wohnblock als diesem hier. Ich war Ende zwanzig, genoss das Leben, feierte gern, und die Welt lag mir zu Füßen.

An diesem Abend trug ich mein rotes Lieblingskleid mit dem tiefen Ausschnitt. Es betonte meine Kurven, und das wusste ich auch. Es war kühl, vom Wasser wehte eine Brise herauf. Ende Januar kann es abends ziemlich kalt werden. Ich hätte dringend einen Schal gebraucht, wollte aber das Outfit nicht ruinieren. Trotz der Kälte lag die typische Feuchtigkeit in der Luft, die Hongkong niemals ganz verließ.

Der Kerl aus der Investmentabteilung der Bank, mit dem ich hier war – kein richtiges Date, bloß ein Ausdruck freundschaftlichen Interesses –, hatte gerade angefangen, sich ungeschickt an mich heranzumachen, kam mir zu nahe und legte mir unbeholfen sein Jackett um die Schultern. Ich lachte und scherzte, hielt ihn aber auf Distanz. Ich hatte nichts dagegen, ein wenig mit ihm zu flirten, aber er war definitiv nicht mein Typ.

Und dann sah ich Dominic. Er stand etwas abseits mit ein paar anderen jungen Männern, die Zigarren rauchten und Champagner tranken. Er wirkte viel kultivierter als die restliche Gruppe, und ich war fasziniert von ihm, unter anderem, weil ich die meisten Expats in Hongkong zumindest vom Sehen kannte. Er war groß, dunkelhaarig und ja, gut aussehend, aber am besten gefiel mir seine lässige Eleganz.

Der Typ aus der Investmentabteilung – hieß er John? Ich weiß es nicht mehr – bemerkte, dass ich ihn ansah.

»Nicht der«, sagte er ein wenig zu hastig.

»Wieso nicht?«

»Bestimmt schwul.«

Ich glaubte ihm keine Sekunde. »Kennst du ihn?«

»Dominic Irgendwas. Hat ein eigenes Unternehmen.« Er zuckte geringschätzig mit den Schultern. »Ist noch keine fünf Minuten hier und schon der beste Freund von allen.«

John versuchte weiterhin, sich an mich heranzuwanzen, rieb mir die Arme, um mich aufzuwärmen, kommentierte meine Gänsehaut. Ich entwischte ihm, sobald ich konnte, ohne unhöflich zu wirken, als er hineinging, um die Toilette zu suchen. Die ganze Zeit über ließ ich Dominic nicht aus den Augen und wartete auf den richtigen Moment.

Kurz vor dem Feuerwerk gab es eine allgemeine Vorwärtsbewegung. Alle drängten sich näher an die Dachkante und blickten hinunter auf die dichte Vegetation, die Wohnblöcke mit den hell erleuchteten Fenstern und den Hafen unter uns.

Irgendjemand stellte die Lautsprecher auf Radio Hong Kong, und die Musikuntermalung für das Feuerwerk schallte durch die Nacht. Alle Augen waren auf den Hafen gerichtet, als die Vorführung begann. Boote in allen Größen drängten sich auf dem Wasser, von Fähren und Kreuzfahrtschiffen bis hin zu Dschunken. Die informelle Flottille wurde jedes Mal aufs Neue erleuchtet, wenn eine Salve von Feuerwerkskörpern mit roten, grünen oder gelben Funken in den Nachthimmel schoss und ihn zunehmend mit Rauchwolken verhängte.

Die minimale Verzögerung zwischen der Musik aus unseren Lautsprechern und dem Dröhnen und Knallen, Pfeifen und Knistern des Feuerwerks gab mir das Gefühl, seltsam losgelöst von der Szenerie dort unten zu sein, als sähen wir alles zu einem späteren Zeitpunkt als Film, als befänden sich das Feuerwerk und die Menschen in unterschiedlichen Zeiten. Ich hatte schon ein paar Gläser Wein getrunken. Vielleicht war das auch ein Grund.

Ganz bewusst hielt ich mich in Dominics Nähe auf. Jetzt drehte ich mich um, lächelte ermutigt vom Alkohol zu ihm auf und fragte: »Ist es dein erstes Mal?«

Er lächelte zurück. »Ist es. Allerdings finde ich erste Male ein wenig überschätzt, du nicht? Ich bevorzuge Erfahrung.«

Er zog an seiner Zigarre, und die Spitze glühte rot auf. Ich wandte den Blick ab, roch den berauschenden Zigarrenrauch und spürte, wie ich rot wurde. Zigarettenrauch verabscheute ich, aber das hier war etwas anderes. In seiner Hand sah eine Zigarre richtig aus, es hatte Stil.

Während die Feuerwerkskörper knallten, beugte er sich so nah zu mir, dass ich seinen warmen Atem auf meiner Wange spürte. »Stell dir diesen Hafen mal vor hundert Jahren vor. Die Dschunken und Fischerboote, all die Menschen, die es vom chinesischen Festland hierhergezogen hat, sie alle kamen mit großen Träumen. Sie wollten sich eine Zukunft aufbauen. Und das haben sie.«

Ich blinzelte und betrachtete die Wolkenkratzer, in deren Fenstern und poliertem Chrom sich die explodierenden Farben spiegelten. Es war nicht ganz das, was ich empfunden hatte, aber nah dran.

»Das ist Hongkong für dich?«, sagte ich. »Die Stadt der Träume?«

Er nickte, richtete den Blick nach vorn und wich meinem aus. »Das stimmt«, sagte er. »Die Möglichkeiten. Haben sie uns nicht alle hierhergezogen?«

Ich dachte nach. Was machte ich noch hier? Meine Eltern waren längst weitergezogen. Das könnte ich auch. Aber wohin? Ich gehörte nicht wirklich hierher, aber hier kannte ich mehr Leute als in jeder anderen Stadt.

Ich wandte mich wieder ihm zu. »Wo warst du vorher?«

Er zuckte mit den Achseln. »Singapur. London. L. A. Ich hatte das Gefühl, jetzt ist Hongkong dran.«

Ich lächelte. »Da hat Hongkong wohl Glück gehabt.«

Er erwiderte das Lächeln. »Wohl eher ich.«

Als das Feuerwerk zu Ende war, tauchte John wieder auf – er packte mich am Arm, und wir stolperten ziemlich betrunken in ein Taxi und fuhren mit ein paar anderen von der Party in einen angesagten Nachtclub in Tsim Sha Tsui. Wir Frauen tranken überteuerte Cocktails und taten so, als seien wir peinlich berührt von den halb nackten Chinesinnen mit den harten Gesichtszügen, die die Getränke servierten, obwohl wir sie tatsächlich genauso abcheckten wie die Männer, wenn auch nicht, weil wir sie heiß fanden, sondern weil wir ihre Körper mit unseren verglichen.

Ein paar Tage später dachte ich wieder an Dominic, als ich mich hinsetzte und eine lange Mail an meine älteste Freundin Sophie schrieb. Sie war einer der wenigen Menschen in meinem Leben, die mich noch von früher kannten. Seltsam, wie es dazu gekommen war. Die Menschen, mit denen man auch später noch befreundet ist, sind nicht unbedingt diejenigen, die man am meisten mochte, sondern die Stillen, Verlässlichen, die regelmäßig geantwortet haben. Außerdem fand ich es einfacher, jemandem zu schreiben, den ich höchstwahrscheinlich nicht treffen würde. Sophie und ich hatten nichts gemeinsam. Schon lange nicht mehr. Außer einer gemeinsamen Vergangenheit.

Am nächsten Tag dachte ich wieder an ihn, als ich zusammen mit einem einheimischen Mann aus einer der chinesischen Mittelklassefamilien, die sich den Häuserblock in den Mid-Levels mit den jungen westlichen Berufstätigen wie mir teilten, in einem der unzuverlässigen, verspiegelten Aufzüge stand. *Was hat dich hierhergeführt*, dachte ich, *in die Stadt der Träume?*

Und dann wieder am Abend, als ich an den älteren Chinesinnen vorbeikam, die auf dem gepflegten Rasenstück bei den Toren mit langsamen, würdevollen und fließenden Bewegungen Tai Chi praktizierten.

Auf den Treppenabsätzen vor den Wohnungen dieser Familien türmten sich Buggys und Kinderdreiräder und Schuhe. Sie antworteten nicht, wenn ich lächelte und in meinem gebrochenen, unmelodischen Kantonesisch Hallo oder Guten Morgen sagte.

Ich hatte ein absurd geräumiges Apartment mit glänzendem Parkettboden und Teppichen, einer teuren Klimaanlage an den Fenstern und großen hölzernen Deckenventilatoren. Nun, als ich mir die Schuhe auszog und ein kaltes Getränk aus dem großen Familienkühlschrank nahm, fragte ich mich, welche Suche nach Möglichkeiten sie hierhergeführt haben mochte und was sie wohl von ihrer europäischen Nachbarin mit ihrem unbeschwerten Wohlstand und ihrem Partyleben hielten. Wie ging es ihnen damit, dass ich in dieser überbevölkerten Stadt vier Zimmer ganz für mich allein hatte, während in ihrer Wohnung drei Generationen untergebracht waren?

Vom ersten Augenblick an brachte Dominic mich zum Nachdenken. Er wühlte mich auf. Er brachte mich dazu, die Dinge anders zu sehen.

Ich sah ihn eine ganze Weile nicht wieder, und das ärgerte mich. Ich hatte gehofft, ich hätte ihn beeindruckt, dass er vielleicht versuchen würde, mehr über mich herauszufinden oder sogar Kontakt aufzunehmen. Es wäre nicht schwer gewesen. Etwa eine Woche lang machte ich mich jeden Morgen vor der Arbeit schick. Ich zog meine besten Jacken und meine Lieblingsseidenblusen an, nur für den Fall, und hielt jedes Mal nach ihm Ausschau, wenn ich eine geschäftige Straße in Central überquerte oder mich nach Feierabend mit Freunden in einer Bar traf. Aber keine Spur von ihm.

Dann, an einem Sonntag, hatte ein Freund von einem Freund die Dschunke der Bank reserviert und eine ganze Gruppe von uns dazu eingeladen. Den innersten Zirkel aus der Bank und einige andere, die vielleicht Lust hatten, um die Sache ein bisschen aufzumischen. Inzwischen war es März, und das Wetter spielte verrückt. An einem Tag war es bedeckt und kühl, am nächsten Tag heiß und feucht, ein Vorgeschmack auf den kommenden Sommer. Dieser Sonntag war der erste richtig warme Tag des Jahres, um die sechsundzwanzig Grad. Ich weiß noch, dass ich am Anleger stand, mit einer flippigen Schultertasche, die ich in New York gekauft hatte. Ich trug ein Neckholdertop und eine abgeschnittene Jeans, die Sonne fühlte sich angenehm auf meinen nackten Beinen an. Durch meine Designersonnenbrille blickte ich über den Hafen, freute mich auf den Tag und fragte mich, wie ich wohl aussehen mochte, als Teil der In-Crowd hier. Auf einmal durchflutete mich Zuversicht.

Ich musste mir überlegen, wie lange ich noch in Hongkong bleiben wollte. Hier hatte ich ein funktionierendes Netzwerk, unter anderem dank einiger Jahre auf der amerikanischen Schule, auch wenn viele meiner ehemaligen Freunde inzwischen weggezogen waren. Meine Eltern waren nicht allzu weit entfernt, in Singapur. Das schadete nicht.

Aber ich fühlte mich auch heimatlos und manchmal – trotz der wilden Partyszene, die das Expat-Leben mit sich brachte – einsam. Ich hatte in so vielen Städten gelebt, so viele Schulen besucht, dass ich keine Wurzeln hatte. Ich gehörte nirgendwo hin. Hongkong war auch eine aggressive Stadt – anstrengend, spröde und rau.

In mir wuchs das unangenehme Gefühl, ignoriert und ausgegrenzt zu werden. Dominics Worte hatten irgendetwas in mir ausgelöst. Eine Rastlosigkeit. Was sie wohl von mir hielten, die alten Frauen mit den gebeugten Rücken und zerfurchten Gesichtern, die Obst in dünne Plastiktüten steckten und meine Hongkong-Dollar entgegennahmen, ohne mir je in die Augen zu schauen? Die Männer mit nacktem Oberkörper und vor Schweiß glänzenden Muskeln, die auf ihren Fahrrädern voll beladen mit Besen oder Eimern zum Verkauf das Durcheinander und Gedränge durchquerten und gekonnt um mich herumkurvten, weil ich die Einzige auf der Straße war, die ihre Rufe nicht verstand und nicht auswich.

Aber an diesem Sonntag blickte ich hinaus auf das glitzernde Sonnenlicht auf dem Wasser und den dichten Bootsverkehr zwischen dem Hafen und den vorgelagerten Inseln, den Fähren und Dschunken, Barkassen und Fischerbooten, und dachte: *Ja, es ist etwas Besonderes. Ich werde nicht ewig hierbleiben, dies wird nicht für immer meine Heimat sein, aber für den Augenblick, als Erfahrung, ist es wunderbar.*

Und dann rief jemand: »Da kommt sie!«, und ich drehte mich um, schirmte die Augen mit der Hand ab und sah die Dschunke der Bank auf uns zugleiten, sie durchpflügte einen Strom wogenden Plastikmülls und Flecken von beißendem ausgelaufenen Diesel. Ein kräftiger mittelalter Chinese stand im Bug, ein aufgerolltes schwarzes Seil über dem Unterarm, bereit, es über den Poller neben uns zu werfen. Im Näherkommen schätzte er die abnehmende Entfernung ab, den Blick stets auf seine Aufgabe gerichtet, nicht auf uns, die blassgesichtige Menge, die sich dort drängte und es nicht abwarten konnte, an Bord zu gehen.

Das Personal um uns herum, klein und stämmig in seinen leuchtend weißen Uniformen, schulterte die gewaltigen Kühltaschen und Kästen mit Tsingtao-Bier und Softdrinks und sprang mit seinen Sandalen an Bord, um die Kombüse für den vor uns liegenden Tag in Betrieb zu nehmen.

Wir wollten gerade ablegen, die Leinen waren schon gelöst, da tauchte Dominic auf.

Einer der Jungs von der Bank winkte und rief: »Hey! Beweg dich.«

Mit einem Lächeln beschleunigte er seinen Schritt, ohne verlegen zu wirken, als wüsste er, dass wir warten würden, warum auch nicht? Er trug eine cremefarbene Baumwollhose, ein blaues Poloshirt und dunkle Schuhe mit Gummisohlen.

Er bewegte sich lässig, mit langen, ausladenden Schritten. Seine Haare waren zerzaust, als wäre er gerade erst aufgestanden, ein dunkler Bartschatten zierte sein Kinn. Ich fragte mich, ob er selbst bügelte oder eine Haushaltshilfe hatte. Wo war er letzte Nacht wohl gewesen? War er heute Morgen allein aufgewacht, oder kam er deshalb so spät, weil ihn jemand im Bett festgehalten hatte? Jemand, den er ungern verließ?

Er erreichte uns und sprang über die Reling, als das Boot gerade ablegte.

Die anderen lachten und nahmen ihn in die Zange.

»Hey, Dom!«

»Lange Nacht gehabt?«

»Ich dachte schon, du verpasst das Boot.«

Er war noch nicht lange hier, aber offenbar kannten ihn schon alle. Lächelnd nahm er die Dose Tsingtao, die ihm jemand anbot, riss sie auf und trank einen großen Schluck. Dann drehte er sich um, und sein Blick landete auf mir. Er wirkte nicht im Geringsten überrascht, als hätte er genau gewusst, wohin er schauen sollte. Auf seinem Gesicht lag eine Belustigung, die mich erröten ließ. Es kam mir vor, als wüsste er genau, dass ich ihn beim Näherkommen beobachtet hatte, wie oft ich auf der Straße nach ihm Ausschau gehalten und in Bars und Restaurants gehofft hatte, sein Gesicht zu entdecken. Vielleicht hatte er dasselbe getan.

Ein dicklicher Mann drängte sich zu ihm durch, schüttelte ihm die Hand und zog ihn zu einem anderen Teil der Dschunke. Ich begab mich mit meinen Freundinnen ins Heck, war aufgeregt, ihn zu sehen, und überlegte, ob Dominic vielleicht meinetwegen mitgekommen war.

Wir saßen in geselliger Runde auf dem warmen Holzdeck, die Haare von der aufkommenden Brise zerzaust, Getränkedosen in der Hand, die nackten Beine zum Wasser hin ausgestreckt. In der langsam abflachenden Brandung wanderte unser Blick zurück zur Skyline von Hongkong mit ihren dicht gedrängten Wolkenkratzern, die sich langsam entfernten. Der Lärm und das Gedränge der Stadt verflüchtigten sich allmählich im Wind. Bald sahen wir nur noch die flachen grasbewachsenen Hügel der vorbeiziehenden Inseln und die kreisenden Seevögel, die auf den Luftströmen ritten.

Ich lag da, spürte die Sonne auf der Haut, das Bier lockerte meine Muskeln, das Brummen des Motors drang in meinen Körper, und der salzige Fischgeruch des Wassers stieg mir in die Nase.

In Momenten wie diesen fiel es mir schwer, an den Rest der Welt zu denken, konnte ich kaum glauben, dass überhaupt irgendetwas anderes existierte. In New York verzog sich gerade erst die Winterkälte, noch zogen die Menschen ihre Jacken fester um sich, wenn sie aus der dampfenden, staubigen Subway kamen. In England glänzten die Straßen vom Regen, und Familien gingen mit dicken Mänteln und Wollschals in zugige Kirchen, wo sie sich bereits auf den Sonntagsbraten freuten. Wie konnte es dort dunkel, neblig und kalt sein, wenn hier längst der Deckel von der Welt gehoben worden war und so viel Licht und die Wärme hereindrangen, selbst im März?

Ich kam mir fast ein wenig arrogant vor. Ob ich diese Gedanken in meiner nächsten E-Mail mit Sophie teilen könnte, oder wäre das anmaßend angesichts ihres eigenen farblosen Lebens in einer beengten Wohnung?

Die junge Frau, die sich neben mir rekelte, deutete auf Lamma Island und erzählte von einem tollen Wanderweg, der bei einem Fischrestaurant direkt am Strand endete, wo man bei frischen Garnelen in Knoblauchsoße und eiskaltem Bier die Zehen in den kühlen Sand stecken konnte.

Die Dschunke umrundete Lamma und ging irgendwo am jenseitigen Ufer vor einem langen, menschenleeren Strand vor Anker. Hinter dem Strand ragten steile Felsen auf, die mit Gestrüpp bewachsen waren. Das Bootspersonal ließ die Metallleiter am Heck hinunter. Nun, da wir im Windschatten lagen, brannte die Sonne heiß und schwer auf uns herab.

Seit wir an Bord gegangen waren, flossen die Getränke in Strömen. Nun schlüpften Männer und Frauen aus ihren Shorts und Shirts, unter denen Badebekleidung zum Vorschein kam, kletterten vom Boot und planschten kreischend im Wasser. Einige schwammen Richtung Ufer. Andere zogen träge Kreise oder ließen sich mit ausgestreckten Armen auf dem Rücken treiben und starrten in den Himmel.

Ich schwamm auch, aber nicht lange, dann legte ich mich zum Trocknen aufs Deck, während sich um mich herum eine Lache aus Salzwasser bildete, die langsam verdunstete und weiße Schlieren auf dem Holz hinterließ. Vom Salz spannte meine Haut, meine Oberschenkel kribbelten. Ich stellte mir vor, wie Dominic mich beobachtete und genau verstand, was ich tat, wenn ich mich träge vom Bauch auf den Rücken drehte und mich ihm präsentierte.

Später servierte das Bootspersonal einen Lunch, und nachdem wir gegessen hatten, lichteten sie den Anker und navigierten die Dschunke so dicht wie möglich an den Strand. Einer nach dem anderen sprang von der Leiter und schwamm zum Ufer, watete aus der Brandung an den Strand, um dort zu spielen. Wettrennen. Beachtennis. Beachfußball.

Dominic war nicht dabei. Ich blieb zurück und hielt nach ihm Ausschau. Er war nirgendwo zu sehen, vielleicht wartete er unter Deck. Ich sagte den anderen, ich hätte Kopfschmerzen und wolle auf dem Boot bleiben.

Als alle anderen fort waren, tauchte Dominic auf. Ich saß auf dem Deck, mein Badeanzug war wieder trocken, und ich hatte die Shorts erneut übergestreift. Er setzte sich neben mich, als hätte er genau gewusst, dass ich hier auf ihn wartete, und reichte mir eine gekühlte Dose Tsingtao. Er war mir so nah, dass ich seine Körperwärme spürte.

»Schwimmst du gar nicht?«, fragte er.

»Du doch auch nicht.«

Er holte eine Zigarre hervor und zündete sie an. Ich saß neben ihm und freute mich, endlich mit ihm allein zu sein. Unten klapperte das Schiffspersonal in der Kombüse herum, spülte das Geschirr vom Mittagessen und unterhielt sich lautstark auf Kantonesisch.

»Sie verstehen nicht«, sagte Dominic, »warum Leute mit so viel Geld, Leute, die eine hochmoderne Klimaanlage besitzen, den ganzen Tag draußen auf einem Boot in der heißen Sonne verbringen wollen. Warum Leute, die in einem teuren Swimmingpool schwimmen könnten, lieber im dreckigen Meer planschen.«

Ich lachte. Natürlich zog er mich auf, er verstand sie auch nicht besser als ich. »Was sagen sie noch?«

»Was findet diese clevere junge Frau nur an diesem Typen mit der Zigarre?«

Er lüpfte eine Augenbraue, und mein Herz klopfte. Ich versuchte, aufrecht zu sitzen und den Bauch einzuziehen, hob die Knie an und schlenkerte mit den Beinen.

Er legte den Kopf zurück, streckte den Hals und blies Zigarrenrauch aus. Der reichhaltige, berauschende Duft zog uns zueinander.

Ich dachte: *O Gott, wenn das schiefgeht, dann wird es verdammt wehtun.* Und dann: *Aber es ist zu spät, ich bin ihm längst verfallen.*

Er drehte sich zu mir um und sah mich direkt an. Sein Blick war durchdringend. »Also, bezaubernde Caroline, was sollen wir ihnen darauf antworten?«

Und so fing es an.

KAPITEL 5

SOPHIE

Mein erster Tag allein mit Lucy war nicht so, wie ich ihn mir vorgestellt hatte. In mancher Hinsicht war sie pflegeleicht: keine Trotzanfälle, kein Streit, kein Drama. Aber in anderer Hinsicht war sie extrem schwierig.

Vielleicht lag es daran, dass ich nicht an den Umgang mit einer Dreijährigen gewöhnt war. Ich wusste nicht, wie ich mit ihr reden sollte. Kinder mögen doch einfache Sachen, oder nicht, in dem Alter? Doch was ich auch versuchte, es scheiterte. Es gelang mir nicht, ihre Aufmerksamkeit zu gewinnen, ihr Spaß zu bereiten.

Am Morgen, nachdem Caroline zu ihrer großen Präsentation aufgebrochen war, hatte ich Lucy warm angezogen, ein paar Sandwiches gemacht und war mit ihr in den Wald gegangen. Ich wollte ihr beibringen, auf einen Baum zu klettern. Es interessierte sie nicht. Ich versuchte es mit Fangenspielen. Nichts. Ich schlug Verstecken vor. Sie stand einfach da, eine kleine, einsame Gestalt, winzig zwischen den Bäumen. Die Hände flach an die Seiten gepresst, starrte sie mich an, als wünschte sie sich, ich würde endlich gehen und sie in Ruhe lassen. Ihre Haare standen in Büscheln ab, wodurch sie noch mehr wie ein verwahrloster Streuner aussah. Die Friseurin im Ort hatte gestern Nachmittag zu retten versucht, was zu retten war, aber es würde sicher noch eine Weile seltsam aussehen, bis die kürzesten Haare nachgewachsen waren.

Ich hatte mir auch überlegt, dass wir zusammen eine

Hütte bauen und anschließend darin unsere Sandwiches essen könnten. Machten Kinder so etwas nicht gerne?

Ich verkratzte mir die Hände, als ich abgebrochene Äste und Zweige aufsammelte und sie in einer ordentlichen Reihe an einen dichten, belaubten Busch lehnte. Lucy saß auf einem Stein, beobachtete mich mit stumpfen Augen und stocherte hin und wieder mit einem Stock in der Erde.

»Komm her«, rief ich mit gespielter Begeisterung, als die Hütte schließlich fertig war. »Willst du nicht reinkommen?«

Auf allen vieren kroch ich in die zusammengestoppelte Hütte, hockte mich hin und wartete. Das Holz roch feucht und modrig, der Boden nach verrottendem Laub. Als ich mit der Schuhspitze ein trockenes Blatt umdrehte, krabbelte eine Kellerassel darunter hervor. Ein Spinnennetz schwebte in mein Blickfeld, ich wischte es weg. Feuchtigkeit durchdrang langsam meinen Hosenboden. Keine Spur von Lucy.

Als ich mühsam wieder hinauskroch, unangenehm nass und frierend, mit Zweigen und Blättern im Haar, richtete sie ihren nachdenklichen, traurigen Blick auf mich.

»Sehe ich komisch aus?« Ich wedelte mit den schmutzigen Handflächen, dann klopfte ich meine dreckige Hose ab.

Keine Reaktion.

Regen setzte ein, trommelte wie Schrot auf die Blätter. Ich hielt ihr die Hand hin. Sie zögerte, schien einen Moment nachzudenken, dann schob sie ihre kleinen sauberen Finger in meine und gestattete mir, sie zurück zum Haus zu führen, wo wir stattdessen auf dem Boden ihres Kinderzimmers picknickten.

In der letzten Stunde war Wind aufgekommen. Er schleuderte Wasserfontänen gegen die vergitterten Kinderzimmerfenster im Dachgeschoss. Es war ein ruhiger Nachmittag. Ich zeichnete Bilder für Lucy und malte sie anschließend selbst aus, während sie zuschaute. Mit gestrecktem Rücken saß sie auf meinem Schoß, während ich ihr Bilderbücher vorlas, und betrachtete pflichtschuldig die Illustrationen auf jeder Seite. An Büchern herrschte in ihrem Regal kein Mangel.

Kurz vor dem Abendessen backten wir zusammen Schokoladenkekse. Sie beobachtete meine Bewegungen, während ich die Zutaten abwog, und verstand eindeutig sämtliche meiner Anweisungen. Konzentriert gab sie eine Zutat nach der anderen in die Rührschüssel. Beim Rühren achtete sie darauf, nicht zu kleckern, und stibitzte nicht einmal den einen oder anderen Schokoladensplitter, wie ich es sicher getan hätte.

Ihre Augen waren aufmerksam, aber sie sprach kein Wort. Lucy summte oder sang auch nicht vor sich hin. Sie wirkte wie innerlich tot. Sie war eine Dreijährige, die die Welt mit der Erschöpfung eines alten Mannes betrachtete.

Später, nach dem Abendessen, als Lucy müde wurde, kam Caroline nach Hause und fand uns in der Küche. Sie nahm Lucy auf den Schoß, um mit ihr zu kuscheln, aber das Mädchen reagierte kaum, als ihre Mutter sie fest an sich zog. »Na, meine Hübsche, warst du denn auch brav?«

Lucy schwieg.

»Sie war wunderbar«, sprang ich ein. »Wir haben gerade Kekse gebacken, stimmt's, Lucy?«

»Das habe ich gerochen! Gut gemacht!«

Als sie Lucy einen Kuss auf die Wange geben wollte,

riss sich das Kind von ihr los, rutschte auf den Boden und lief unaufgefordert die Treppe hinauf in ihr Zimmer.

Caroline richtete sich auf. »Ich bringe sie ins Bett. Dann hast du Pause.«

Um Lucy in Schutz zu nehmen, sagte ich: »Ich glaube, sie vermisst Tanya.«

»Mach dir keine Sorgen«, sagte Caroline über die Schulter, als sie zur Tür ging. »Das wird schon wieder.«

Als Lucy im Bett war, saßen Caroline und ich mit unserem eigenen Abendessen in der Küche zusammen.

Caroline war aufgeregt und freute sich riesig. Wir feierten mit einem oder zwei Glas Wein, während sie mit leuchtenden Augen von ihrem Tag erzählte. Das Flaggschiffhotel der Burrells-Kette befand sich nur ein paar Autostunden entfernt auf einem großzügigen Anwesen mit Golfplatz und Spa. Sie boten Hochzeiten und Firmenveranstaltungen auf höchstem Niveau und luxuriöse Wochenendausflüge für Familien an, also die Art von Kunden, die sicherlich ein qualifiziertes Kindermädchen buchen würden, falls es so einen Service gab, damit die Eltern sich entspannen und einen Wellnesstag oder eine Runde Golf genießen konnten.

»Ich habe auch Kindermädchen für Übernachtungen vorgeschlagen.« Sie strahlte. »Also, Nanny und Kinder in miteinander verbundenen Zimmern. Den Kindern verkauft man es als Pyjamaparty, damit Mum und Dad mal wieder einen Abend ausgehen können und danach etwas Zeit für sich haben.«

Ich dachte an meine Eltern und daran, wie unangenehm ihnen das alles gewesen wäre. Als Kind hatte ich selten einen Babysitter gehabt. Mum und Dad hatten mich jeden Abend ins Bett gebracht und mir eine Geschichte vorgelesen. Ich hatte mich darauf verlassen können, dass sie da waren, immer. Wenn ich nach ihnen rief, kamen sie mitten in der Nacht mit verschlafenen Augen zu mir gestolpert.

»Und rate mal, wo die Verkaufsleiterin herkommt? Singapur! Sie mochte mich, das habe ich gemerkt.« Caroline nahm über den Tisch hinweg meine Hand und drückte sie kurz. »Ich soll morgen noch einmal wiederkommen, um vor dem Geschäftsführer zu präsentieren. Ach, Sophie, es tut mir leid, ich weiß, ich rede zu viel. Aber ich kann es einfach kaum glauben!«

Ich versuchte zu lächeln und dachte stattdessen an Lucy. »Du fährst also morgen noch einmal hin?«

»Auf jeden Fall!« Sie hielt inne und schien meine Stimmung zu lesen. »Sophie, das ist ziemlich viel verlangt, das weiß ich. Aber könntest du vielleicht, du weißt schon, morgen wieder auf Lucy aufpassen? Ich wäre dir sehr dankbar. Sie hat dich wirklich gern.«

Ich zögerte, nicht überzeugt. »Aber es ist nicht nur morgen, oder? Was ist, wenn sie dir einen Vertrag anbieten?«

Caroline räumte unsere Teller ab und stellte sie in die Spülmaschine. Dann holte sie einen Becher von einer ausgefallenen Eissorte und fing an, zwei Schälchen zu befüllen. Sie schaute nachdenklich drein.

»Ich will ehrlich sein«, sagte sie. »Wir hatten schon mehrere Nannys, seit wir hierhergezogen sind, und keine hat es lange ausgehalten. Lucy ist ein sensibles Kind. Der Umzug war eine große Umstellung für sie, und die ständigen Veränderungen machen es nicht besser.«

Ich dachte an Lucy, wie sie stocksteif mit starren Armen zwischen den Bäumen stand. Sie hatte so verloren gewirkt.

»Es ist einfach ein ungünstiger Zeitpunkt, weißt du?«, fuhr Caroline fort und hackte mit geschürzten Lippen auf das Eis ein. »Ich will nicht noch einmal denselben Fehler machen und die erstbeste Nanny einstellen – und glaub mir, es ist nicht leicht, eine zu finden, die hier draußen auf dem Land leben möchte.« Sie reichte mir eine Schale mit Eis und einen Löffel. »Aber das könnte mein großer Durchbruch werden. Für mich war es auch nicht leicht, zurückzukommen. Ich habe viel aufgegeben. Dominic hat sich in dieses Haus verliebt. Aber für ihn ist es ein Ferienhaus, verstehst du? Er sitzt hier nicht die ganze Zeit fest.«

Sie stellte den Becher zurück in den Gefrierschrank und lehnte sich auf ihrem Stuhl zurück. Das Eis war dick und cremig, mit Schokoladenstückchen und Marshmallows darin. Ich dachte nach. Ich mochte Lucy sehr. Und ich wollte nicht, dass sie von einer Aushilfskraft zur nächsten weitergereicht wurde. Sie brauchte mehr als das. Aber sie war Carolines Tochter, nicht meine.

»Was ist mit einer Kita?«, fragte ich.

Sie zuckte mit den Schultern. »Vielleicht. Falls es hier in der Nähe überhaupt eine anständige gibt.«

Ich erinnerte mich an mein Gespräch mit der Friseurin gestern. Sie hatte mich gefragt, ob Lucy in die Vorschule gehen würde, wie sie es nannte.

»Die Friseurin sagte, dass es hier im Dorf eine tolle Kita gibt. *Little Monkeys*. Hast du schon davon gehört? Montessori. Ihre Kinder waren auch dort. Ich könnte mal anrufen, wenn du willst.«

Caroline strahlte. »Würdest du das tun? Das wäre großartig.« Sie nagte an ihrem Löffel. »Falls ein Platz frei ist, könntest du vielleicht mit ihr hinfahren, zum Kennenlernen. Vielleicht ist es genau das, was sie braucht.

Damit sie mal ein bisschen aus sich herauskommt. Freunde findet.«

Ich nickte. »Okay.«

Sie lächelte, und zum ersten Mal, seit sie nach Hause gekommen war, entspannten sich ihre Schultern.

»Danke, Sophie. Ich bin dir wirklich dankbar.«

Wir saßen eine Weile schweigend da und ließen uns das Dessert schmecken.

Ich dachte an die nächsten ein oder zwei Tage und überlegte, was ich mit meiner Zeit anfangen sollte, wenn Lucy in die Kita ginge.

»Dieses Strandhaus auf dem Felsvorsprung, von hier aus direkt an der Steilküste, gehört das euch?«

Sie blickte in ihre Schüssel, bevor sie antwortete. »Die Vorbesitzer haben es als Abstellkammer benutzt, glaube ich. Ich habe mir nicht die Mühe gemacht, es zu entrümpeln.«

Sie machte den Eindruck, als wollte sie nicht darüber reden, aber ich ließ mich nicht beirren. »Ich dachte, du hättest vielleicht dort gemalt. Ich habe eine Staffelei gesehen …«

Sie schüttelte den Kopf. »Da ist bloß jede Menge Gerümpel drin, sonst nichts.«

Ich zögerte und versuchte, ihre Miene zu deuten. »Ich dachte nur, wenn ich noch ein paar Tage bleibe, solange du dir überlegst, was mit Lucy geschehen soll, könnte ich es mir vielleicht ansehen? Es ist so ein toller Ort.«

Sie runzelte die Stirn. »Ich weiß nicht …«

»Es könnte ein tolles Spielhaus für Lucy sein. Oder eine Art Aufenthaltsraum für die nächste Nanny.«

Sie zuckte mit den Schultern, griff nach den Schüsseln und schob ihren Stuhl zurück. »Wenn du willst.« Sie ging zur Spülmaschine und deutete auf eine der Küchenschubladen. »Die Schlüssel sind da drin, irgendwo. Aber mach dir keine zu großen Hoffnungen. Es sieht wirklich schlimm aus.«

Ich sah ihr zu, wie sie in der Küche herumwuselte, verirrte Messer und Löffel einsammelte und die Arbeitsflächen abwischte. Die Stimmung war gekippt, und ich verstand nicht, warum.

»Was sagt Dominic zu deinen Neuigkeiten? Freut er sich?«

»Ich habe es ihm noch nicht erzählt. Ich rufe ihn gleich an.« Sie spülte den Lappen aus und hängte ihn zum Trocknen über den Wasserhahn, dann hielt sie auf dem Weg aus der Küche inne und drehte sich noch einmal um: »Danke, dass du dich um Lucy gekümmert hast. Wirklich.« Sie lachte. »Ich muss gestehen, es war ein ziemlicher Schock, als du vom Bahnhof angerufen hast, aber ich bin so froh, dass du da bist.«

Und weg war sie.

Die Leiterin der Kindertagesstätte, mit der ich am nächsten Morgen telefonierte, machte einen großartigen Eindruck. Entspannt und freundlich.

Ich hatte eine ganze Rede über Lucy vorbereitet, darüber, wie wichtig es für sie sei, andere Kinder kennenzulernen, um sich in einem neuen Land einzuleben, aber die brauchte ich gar nicht.

»Natürlich.« Ich hörte förmlich das Lächeln in ihrer Stimme. »Kommen Sie mit ihr her.« Im Hintergrund lärmten und trampelten Kinder. »Wann immer es Ihnen passt. Wir sind da!«

Nachdem ich aufgelegt hatte, trat ich beschwingt in den Flur, um nach oben zu gehen und Lucy zu wecken. Ich zuckte zusammen. Da stand sie, auf halber Treppe, ein stummes Gespenst in ihrem langen, weißen Nachthemd, eine blasse Hand auf dem Geländer.

»Lucy! Du bist ja schon wach!«

Sie rührte sich nicht. Ich sprang die Treppe hinauf und breitete die Arme aus für eine Umarmung, die aber nicht kam. Wie viel hatte sie wohl von meinem Telefonat mitbekommen?

»Na, wie wär's mit einem Abenteuer?«

Sie antwortete nicht. Ich nahm ihre Hand und führte sie in die Küche.

»Heute sind wir beide wieder allein. Hat Mummy dir das erzählt?« Keine Antwort. »Du und ich werden ein paar nette Kinder zum Spielen finden. Ist das eine gute Idee?«

Keine Reaktion.

Ich füllte Cornflakes in eine Schale und stellte sie vor sie hin. Um den Rand marschierte eine Elefantenparade.

»Ich komme auch mit. Du brauchst gar keine Angst zu haben.«

Als sie den Löffel nahm und zu essen anfing, fand ich eine Bürste und tat mein Bestes, um das zottelige Haar zu glätten, dann band ich ein Haarband aus Stoff darum, um den schlimmsten Schaden zu kaschieren.

»Ich wette, da gibt es jede Menge Spielzeug, mit dem man spielen kann«, sagte ich. »Was meinst du?«

Kein Wort.

Mrs Minns, die Kitaleiterin, war eine stämmige, mütterliche Frau in den Fünfzigern. Sie sah aus, als könnte sie nichts aus der Ruhe bringen. Wir saßen zusammen auf winzigen Stühlen in einer Ecke, und ich bemühte mich, auf einem Klemmbrett verschiedene Formulare auszufüllen, während die Kinder spielten.

Es war ein kleines, sonnendurchflutetes Gebäude mit großen Fenstern an einer Seite, durch die man auf ein ummauertes Spielgelände blickte. Von meinem Platz aus sah ich etwa ein Dutzend Kinder, die in narzissengelben Kitteln draußen herumtobten. Einige fuhren auf Plastikautos oder -motorrädern herum, andere rannten mit ausgebreiteten Armen kreischend im Kreis, wieder andere hockten konzentriert vor einem Sandkastentisch. Eine Betreuerin, ein junges Mädchen, kaum älter als ein Teenager, lief zwischen ihnen herum und schlichtete Streitereien.

Lucy war als einziges Kind drinnen geblieben, nah bei mir, und schaute so ernst drein wie immer. Sie hatte eine Puppe auf dem Schoß und tat so, als würde sie ihr ein Fläschchen geben, streichelte ihr langes, verfilztes Haar und schaukelte sie in ihren Armen.

Auch Mrs Minns sah sie an. »Sie hatte also bisher nicht viel Kontakt zu anderen Kindern? Machen Sie sich keine Sorgen. Das ist ganz normal. Sie wird sich bald eingewöhnen.«

»Ich helfe nur aus. Ich bin eine Freundin der Familie.« Kurz zögerte ich und dachte, dass eigentlich Caroline hätte hier sein sollen, nicht ich. »Aber sie scheint ...« Ich suchte nach dem richtigen Wort. »Sie scheint verschlossen zu sein. Sie ist dreieinhalb und spricht nicht.« Ich überlegte, was ich noch sagen sollte. »Ich glaube nicht, dass es etwas Organisches ist. Sie kann schreien ... Sie wissen schon, wenn sie sich aufregt.«

Mrs Minns sah nachdenklich aus. »Warum lassen wir sie heute Morgen nicht noch ein bisschen spielen und schauen mal, wie sie zurechtkommt? Bleiben Sie doch gerne, während Lucy Selbstvertrauen aufbaut. Dann können wir sie morgen allein spielen lassen und sehen, wie sie sich macht. Später können Sie immer noch Nachmittage hinzubuchen.«

Sie gab mir einen Stapel Einverständniserklärungen und Zahlungsformulare, die Caroline oder Dominic unterschreiben mussten, dann erhoben wir uns mühsam.

Ich ging zu Lucy und hockte mich neben sie. »Ich bin da drüben, Süße. In Ordnung? Dort in der Ecke, wenn du mich brauchst. Spiel noch ein bisschen, und wenn du fertig bist, gehen wir nach Hause.«

Sie drückte die Puppe fester an sich und schaute sich nicht um, als ich meinen kleinen Stuhl in die hinterste Ecke stellte und mich dort niederließ, um sie aus dem Schatten heraus zu beobachten. Mrs Minns beugte sich zu Lucy hinunter und sprach leise mit ihr. Ich verstand nicht alles. Es ging um die Puppe und darum, wie sie wohl heißen mochte. Mrs Minns hatte eine beruhigende Ausstrahlung, und in mir wuchs die Hoffnung, dass Lucy, was auch immer sie beunruhigte, sich hier bald sicher und geborgen fühlen würde.

Am nächsten Tag zeigte Lucy keine Reaktion, als ich ihr den neuen Kitakittel brachte und ihr beim Anziehen half. Ich wusste nicht, was in ihr vorging, ob sie sich freute, wieder in die Kita zu gehen, oder nicht.

Caroline hatte am Abend alle Formulare ausgefüllt, einschließlich der Einzugsermächtigung für die Beiträge für die Vormittagsbetreuung, zumindest für den Anfang. Sie war von ihrem Treffen mit dem Geschäftsführer aufgeregt, aber auch gestresst zurückgekommen, als wäre ihr klar geworden, wie viel sie auf sich nehmen müsste, wenn man ihr einen Vertrag anbot, und wie viel Arbeit es sein würde, alles zu erfüllen, was sie versprochen hatte. Auch mir gegenüber machte sie viele Versprechungen, sagte, sie werde so bald wie möglich eine geeignete Ganztagsbetreuung finden, bis dahin habe ich was gut bei ihr und sie könne mir nicht genug danken.

Ich wusste, sie hatte viel um die Ohren, also drängte ich sie nicht. Eine Woche oder so würde ich ihr geben, bis sie alles geregelt hatte. Ich war ohnehin noch nicht so weit, ein neues Leben anzufangen. Vom Notariat hatte ich eine E-Mail mit einer Nachfrage des Finanzamts zu Dads Nachlass erhalten, die sie gerade bearbeiteten. Bis alles geklärt wäre und das Haus auf meinen Namen lief, würde ich weiterhin knapp bei Kasse sein. Ich sollte also dankbar sein, dass ich eine kostenlose Unterkunft hatte.

Nachdem ich Lucy in der Kita abgeliefert hatte und mit Mrs Minns die Formulare durchgegangen war, blieb ich noch ein wenig länger, als wahrscheinlich nötig gewesen wäre, um ganz sicher zu sein, dass es Lucy gut ging. Sie saß wieder ein wenig abseits, kuschelte mit einem Stofftier und schaukelte es sanft. Die anderen Kinder, die herumrannten und sich um Spielzeug stritten, schienen sie gar nicht zu bemerken. Die junge Betreuerin klebte riesige Papierbögen auf eine Reihe von kindgerechten Tischen und stellte Plastiktöpfe mit Farben und Pinseln auf. Offenbar bereitete sie eine Bastelstunde vor.

Lucy blickte nicht auf, als ich zu ihr ging, um mich zu verabschieden. Auf einmal verspürte ich den Drang, sie hochzuheben und wieder mit nach Hause zu nehmen, aber ich wusste, das durfte ich nicht. Sie musste sich erst einmal eingewöhnen.

Ich gab ihr einen Kuss auf den Kopf. »Bis ganz bald, Süße. Frag Mrs Minns, wenn du irgendetwas brauchst, okay? Weißt du noch, wo die Toilette ist?«

Sie nickte, ohne mir in die Augen zu sehen.

Als ich schließlich ging, flüsterte ich Mrs Minns zu: »Rufen Sie mich an, wenn irgendetwas ist. Ich kann in zehn Minuten hier sein.«

Sie lächelte nur und tätschelte mir die Schulter. »Machen Sie sich keine Sorgen. Es wird schon gut gehen.«

Als ich zurückfuhr, legte ich mein Handy auf den Beifahrersitz, nur für den Fall, dass sie anrief.

Es war seltsam, allein im Haus zu sein. Ich hatte mich daran gewöhnt, Lucy an meiner Seite zu haben, ein stummer Schatten, aber stets präsent. Jetzt stellte ich fest, dass ich sie vermisste. Ich wanderte von einem Zimmer ins nächste, die Uhr ständig im Blick, fragte mich, wie es ihr erging, ganz allein mit den anderen Kindern, und wusste nichts mit mir anzufangen.

Schließlich wühlte ich in der Krimskramsschublade durch Schrauben und Nägel, Klebebandrollen und Scheren und holte alle Schlüssel heraus, die ich finden konnte. Damit lief ich aus dem Haus und den Pfad an der Klippe entlang zu der versteckten Felsspalte, die mich zurück zum Strandhaus auf dem kleinen Felsvorsprung führen würde.

Mit zitternden Fingern probierte ich die verschiedenen Schlüssel aus. Doch selbst als ich endlich einen fand, der ins Schloss passte und sich drehen ließ, gab die Tür keinen Zentimeter nach. Mit dem Fuß schob ich einen Haufen Zweige und totes Laub weg, drückte die Klinke hinunter und stieß mit der Schulter gegen die Tür. Als sie unvermittelt nachgab, purzelte ich hinein.

Sofort schlugen mir die Gerüche entgegen. Moder. Das Salz eingesperrter Seeluft. Aber beides wurde von etwas Stärkerem überlagert. Terpentin und Farbe.

Ich durchquerte den kleinen Eingangsbereich und betrat den Hauptraum, wo ich innehielt und starrte. Der Raum wurde von sanftem Licht durchflutet und wirkte lebendig durch die wogenden Wellen. Durch das große Panoramafenster blickte ich direkt aufs Meer hinaus. Die Felsen gingen so steil hinunter, dass es mir vorkam, als schwebte das ganze Gebäude und würde vornüberkippen und ins Wasser stürzen, sobald ein Windhauch es erfasste.

Vorsichtig trat ich ans Fenster, wagte es kaum, mein Gewicht zu verlagern, aus Angst, das Haus dadurch irgendwie aus dem Gleichgewicht zu bringen. Ein riesiger, offener Blick auf das Meer und den Himmel. Einsam, unendlich und herrlich. Hier fühlte ich mich sicher, geborgen. Es war ein Schutz vor dem Wind, natürlich, aber auch mehr als das. Es fühlte sich an, als ob sich die Wände zu mir herunterbeugten und mich umarmten. Als hätten sie auf mich gewartet.

Im nächsten Moment zitterte mein Kinn, und ich sank schluchzend auf dem Holzboden zusammen. Die Anspannung der letzten Wochen brach sich Bahn …

Der Tod meines Vaters und das Gefühl völliger Einsamkeit, als ich mich erschöpft und mit feuchten Augen von seinem Bett abwandte …

Seine Beerdigung, all die Freunde meiner Eltern, die selbst älter wurden und sich, in warme Mäntel und Mützen gehüllt, schwer auf ihre Gehstöcke stützten. Das Ausräumen meines Elternhauses. Die angesammelten Habseligkeiten zweier Leben und der Schatten ihrer Eltern vor ihnen …

Als ich mich beruhigt hatte, schaute ich mich mit feuchter, verrotzter Nase und geschwollenen Augen um. Ich empfand einen Frieden wie schon lange nicht mehr. Das hier war eine Zuflucht. Ich wusste es. Wenn ich bei

Caroline und Dominic bleiben würde, um die Zeit zu überbrücken, bis sie ein anständiges Kindermädchen gefunden hatten, wollte ich dieses Haus für mich. Ein Schutzraum. Ein Ort der Sicherheit.

Ich erkundete die Hütte. Sie machte den schalen Eindruck eines Hauses, das eine Weile leer gestanden hatte, aber nichts war verschimmelt oder verrottet, weder die Teppiche auf dem Boden noch die Vorhänge an den kleinen Seitenfenstern, die das Innere vor neugierigen Blicken schützten, falls jemand zum Felsvorsprung hinunterstieg.

Zwei provisorische Zimmer waren durch Fliegengittertüren vom Hauptraum abgetrennt. Ein winziges Bad, das mich an die Bordtoilette eines Flugzeugs erinnerte, mit einem metallenen Waschbecken und einer Chemietoilette, nach den eingetrockneten blauen Flecken darin und dem starken Geruch nach Desinfektionsmittel zu urteilen.

Daneben, ebenfalls abgetrennt, befand sich eine winzige Küchenzeile mit einem Minikühlschrank und einer Mikrowelle. Auf einem angestrichenen Holzregal darüber standen zwei Teller, Schalen und ein paar glasierte Becher. Daneben ein Besteckkasten aus Plastik mit ein paar Teelöffeln und nicht zusammenpassenden Messern und Gabeln. Ich strich mit einem Finger über das Regalbrett. Nur ein leichter Staubfilm. Als ich an der Kühlschranktür zog, öffnete sie sich mit einem Ruck und verströmte Licht und einen Schwall kalter Luft. Ich blinzelte. Er war also angelassen worden. Jemand bezahlte die Stromrechnung. Ich spähte hinein. Im Inneren war es sauber, und gut sichtbar im vorderen Bereich des mittleren Fachs lag stolz ein einzelnes Päckchen Samuel's Weingummi und wartete auf mich. Mein Magen zog sich zusammen. Ich streckte eine Hand danach aus, zog sie dann aber abrupt wieder weg.

Das hatte ich ganz vergessen. Vor all den Jahren, als wir noch Kinder waren und gemeinsam mit dem Bus von der Schule nach Hause fuhren, hielten wir immer am Kiosk an der Bushaltestelle und kauften uns Süßigkeiten von Carolines Geld. Wir nahmen immer Samuel's Weingummi. Das war unser privates Ritual. Etwas, das sonst niemand wusste.

Jetzt schaute ich auf die Rolle Gummibonbons in dem grellbunten Papier, die dort ganz allein lag, als wäre sie absichtlich so platziert worden, dass ich sie finden musste. Samuel's Weingummi. Seit fünfundzwanzig Jahren hatte ich nicht mehr daran gedacht.

Ich nahm sie aus dem Kühlschrank, riss das Papier auf und steckte mir die beiden obersten in den Mund. Gelb und rot. Der Geschmack brachte sofort die Erinnerung zurück, als wäre überhaupt keine Zeit vergangen. Caroline und ich. Wir waren einmal so gute Freundinnen gewesen. Vor langer Zeit, bevor unsere Leben unterschiedliche Richtungen eingeschlagen hatten.

Ich schlenderte durch den Hauptraum, die Weingummis in der Hand. Es war mir so vorgekommen, als wäre ich seit Langem der erste Mensch hier. Die klemmende Tür. Die Muffigkeit. Der leichte Staub. Aber vielleicht stimmte das nicht. Vielleicht war Caroline hier gewesen, nachdem ich sie auf das Haus angesprochen hatte, und hatte mir als Überraschung die Weingummis in den Kühlschrank gelegt. Vielleicht war das ihre Art, sich dafür zu bedanken, dass ich geblieben war und ihr geholfen hatte; ihre Art, mir zu zeigen, dass sie nicht vergessen hatte, wie nahe wir uns einmal gestanden hatten.

Ich hockte mich vor die an den Wänden gestapelten Leinwände und begann, sie durchzusehen. Die meisten waren Ölgemälde, deren Farbe so dick aufgetragen war, dass sie sich in Furchen auf der Leinwand abzeichnete und den Motiven eine gewisse Plastizität verlieh. Viele waren Seestücke, die den Ausblick von hier aus zeigten. Sie hatten etwas Trostloses an sich, ein melancholischer Himmel, der in ein graues, formloses Meer überging. Endlos und unbevölkert.

Ich schaute weiter. Schließlich das Bild mit der zierlichen Gestalt eines kleinen Mädchens in einem rosa Mantel, umgeben von dunklen Felsen. Sie hockte mit dem Rücken zum Betrachter, den Kopf vorgebeugt, draußen vor dem Strandhaus, kratzte und stocherte im Schlamm unter dem lasierten Holz herum. Die Haare fielen ihr in zwei langen Zöpfen über den Rücken. Was auch immer ihre Aufmerksamkeit erregt hatte, es blieb uns anderen verborgen. Vielleicht Ameisen, die von ihrem Stock aufgescheucht herumwuselten. Ein ungewöhnlich geformter Kieselstein in ihrem frisch gegrabenen Loch.

Ich legte den Kopf schief und betrachtete die Gestalt. Wieder überkam mich Traurigkeit, und ich wusste nicht, warum. Sie wirkte so klein, so winzig gegenüber den Elementen, die sie verschlangen. Die Farben der Landschaft waren gedämpft und düster, als wäre sie ganz allein auf dieser finsteren Welt. Ich steckte mir noch zwei Weingummis in den Mund und lutschte sie nachdenklich.

Das Gemälde auf der Staffelei war von einem ehemals weißen Laken verhängt, das mit Farbklecksen übersät war. Ich ging hinüber und hob es an wie einen Brautschleier. Fast hätte ich es fallen lassen.

Eine Figur mit einem schreienden Gesicht beherrschte das Bild. Die Hände hatte sie in Richtung des Betrachters erhoben, wie um mich abzuwehren. Ein schmales, blasses Gesicht mit großen, erschrockenen Augen. Mir kam sofort »Der Schrei« von Munch in den Sinn, eine weitere gequälte Kreatur, gefangen in einem ähnlichen Alptraum aus wirbelnden Formen. Aber die Gestalt inmitten dieser Hölle war klarer definiert und weniger skelettartig als Munchs Schreier. Es war eindeutig eine Frau, gekleidet in ein langes, formloses weißes Gewand. Die blonden Haare waren struppig und hingen ihr in Strähnen vom Kopf, als hätte man ihr eine Handvoll ausgerissen. Die Umgebung war nur grob skizziert, als ob dem Künstler die Zeit oder der Verstand ausgegangen wäre.

Ich schüttelte den Kopf. Ich sah darin etwas von Caroline. Aber konnte sie das sein, diese von solchem Schmerz, solchem Wahnsinn besessene Gestalt?

Falls es ein Selbstporträt war, dann ein surreales. Oder war es ein von einem anderen Künstler geschaffener Archetyp, der ihr – und vielen anderen Frauen – einfach nur ähnlich sah?

Als ich Lucy gegen Mittag abholen wollte, kauerte sie ganz hinten, abseits der anderen Kinder. Alle saßen im Schneidersitz auf dem Teppich in der Leseecke und bildeten einen Halbkreis um Mrs Minns' Gehilfin, die auf einem winzigen Plastikstuhl hockte. Sie lauschten aufmerksam der Geschichte, die sie ihnen vorlas, und warteten jedes Mal gespannt auf das nächste Bild, wenn sie eine Seite umblätterte und das Buch zu ihnen umdrehte. Auch Lucy schaute zu, aber aus der Ferne, als hätte das alles nichts mit ihr zu tun.

Winkend schlich ich zu ihr und hauchte: »Lucy!«

Ich wünschte mir, dass sie mich sah. Ich wollte den Bann brechen, sehen, wie sie auf mich reagierte, sie sollte sich freuen, dass ich wieder da war. Tatsächlich leuchteten ihre Augen, und sie lächelte, eher nachdenklich als freudig, aber immerhin ein Lächeln.

Ich setzte mich neben sie. »Sollen wir nach Hause gehen, oder willst du den Rest der Geschichte hören?«

Sie zuckte mit den Schultern und stand auf.

Ich war gerade dabei, ihr den Mantel zuzuknöpfen und die leere Pausenbrotdose in ihre Tasche zu stecken, als Mrs Minns zu uns aufschloss und mich beiseitenahm.

»Wie ist es ihr ergangen?«, fragte ich leise.

»Ganz gut.« Sie zögerte, wirkte besorgt. »Lucy ist ein aufgewecktes Kind. Sie hat ein- oder zweimal versucht, mitzumachen. Aber wir haben kein Wort aus ihr herausbekommen.« Sie hielt inne. »Wurde sie auf eine Sprachverzögerung untersucht?«

Ich schüttele den Kopf. »Ich glaube nicht. Sie ist erst vor sechs Monaten aus Hongkong hierhergezogen. Vielleicht liegt es daran.«

Mrs Minns schaute nachdenklich drein. »Möglich.«

Lucy wartete an der Tür, eine kleine, einsame Gestalt.

»Also«, sagte ich lauter, damit sie es auch hören konnte. »Dann bis morgen!«

Bevor ich losfuhr, drehte ich mich im Auto noch einmal zu ihr um. »Wie war's? Hattest du Spaß?«

Sie sah mich aus ihrem Kindersitz auf der Rückbank ausdruckslos an, als hätte sie nichts gehört, dann wandte sie ihr Gesicht zum Fenster und schwieg die ganze Heimfahrt über.

Ich hatte gehofft, mit Lucy ein Picknick machen zu können, um sie aufzuheitern, aber der Wind frischte auf, und dunkle Wolken zogen auf. Wir aßen unsere Sandwiches im Kinderzimmer auf dem Boden, umgeben von ihren Kuscheltieren, dann legte ich sie für ihr Nachmittagsschläfchen hin und nahm das Babyphon mit nach unten.

Ich kochte mir einen Tee und beobachtete aus dem Küchenfenster das Drama des aufziehenden Sturms. Das hohe Gras oben auf der Klippe wurde von der Kraft des Windes, der vom Meer her kam, fast platt gedrückt. Sein wütendes Pfeifen drang zum Fenster herein und ließ die Scheiben klirren.

Über all dem ein Schrei. Das hohe Heulen eines verängstigten Kindes. Mit rasendem Herzen rannte ich die Treppe hinauf ins oberste Stockwerk.

Lucy stand auf der Fensterbank, eine zierliche Gestalt, die sich vor dem Grau draußen abzeichnete. Sie umklammerte die Metallstangen und presste das Gesicht an die Scheibe, als wollte sie sich hinabstürzen, ins Nichts, in die Arme des Sturms.

»Lucy!« Ich lief zu ihr hinüber. Ihre Schultern zitterten. Ich beugte mich zu ihr, um ihr ins Gesicht zu sehen. Ihre Wangen waren bleich und hohl und ihr Blick starr, als hätte sie einen Geist gesehen. »Lucy! Was ist denn los?«

Sie antwortete nicht. Ich begab mich hinunter auf ihre Augenhöhe und schaute zum Horizont hinaus, genau wie sie. Die vom Sturm aufgepeitschten Wellen hoben und senkten sich in einer riesigen, wogenden Dünung. Das Wasser war so dunkel wie der Himmel.

Ich kniff die Augen zusammen und blickte angestrengt hinaus. Im Wasser schnellte irgendetwas auf und ab. *Oder?* Schon war es wieder verschwunden, verborgen von einer ansteigenden Woge. Die Welle senkte sich wieder, und die runde Form war erneut zu sehen. Dann etwas Längliches, Weißes, ein Arm, der gegen die Turbulenzen kämpfte.

»Ist da jemand im Meer? Ist es das?«

Sie antwortete nicht, löste aber die Hände vom Gitter und krallte sich stattdessen in meine Haare. Sie wand sich, schluchzte und verbarg ihr kaltes, feuchtes Gesicht an meinem Hals. Ich schlang die Arme um sie.

»Es ist alles in Ordnung, Lucy. Alles wird gut.«

Ich drückte sie an mich. Ihr Brustkorb war so zart wie der eines Vögelchens, und ihr Herz pochte gegen meins. Ich streichelte ihr die zerzausten Haare und gab ihr einen Kuss auf die Schläfe, um sie zu beruhigen.

»Was hast du da am Fenster gemacht? Den Sturm beobachtet?«

Ich trug sie zurück zum Bett, setzte mich auf die Kante, wiegte sie in den Armen und murmelte etwas Beruhigendes, um das Heulen des Windes zu übertönen. Äußerlich war ich ganz ruhig, aber innerlich zitterte ich selbst. Wer war da draußen im Wasser, mitten im Sturm?

Als Lucy sich beruhigt hatte, steckte ich sie mit ihrem Hasen und ihrem Teddy zurück unter die Decke. Sie war immer noch blass, aber ihre Augen waren schwer vor Erschöpfung. Ich strich ihr über die Stirn, bis ihr Atem tiefer ging und sie eingeschlafen war.

Dann trat ich wieder ans Fenster. Einen Moment lang war der Schwimmer verschwunden. Ich kniff die Augen zusammen und versuchte, den fuchtelnden Arm in den Wellen auszumachen. Da! Immer noch im Wasser, aber jetzt viel näher am Ufer. Es bestand die Gefahr, dass er oder sie gegen die Felsen geschleudert wurde.

Unten schnappte ich mir Stiefel und Mantel und rannte hinaus in den Sturm. Sofort schlug mir der Wind entgegen. Die Böen waren stark und unberechenbar, sie kamen vom Meer her, wechselten aber unvorhergesehen die Richtung und drohten, mich zu Boden zu werfen.

Ich kämpfte mich den Klippenpfad hinunter, hielt mich so dicht an den Felsen, wie ich konnte, und suchte in den Spalten und Ritzen Schutz. Unten krachten die Wellen gegen den Fuß der Klippe, wogend und saugend, eine Masse aus Schaum und wirbelndem Wasser.

Weiße Arme blitzten auf, als die schwimmende Gestalt sich verzweifelt einen Weg durch das dunkle, kalte Wasser bahnte.

Hin und wieder verschwand der Kopf unter der Wasseroberfläche, und Angst schnürte mir die Brust zusammen. Nach einer entsetzlichen Weile tauchte er wieder auf, ein Stück weiter am Ufer, tief in der Brandung. Ich blieb stehen, hielt mich mit einer Hand an der Felswand fest und fuchtelte mit der anderen so wild, wie ich mich traute, ohne das Gleichgewicht zu verlieren, um auf mich aufmerksam zu machen.

Ich musste einen schwindelerregenden Abstieg die ungeschützte Felswand hinunter auf mich nehmen, um den nächsten Uferabschnitt zu erreichen, an dem sich der Kieselstrand erstreckte. Die Felsen waren glitschig von der Gischt und meine Bewegungen unbeholfen. Meine Hände schabten über den Stein und brannten vom Salz. Ich rief: »He! He!«, aber meine Stimme wurde sofort vom pfeifenden Wind fortgerissen.

Als ich den Felsen umrundet hatte, kletterte ich auf der anderen Seite hinunter und fiel förmlich auf die Kieselsteine. Ich blieb einen Moment lang liegen, zitterte am ganzen Körper, und Nässe durchdrang meine Hose. Meine Füße in den Stiefeln waren längst nass.

Etwa zur gleichen Zeit erreichte die Gestalt das seichte Wasser. Ich watete hinein, kämpfte mich gegen Wind und Wellen voran, meine Stiefel sogen sich rasant voll, meine Füße waren taub vor Kälte. Vor mir im Wasser blitzte der Kopf auf. Ich streckte einen Arm aus, und im selben Moment erfasste mich eine Welle und warf mich nach hinten. Aufgewirbeltes, schaumgekröntes Wasser drang mir in Nase und Mund. Kalte, schlaffe Finger streiften meine Wange, und ich krallte mich panisch und angewidert daran fest. Seetang.

Kräftige Hände packten mich unter den Achseln, drehten mich schroff wieder in die richtige Richtung und schoben mich ans Ufer. Ich hustete Meerwasser aus und versuchte, die Augen aufzureißen, aber mein Körper war zu erschöpft vom Kälteschock und der Wucht von Wind und Wellen. Ich stolperte und fand keinen Halt auf den glitschigen Kieselsteinen. Der unbekannte Retter schob mich auf den Strand und ließ mich unsanft auf den Rücken fallen.

Caroline beugte sich über mich. Ihre Stimme dröhnte trotz des Sturms: »Was zum Teufel hast du da gemacht?«

Sie trug einen schwarzen Neoprenanzug, der vor Wasser glänzte. Wie ein Hund schüttelte sie den Kopf, und Wassertropfen flogen aus ihren Haaren. Dann lachte sie, ihre Zähne blitzten, und in ihrem Gesicht sah ich eine Wildheit, die mir Angst einjagte. Etwas Wölfisches lag in ihrer Kraft, in ihrer Freude über die tobenden Elemente. Ich lehnte mich gegen die Felswand und beobachtete, wie sie an mir vorbeiging und mit Leichtigkeit den steilen Pfad hinaufstieg. Ich nahm meine letzte Kraft zusammen und stolperte hinter ihr her.

Als ich endlich das Haus erreichte, war weder von Caroline noch von ihrem Auto etwas zu sehen. Ich schaute nach Lucy – die immer noch fest schlief –, dann stellte ich mich lange unter die heiße Dusche und versuchte, nicht mehr zu zittern. Ich hatte mich zum Narren gemacht, natürlich. Mir kamen Carolines harte Augen in den Sinn, mit denen sie auf mich herabblickte – ich hatte Mitleid darin gesehen und auch ein wenig Abscheu. Plötzlich fragte ich mich, ob das vielleicht schon früher so gewesen war, als wir Mädchen waren.

Natürlich kannte sie die Strömungen. Natürlich war sie eine erfahrene Schwimmerin. Wenn hier jemand gerettet werden musste, dann war ich es, nicht sie.

Ich blinzelte im Wasserdampf. Kein Wunder, dass Lucy solche Angst gehabt hatte. Sie musste gewusst haben, dass das da in den Wellen ihre Mutter war. Sie hatte Angst, sie würde ertrinken. Schließlich stieg ich aus der Dusche, trocknete mich ab und zog mich an. Bestimmt würde Lucy bald wach werden.

Was mache ich hier eigentlich? Unglücklich tappte ich in meinem Zimmer herum. Draußen war es immer noch böig, aber in einiger Entfernung zeichnete sich ein blauer Streifen am Horizont ab. Ich schüttelte den Kopf, checkte meinen abnehmenden Kontostand und schrieb dann eine flehende E-Mail ans Notariat mit der Bitte, die Dinge voranzutreiben. Caroline sollte ihre Probleme mit der Kinderbetreuung selbst lösen. Das war nicht mein Bier. Ich zog mir etwas Warmes, Trockenes an. Vielleicht wäre es besser, zu gehen, bevor ich Lucy zu lieb gewann und mich zu sehr in Carolines Pläne verstricken ließ.

Kurz nachdem ich Lucy eine Geschichte vorgelesen und sie schlafen gelegt hatte, kam Caroline zurück.

Ich saß im Erkerfenster des Wohnzimmers und lauschte auf das Schnurren des Automotors auf der Auffahrt, hörte das Knirschen der Reifen auf dem Kies und das Zuschlagen der Autotür. Es war so weit. Ich hatte mich entschieden. Ich musste ihr sagen, dass ich abreisen würde. Mich beschlich das Gefühl, dass meine Mutter die ganze Zeit recht gehabt hatte, was Caroline anging. Sie hatte mich benutzt.

Sie steckte den Kopf zum Wohnzimmer herein und wirkte zerknirscht. »Wollen wir zusammen essen?« Sie hielt mir eine Flasche Weißwein hin. »Ich koche. Es gibt frischen Lachs und jede Menge Salat.«

Ich zögerte und dachte an unsere Begegnung heute Nachmittag. »Caroline …«

»Ach, komm.« Sie sah mir ins Gesicht und wirkte auf einmal besorgt. »Es tut mir leid, Sophie. Wirklich. Guck nicht so. Lass uns zusammen essen und uns endlich richtig austauschen. Wir hatten noch gar keine Gelegenheit, über dich zu reden.«

Ich hielt inne, immer noch unsicher, und sie war verschwunden, bevor ich widersprechen konnte.

An diesem Abend war sie fast wieder wie früher. Sie führte mich zu einem Stuhl am Küchentisch, stellte ein Glas Wein vor mich und bereitete den Lachs zu. Während er dünstete, schnitt und hackte sie Paprika und Selleriestauden für den Salat und bemühte sich beharrlich, mich zum Plaudern zu bringen.

»Es tut mir leid, wenn ich dich am Strand erschreckt habe. Das wollte ich nicht. Ich bin nach Hause gekommen, um ein paar Papiere zu holen, die ich brauchte, und da habe ich den Wellengang gesehen, und, na ja, ich liebe es eben, bei Sturm zu schwimmen. Ich weiß, es ist verrückt. Wahrscheinlich bin ich ein Adrenalinjunkie.«

Ich schaute in mein Glas und dachte an Lucys kleine Hände, die sich an den Metallstäben des Fensters festhielten, ihr entsetztes Gesicht, als sie hinausblickte. »Lucy hat dich gesehen. Sie hatte schreckliche Angst.«

Caroline bedachte mich mit einem kurzen, scharfen Blick, dann wandte sie sich wieder ihrem Messer und dem Schneidebrett zu. »Sie hat bloß Angst vor dem Meer. Das wird sich irgendwann legen.«

Ich antwortete nicht. Ich war immer noch sauer auf sie und nicht bereit nachzugeben.

»In Hongkong bin ich immer nachts geschwommen, wenn ich die Gelegenheit dazu hatte. Ich habe gewartet, bis Wind aufkam, und mich dann in die Wellen gestürzt. Das Wasser ist so schwarz, als würde man über einem Abgrund schwimmen. Unsichtbare Tiefen darunter.«

Ich blinzelte. »Ich dachte, in Hongkong gäbe es nur Wolkenkratzer?«

Sie lachte. »Es gibt auch Strände. Hongkong besteht aus Inseln – zumindest der größte Teil. Dom und ich sind oft spätnachts an den Strand gefahren, wenn dort niemand sonst war, und haben nackt im Mondschein gebadet. Das Wasser leuchtet ganz faszinierend. Von den Algen oder so. Jedenfalls ist es magisch.«

Schon stellte ich mir die beiden vor, muskulös und stark, wie sie sich auszogen und zusammen nackt im Mondschein schwammen. Ich wollte es nicht wissen. Solche exotischen Erfahrungen würde ich niemals machen. Ich trank meinen Wein aus, und sofort kam sie zu mir und schenkte nach. Die scharfen Kanten der Küche begannen zu verschwimmen.

»Ich hätte ertrinken können.«

»Dafür warst du nicht tief genug drin. Wie auch immer, du bist nicht ertrunken. Du bist hineingewatet, um mich zu retten, und am Ende habe ich dich gerettet.« Sie lachte kurz auf, dann warf sie mir einen Blick zu, wie um zu sehen, ob ich immer noch sauer war. »Wie lief es heute in der Kita?«

»Gut. Sie spielt noch nicht wirklich mit den anderen Kindern, aber sie ist dageblieben.« Ich sah ihr nicht in die Augen. »Sie steht ja noch ganz am Anfang.«

Es war absurd, aber ich war wütend auf Caroline, weil sie zugestimmt hatte, Lucy in die Kita zu geben. Dabei war es meine Idee gewesen. Ich hatte nicht erwartet, dass ich mich so schuldig fühlen würde, sie dort alleinzulassen. Sie war so sensibel und nicht vertraut mit anderen Kindern. Vielleicht war das alles zu viel für sie? Vielleicht war sie einfach noch nicht bereit? Aber Caroline ging so lässig mit dem Thema um, als wäre es nichts.

Ich dachte an meine eigene Kindheit und wie geliebt ich mich immer gefühlt hatte. Ich war nie in die Kita gegangen. Die Jahre zu Hause mit meiner Mutter waren etwas ganz Besonderes gewesen. Wäre Lucy meine Tochter, würde ich sie bei mir behalten, so lange ich könnte. Und wenn ich sie in die Kita schicken müsste, dann würde ich diejenige sein wollen, die sie dorthin brachte, dafür sorgte, dass sie sich eingewöhnte, und sie danach wieder abholte. Warum war das Caroline nicht wichtig?

»Das war ein tiefer Seufzer.«

Als ich aufblickte, musterte Caroline mich nachdenklich. Ich antwortete nicht.

Sie servierte den Lachs mit einer leichten Buttersoße und einem üppigen Salat: Trauben, Nüsse, Datteln, Sellerie und Paprika und natürlich Salatblätter. Dann setzte sie sich mir gegenüber an den Küchentisch.

»Abendessen in der Küche«, sagte sie, während sie unsere Weingläser auffüllte. »Das ist das Beste.« Sie hob ihr Glas. »Auf alte Freundschaften.«

Wir fingen an zu essen.

»Also, jetzt erzähl. Hast du dir überlegt, was du machen willst, wenn das Geld vom Hausverkauf da ist?« Sie wirkte zerknirscht und versuchte, mich zum Reden zu bringen. »Dom kennt eine Menge Leute. Alle möglichen. Falls du über einen Berufswechsel nachdenkst und Kontakte brauchst, frag einfach.«

Ich zuckte mit den Schultern. »Ich weiß noch nicht.«

»Du hast Erfahrung. Einen Abschluss. Computerkenntnisse. Du könntest alle möglichen Richtungen einschlagen. Ist das nicht spannend?«

Ich antwortete nicht. Sie verstand es nicht. All die Jahre war ich über die Runden gekommen, aber es hatte sich nie mühelos angefühlt, nicht einmal, als ich wieder zu Hause wohnte und Jobs annahm, für die ich eindeutig überqualifiziert war. Ständig hatte ich Angst, entlassen zu werden. Dass irgendjemand herausfand, wie inkompetent ich war, obwohl meine Vorgesetzten mir ständig versicherten, dass ich gute Arbeit leistete.

»Du solltest mit einem Karrierecoach sprechen. Dom kennt einen guten. Der wird mit dir alle Möglichkeiten durchgehen.«

Ich wandte den Blick ab. »Das klingt sehr hochtrabend.«

»Du unterschätzt dich, kann das sein? Ich hasse so was. Wenn Männer nach ihrer Gehaltsvorstellung gefragt werden, nennen sie meistens eine viel höhere Zahl, als sie wert wären. Aber Frauen kürzen sich selbst ihr Gehalt.« Sie lächelte. »Du kannst so lange hierbleiben, wie du willst. Auch wenn wir ein richtiges Kindermädchen gefunden haben. Ich bin dir so dankbar, ehrlich.«

Ich nickte. In gewisser Weise war es eine Erleichterung, hier einfach vor Anker zu gehen. Ich musste mir keine Gedanken über Rechnungen, Jobs und Zukunftsentscheidungen machen. Es war eine Atempause, eine Chance, mich von allem, was geschehen war, zu erholen.

Und dann war da noch Lucy. Sie begann, mir ans Herz zu wachsen. Sie schien mich wirklich zu brauchen.

»Glaubst du, Lucy würde ganze Tage verkraften?«, fragte Caroline.

»In der Kita?« Ärger stieg in mir auf. »Sie hat doch gerade erst angefangen.«

»Ich weiß. Ich denke nur voraus.« Sie verdrehte die Augen. »Sie ist so ein seltsames Kind. In Hongkong war sie viel allein, mit der *Amah*. Es würde ihr guttun, Freunde zu finden. Am besten, bevor sie in die Schule kommt.«

Mir fiel wieder ein, was Mrs Minns gesagt hatte. »Wurde Lucy schon wegen ihrer Sprachverzögerung untersucht?«

Caroline nahm ihr Glas und trank einen Schluck Wein. »Das ist neu. Früher war sie eine richtige Quasselstrippe. Es ist nichts Körperliches, glaub mir. Sie macht nur gerade eine schwere Phase durch.«

Ich zog die Augenbrauen hoch. »Wann hat das angefangen?«

Sie schluckte und schaute an mir vorbei zum dunklen Fenster. »Vor einem Monat oder so. Du hast recht, wir sollten das im Auge behalten. Auch wenn ich glaube, dass es nur Getue ist. Sie will Aufmerksamkeit. Bestimmt spricht sie bald wieder, wenn sie merkt, dass sie nur so bekommt, was sie will. Die Kita könnte genau das Richtige für sie sein.«

Wir schwiegen und aßen weiter. Nach einer Weile legte sie ihr Besteck ab, und ich spürte, dass sie mich musterte. »Du hast mich erst nicht erkannt, oder? In dem Café?«

Ich errötete. Sie hatte recht. Sie war älter geworden. Waren wir beide. »Es ist viel Zeit vergangen.«

»Das stimmt. Nach Lucys Geburt habe ich viel Sport gemacht. Ich war es leid, dünn zu sein. Ich wollte stark sein.« Sie strich sich über die Haare und lachte. »Und ich muss zugeben, ich zahle viel Geld dafür, dass ich immer noch so natürlich aussehe.«

Ich aß auf und legte mein Besteck weg. »Ich wollte damit nicht sagen …«

Achselzuckend stellte sie eine Schüssel mit Obststücken und ein Schälchen Sahne auf den Tisch und forderte mich auf, mich zu bedienen. Ihre Laune hatte sich schon wieder verändert, und ich fragte mich, woran das lag.

Schließlich, als wir unser Dessert aßen, sagte sie: »Hör mal, das ist mir ein bisschen unangenehm, aber hin und wieder habe ich gesundheitliche Probleme. Seit Lucy da ist. Ich möchte nicht, dass es jemand erfährt, aber ich kann dir doch vertrauen?« Sie sah mich fragend an.

Es wunderte mich, dass sie das Gefühl hatte, fragen zu müssen. »Natürlich.«

Sie zögerte. »Ich habe manchmal eine Art Anfall. Keiner weiß genau, was es ist. Das ist auch einer der Gründe, warum wir zurückgekommen sind. Es ist nichts Ernstes. Aber ich habe Gedächtnisverlust. Nicht ständig. Ich verlege die Autoschlüssel nicht öfter als jeder andere, und ich vergesse auch nicht, wer ich bin.« Sie rang sich ein gepresstes Lächeln ab. »Aber meine Erinnerung ist manchmal lückenhaft, und ich finde es schwierig, den Überblick zu behalten, weißt du?«

Ich holte tief Luft, während ich zu verstehen versuchte. Mein eigener Verstand war vom Wein ein wenig vernebelt. »Das tut mir leid. Wirklich.«

Sie zuckte mit den Schultern. »Ich rede nicht gern darüber. Jetzt, wo ich mein eigenes Business aufziehe und so, möchte ich es nicht an die große Glocke hängen. Aber ich fand, du solltest es wissen.«

»Klar.« Meine Gedanken rasten, während ich mir vorzustellen versuchte, was sie meinte. »Was sagen die Ärzte dazu?«

Sie wedelte mit der Hand, als wollte sie meine Bedenken wegwischen. »Nichts Wichtiges. Ich habe alles durch. Gehirnscans. Tests. Lange, öde Geschichte. Im Grunde ist alles in Ordnung, sei einfach nicht böse, wenn du irgendetwas sagst und ich weggetreten aussehe.«

Dann wechselte sie eilig das Thema, erzählte von ihren Plänen, irgendwann einen Anbau für sich zu bauen, damit sie sich hier ein eigenes Büro einrichten könnte, und ich nutzte die Gelegenheit.

»Ich habe mir mal das Strandhaus angeschaut. Die alte Abstellkammer, über die wir geredet haben.«

»Ich verstehe nicht, was du damit willst.«

Trotz ihres Lächelns war ihr Tonfall seltsam hart.

Ich holte tief Luft. »Ich würde es gern ausräumen, wenn das in Ordnung ist. Die Aussicht ist herrlich. Mit ein paar Handgriffen könnte man es gemütlicher machen. Ich könnte mir vorstellen, dass Lucy dort gern ein bisschen malen oder basteln würde. Bei dem Licht darin.«

Sie zuckte mit den Achseln. »Wenn du magst.«

Ich zögerte. Sie schien nicht zugeben zu wollen, dass sie dort gemalt hatte, und ich verstand nicht, wieso. Ich tastete mich vor.

»Da sind jede Menge Leinwände. Ölgemälde. Wo soll ich die hintun? Es wäre zu schade, wenn ich sie kaputtmache.«

»Von mir aus kannst du sie als Dartscheibe benutzen.« Sie bemerkte meinen Gesichtsausdruck und schüttelte den Kopf. »Tut mir leid, war nur ein Witz. Ja, am besten räumst du sie aus dem Weg. Vielleicht unters Dach. Gegenüber vom Kinderzimmer ist ein Zimmer mit lauter alten Teppichen und Vorhängen, die noch entsorgt werden müssen. Bring sie da hin.«

Ich half ihr beim Abräumen, sie kochte eine Kanne Kaffee, und wir nahmen unsere Tassen mit ins Wohnzimmer. Da fiel mir wieder ein, was ich im Kühlschrank gefunden hatte.

»Ach, danke übrigens für die Weingummis.« Ich lächelte. »Ich nehme an, die waren für mich?«

Sie antwortete nicht, und als ich mich zu ihr umdrehte, war ihr Gesicht ausdruckslos, als wäre sie in Gedanken ganz woanders.

KAPITEL 6

CAROLINE

Als es zum ersten Mal passierte, dachte ich, ich würde sterben.

Es war ein Sonntagabend, ich saß neben Dominic auf dem Sofa, und wir schauten einen Film. Einen aus der *Bourne*-Reihe, glaube ich. Die liebte Dominic. Es war heiß und schwül, und wir hatten die Fenster geschlossen. Der Luftentfeuchter in der Ecke brummte, während er die Feuchtigkeit aus der Raumluft saugte. Die in die Jahre gekommene Klimaanlage über dem Fenster klapperte, während sie kalte Luft ausblies. Über uns drehte sich der Deckenventilator – so ein alter aus Holz – mit einem endlosen *Wuusch, wuusch, wuusch.*

Ich war zufrieden. Wir hatten ein vollgepacktes Wochenende mit Freunden hinter uns.

Ich hatte wieder angefangen zu malen, hier in der Wohnung, inspiriert von der dramatischen Aussicht auf den Hafen und die Fähren, die auf dem Wasser kreuzten. Hauptsächlich Kohleskizzen und Wasserfarben. Aber am Samstag, während Dominic Überstunden im Büro machte, hatte ich eine Leinwand gekauft und mit einem Ölbild angefangen. Ich hatte lange nicht gemalt, und ich war aufgeregt, aber auch voller Vorfreude.

Am Samstagabend waren wir essen gegangen und danach in einen Club in Kowloon. Ich hatte zu viele Margaritas getrunken, weil ich wusste, dass ich mich immer an Dominics starkem, festem Körper anlehnen, seinen vertrauten Duft nach Männerschweiß und kaltem Zigarrenrauch riechen und darauf vertrauen konnte, dass er mich sicher nach Hause bringen würde.

Heute, am Sonntag, hatten wir lange geschlafen, uns geliebt und waren dann eng umschlungen noch einmal eingedöst. Ein typischer fauler Sonntag. Brunch auf dem Victoria Peak, Hongkong zu unseren Füßen. Ich war glücklich. Fast sechs Monate waren wir nun zusammen. Wir sprachen bereits davon, zusammenzubleiben, unser Leben gemeinsam zu verbringen, zumindest in Form von Andeutungen und Lächeln.

Musik dröhnte aus dem Fernseher, irgendeine Verfolgungsjagd. Matt Damon, der sich auf einem Motorrad in einem Affenzahn durch den Verkehr schlängelte und halsbrecherische Stunts vollführte. Dominic lehnte den Kopf zurück und trank einen Schluck Pinot Grigio. Pizzareste lagen in einer aufgerissenen Pappschachtel auf dem Couchtisch vor uns. Der Käse war hart geworden und die Soße geronnen.

Mein Körper erstarrte. Von einer Sekunde auf die andere war ich wie gelähmt. Aber mein Geist stand in Flammen. Lichtblitze und Farbexplosionen zogen an mir vorbei. Mein Körper war immer noch da, still und stumm im Zimmer, neben Dominic, doch meine Seele befand sich im freien Fall, trudelte in die Ewigkeit. Ich wollte schreien, wollte, dass Dominic mich rettete, dass er Hilfe holte, mich nicht losließ, aber ich brachte keinen Laut heraus. In diesem Augenblick hatte ich das Gefühl zu sterben. Unsere gemeinsame Zeit, die mir nur Augenblicke zuvor so grenzenlos vorgekommen war, war nur ein bloßer Lichtfleck in der wirbelnden Helligkeit um mich herum.

Ich blinzelte und war wieder da. Auf dem Fernseher war Matt Damon immer noch auf dem Motorrad. Dominic hielt immer noch sein Glas in der Hand. Er beugte sich träge nach vorn und griff nach einem weiteren Stück Pizza. Offenbar hatte er nichts mitbekommen.

Ich saß ganz still, zitterte, stand immer noch unter Schock. Ich hatte mein Leben zurück. Aber der Mann, der so dicht neben mir saß, hatte nicht einmal bemerkt, was passiert war. Was war überhaupt passiert? Ein Schlaganfall? Ein Herzinfarkt? Ich ballte die Hände fest zu Fäusten und spürte meine Finger. Kein Schaden, kein Schmerz.

Langsam drehte ich mich zu ihm um. Er hatte die Kanten des Pizzastücks nach oben gefaltet und aß es vom Ende her, halb zusammengerollt, kaute. Seine Nasenspitze und die straffe Haut über den Wangenknochen glühten rot vom frischen Sonnenbrand. Ein dunkler Bartschatten zierte sein Kinn. Der Hals verschwand im verblichenen blauen Kragen eines Poloshirts. *Beinahe hätte ich ihn verloren. Beinahe hätte ich alles verloren.*

Ich streckte eine Hand aus und strich ihm über den Nacken, das weiche kurze Haar am Hinterkopf. Ich sehnte mich nach seiner Aufmerksamkeit, aber er reagierte nicht, aß einfach weiter und schaute den Film.

»Lass uns heiraten.« Ich wollte keine weitere Minute verschwenden. »So schnell es geht. Tun wir es einfach.«

Es dauerte einen Moment, ehe er den Blick vom Fernseher löste und sich zu mir umdrehte. Seine Augen funkelten belustigt. Er antwortete nicht, sah mich einfach an.

Mein Herz schwoll an. »Du willst es doch auch, oder nicht? Also worauf warten wir noch? Ziehen wir es durch.«

Er lächelte. »Wie kommst du denn jetzt darauf?«

Ich zuckte mit den Achseln, wandte den Blick ab. Auf einmal bekam ich Angst. »Also?«

Er beugte sich vor und gab mir einen Kuss auf die Nasenspitze. Sein Atem roch nach geschmolzenem Käse und Wein.

»Warum nicht?« Er sah mich an, war mir so nah, dass ich mein angespanntes Gesicht bis in die Unendlichkeit in seinen Augen gespiegelt sah. »Klingt nach einer guten Idee. Wie du schon gesagt hast, warum warten?«

Er küsste mich auf den Mund, jetzt langsam, und schenkte mir seine volle Aufmerksamkeit. Im nächsten Moment legte er mich auf das Sofa, und seine kühle Hand fand den Weg unter meine Kleidung, erkundete meine Kurven, die glatte Haut, die Hüften. Den Körper, der sich noch vor ein paar Minuten so leblos angefühlt hatte.

Ich schloss die Augen, umschlang ihn, streichelte seinen Hinterkopf und betastete die Muskeln auf seinem Rücken. *Er darf es nicht erfahren*. Das war mir auf einmal zweifelsfrei klar. Was auch immer da gerade mit mir passiert war, es durfte uns nicht beeinflussen, es durfte ihn nicht abschrecken. Es durfte nicht alles verderben.

Am nächsten Tag bei der Arbeit erzählten wir es allen.

»Verlobt? Wirklich? Das ist ja wunderbar. Glückwunsch.«

Ein Sturm von Fragen und Vorschlägen schlug uns entgegen, der erste Tag von ein paar Monaten hektischer Planungen. Was uns so privat erschienen war, nur unsere Angelegenheit, war auf einmal öffentliches Eigentum.

Als Verlobungsgeschenk eröffnete mir mein Vater, dass er mir den Großteil meines Erbes bereits überschrieben hatte, als ich noch ein Teenager war, irgendein Modell, um Steuern zu sparen, und auch eine seiner Eigentumswohnungen in London hatte er mir vermacht. Wenn ich nicht wollte, würde ich nie wieder arbeiten müssen. Es war befreiend für mich und nahm auch den Druck von Dominics jungem Unternehmen.

Ich kündigte meinen Job und stürzte mich völlig in die Hochzeitsvorbereitungen. Ich wollte das volle Programm. St John's Cathedral. Empfang auf dem Victoria Peak. The Works.

Meine größte Sorge war meine Gesundheit, doch als die Wochen verstrichen, gewann ich langsam das Vertrauen in meinen Körper zurück. Es war richtig gewesen, niemanden damit zu beunruhigen, das war gar nicht nötig. Außerdem wollte ich es nicht wahrhaben. Vielleicht hatte ich mir alles nur eingebildet. Vielleicht war ich an dem Wochenende einfach zu müde gewesen. Hatte am Samstag zu viel getrunken. Zu viel Sonne abbekommen. Jedenfalls nichts, worüber ich mir Sorgen machen musste.

Das nächste Mal passierte es auf unserer Hochzeitsreise. Dominic hatte eine Luxusvilla auf den Malediven gebucht, doch sein Kreditrahmen war überzogen, also hatte am Ende ich die Reise bezahlt. Damals fanden wir es lustig. Das war eine Geschichte, die ich später meinen Enkelkindern erzählen würde. Außerdem zog ich ihn gerne damit auf.

»Du hast mich doch nur wegen meines Geldes geheiratet, stimmt's?«

Er verdrehte dann immer cool wie sonst was die Augen. »Na klar.« Dann küsste er mich, und ehrlich gesagt, war es mir auch egal.

Er hatte sich im Jahr, bevor wir uns kennengelernt hatten, gerade erst selbstständig gemacht. Kunden zu gewinnen, war schwieriger, als er erwartet hatte, und das wenige Geld, das er machte, investierte er direkt wieder in sein Unternehmen. Anständige Büroräume kosteten in Hongkong ein Vermögen. Man musste viel Geld ausgeben, um es zu schaffen. In dieser Stadt war der äußere Eindruck entscheidend. Niemand vertraute jemandem seine Millionen an, der in einem schlecht sitzenden Anzug und billigen Schuhen vor ihm saß.

Es störte mich nicht, dass ich ihn finanzierte. Ich besaß genug für uns beide, dank meines Vaters. Natürlich schwiegen wir darüber.

Die Hochzeitsreise auf die Malediven war jeden Penny wert. Die Villa hatte einen Privatstrand mit reinem weißem Sand, und wenn wir nicht gerade zusammen im Bett waren, saßen wir einfach stundenlang nebeneinander auf einer riesigen Strandmatte, die Zehen in den Sand gegraben.

An diesem speziellen Tag, dem dritten oder vierten, waren die Wellen, die am Strand auf uns zurollten, wie glattes Seidensatin. Dominic erzählte irgendetwas von einem Fischerboot draußen auf dem Wasser, ein kompaktes Holzboot.

Ohne Vorwarnung stürzte ich in die Tiefe, genau wie beim letzten Mal. Eine plötzliche Lähmung ergriff meinen Körper, aber mein Geist war hellwach und raste. Das donnernde Rauschen in den Ohren. Gleißende Lichtblitze. Ich wusste nicht, ob ich in den Himmel oder die Hölle hinabfuhr, aber ich hatte schreckliche Angst, denn ich war sicher, dass ich in einen Abgrund stürzte, in den Tod. Intensive Gerüche hüllten mich ein. Lebendig und beißend, wie ich es noch nie erlebt hatte. Der schwere Duft der Blüten eines Busches in der Nähe. Das Meersalz in der Luft. Dominics kräftiger Schweißgeruch neben mir.

Dann war es vorbei. Dominic sah mich fragend an. »Hallo? Erde an Caroline. Können Sie mich hören?«

Ich beugte mich vor, lehnte den Kopf an seinen Oberarm und versuchte, mir meine Panik nicht anmerken zu lassen.

»Langweile ich dich?« Sein Ton war neckend, aber auch ein wenig ärgerlich. Vielleicht verletzt. So gut kannte ich ihn inzwischen. Hinter all seiner Großspurigkeit war er sensibel.

»Natürlich nicht. Mach dich nicht lächerlich.« Ich küsste seine warme Haut. »Ich war nur gerade ganz woanders. Sorry. Was hast du gesagt?«

Er gab mir einen Kuss auf den Scheitel und legte einen Arm um mich. »Ich habe gefragt, ob wir uns wohl morgen ein Boot mieten und aufs Wasser rausfahren sollten. Was meinst du? Würde dir das gefallen?«

Hatte er das wirklich gesagt? Ich erinnerte mich nicht einmal daran, ob er überhaupt gesprochen hatte. Nichts. Ich hatte das seltsame Gefühl, dass ich ihn zurückgelassen und einen Zeitsprung nach vorn gemacht hatte, dass ich Momente verpasst hatte, die ich nie wieder zurückbekommen würde.

In dieser Nacht lag ich hellwach neben ihm, während er schlief. Das Holzbett war breit, die Matratze versank tief in ihrem harten Rahmen. Ein Moskitonetz hing von der Decke, groß genug, um uns beide einzuhüllen. Dominic lag nackt auf der Seite, von mir abgewandt, das Laken um ein Bein geschlungen. Ich hörte seinen gleichmäßigen Atem, das Rauschen des Deckenventilators über uns und das leise Seufzen der Wellen draußen am Strand, wenn sie schäumten, sich ausbreiteten und im Sand versickerten.

Die kommenden Jahre waren die besten und die schlimmsten. Ich liebte es, mit Dominic verheiratet zu sein. Ich liebte unser gemeinsames Leben.

Wir zogen in eine neue Wohnung an den unteren Ausläufern des Victoria Peak, mit hohen Decken und großen Räumen, blank polierten Böden und einer modernen Ausstattung. Vom großen Balkon hatte man einen atemberaubenden Blick auf den Hafen. An den meisten Tagen, am späten Nachmittag, wenn das Licht weich war, stellte ich dort meine Staffelei auf und verlor mich für eine Stunde oder so in meiner Malerei, füllte die Lücke, bis Dominic nach Hause kam.

Wir hatten eine *Amah*, die putzte und einkaufte und unsere Wäsche wusch, und einen Koch aus Thailand, der uns für unsere Dinnerpartys bekochte. Ich verbrachte die Tage mit Tennisspielen und Essen mit Freunden, organisierte unser Sozialleben und plante Partys.

Ich kümmerte mich sehr um meine Gesundheit, hielt mich fit und ernährte mich ausgewogen. Entwickelte Strategien, um das zu vertuschen, was ich meine »verlorenen Augenblicke« nannte. Mit der Zeit traten sie häufiger auf, immer ohne Vorwarnung, immer nur kurz.

Eine Weile kamen sie einmal im Monat, und schließlich, in der dumpfen und düsteren Zeit nach dem plötzlichen Tod meines Vaters in Singapur, fast jede Woche. Dominic hatte keine Ahnung, was ich durchmachte, und ich versuchte gar nicht erst, es ihm zu erklären. Er verabscheute Schwäche. Das einzige Anzeichen dafür, dass er bemerkte, dass irgendetwas los war, war, wenn er sich hin und wieder vor Freunden über mich lustig machte.

»Ich weiß, dass ich langweilig werde, wenn Caroline abschaltet«, sagte er und lehnte sich nach dem Essen, eine Zigarre in der Hand, auf seinem Stuhl zurück. Wein und Portwein waren in Strömen geflossen und dic Unterhaltung wurde ein wenig provokant. Er ließ es wie einen Scherz klingen, aber ich spürte die Anspannung in seiner Stimme, als machte es ihm Sorgen. Seine Freunde lachten, und auch ich rang mir ein Lächeln ab, während ich so tat, als wäre nichts.

Meine Freundinnen nannten es Tagträume. Eine meiner alten Schulkameradinnen, Becca, gewöhnte sich an, mit der Hand vor meinem Gesicht herumzuwedeln. »Hey, Caroline! Jemand zu Hause?«

Ich fuhr nicht mehr Auto. Das war in Hongkong, wo der öffentliche Nahverkehr so gut und die Taxis so günstig waren, auch gar nicht nötig. Ich versuchte, nicht darüber nachzudenken, was mit mir geschah. Redete mir ein, dass es bloß eine Folge meines hektischen Lebensstils sei. Vielleicht hatte Dominic recht, und ich schaltete hin und wieder einfach ab.

Doch an die Empfindungen konnte ich mich nie gewöhnen. Die Lichter, die lauten Geräusche, die intensiven Gerüche, das Gefühl, als stürzte ich in eine Leere und würde mich für immer verlieren. Aber es bereitete mir nicht mehr so große Angst, ich lernte, darauf zu vertrauen, dass diese Anfälle immer wieder endeten und ich den Verstand zurückgewann. In meinen Körper zurückkehrte.

An manchen Tagen sah ich sie als eine Art Vergeltung an. Ich hatte kein Recht auf dieses Glück, auf so viel Glamour und Überfluss. Ich hatte einen Pakt mit dem Schicksal geschlossen. Ich besaß so viel, und wenn das der Preis dafür war, sollte es mir recht sein.

Dann wurde ich schwanger, und nach all der Trauer über den Tod meines Vaters schöpfte ich neue Hoffnung. Dominic war außer sich vor Freude. Er stürzte sich mit neuer Energie in die Arbeit, entschlossen, sein Business voranzutreiben, und fing an, üppige Geschenke für unser ungeborenes Kind mitzubringen. Ein Schaukelpferd. Einen Spieltisch mit passenden Stühlchen. Einen Stoffhasen mit großen Augen und Schlappohren. Er wirkte überglücklich, und seine Freude war ansteckend.

Unser Baby in mir wachsen zu spüren, schenkte mir ein Gefühl von Ruhe und Zufriedenheit. Ich stürzte mich in meine Malerei, skizzierte und trug Farben auf, versank in meiner eigenen Welt, während sich das harte tropische Licht langsam golden färbte und ich darauf wartete, dass Dominic endlich von einem Umtrunk mit Kunden oder einem späten Termin nach Hause kam.

Das mit dem Gedächtnis fing langsam an. Oder vielmehr dauerte es, bis es mir auffiel. Dominic zog mich auf. Zuerst liebevoll, dann mit wachsender Ungeduld.

Anfangs waren es nur kleine Ausfälle.

»Wieso erinnerst du dich nicht an den Film? Wir haben ihn doch erst letztes Jahr gesehen?«

»Wieso bist du im Restaurant an Jennifer und George vorbeigegangen, als hättest du sie nicht gesehen?«

Ich verstand nicht. »Jennifer und George?«

»Wir haben mal einen ganzen Tag auf ihrer Dschunke verbracht, weißt du noch? Mit den Levinsons und den Jarretts? Ja? Es war glühend heiß, und wir hatten ein Champagnerpicknick am Strand.« Er zog die Stirn kraus. Langsam verlor er die Geduld mit mir. »Na, komm schon, Caroline. Bitte. Wieso erinnerst du dich nicht?«

Er zückte sein Smartphone und scrollte durch die Bilder, um mir Fotos von dem Tag zu zeigen. Ein Gruppenbild am Strand, mit erhobenen Champagnergläsern. Da war ich, inmitten dieser gut aussehenden Menschen, und lächelte. Es sah aus wie ich. Das war mein Badeanzug. Dominic stand neben mir. *Aber war ich das wirklich?* Ich erinnerte mich nicht, da gewesen zu sein. Kannte diese angeblichen Freunde nicht. Hatte diesen Strand noch nie zuvor gesehen. Oder doch?

Ich nickte und tat so, als würde ich mich erinnern. In Wahrheit war ich erschüttert, aber ich wollte ihn beruhigen, damit alles wieder in Ordnung wäre. »Ach ja, natürlich, wie dumm von mir. Es tut mir leid, Dominic. Wirklich. War das ein schöner Tag. Ich wollte wirklich nicht unhöflich sein. Wenn wir uns das nächste Mal sehen, entschuldige ich mich. Das werden sie doch verstehen, oder?«

Er steckte sein Telefon wieder ein und ging weg, immer noch verärgert. Meine Aussetzer schienen ihm Angst zu machen. Vielleicht waren sie einfach eine zu große Bedrohung für unser Glück, mit der er nicht umgehen konnte.

Solche kleinen Vorfälle gab es ständig. Ich fing an, ein Tagebuch zu führen, hielt akribisch fest, was in unserem Leben passierte, bevor es mir wieder entfloh.

Einmal streckte ich unschuldig die Hand aus, um mich einer Frau vorzustellen, die eines Abends während der Pause eines Konzertes auf uns zukam. Ihre Miene verdüsterte sich. Ihre Hand blieb starr an ihrer Seite. »Ich wollte euch bloß gratulieren.«

Ich geriet ins Straucheln, als ich ihre Verärgerung bemerkte und Dominic neben mir zusah.

»Danke. Verzeihung. Kennen wir …«

Sie starrte mich an. »Ob wir uns kennen?« Sie klang sarkastisch. »Wir sind uns ein- oder zweimal über den Weg gelaufen. Also ehrlich, Caroline.«

Sie drehte sich auf dem Absatz um und ging, und ich starrte ihr hilflos hinterher.

Dominic fasste mich am Ellenbogen und führte mich weg. »Wieso hast du das gemacht?« Auch er wirkte verärgert. »Ich weiß, Jayne und du seid nicht immer einer Meinung, aber sie wollte nur höflich sein.«

Jayne? Verwirrt schüttelte ich den Kopf. Der Abend war gelaufen. Elend stand ich die zweite Hälfte durch, grübelte darüber nach, wer diese Frau war, woher ich sie kannte und wie ich mit dieser Leere in meinem Kopf umgehen sollte.

Und dann war da die Sache mit dem Goldarmband.

In unserer Hochzeitsnacht, als wir, benommen vom Champagner, endlich die Tür der Honeymoon-Suite hinter uns geschlossen hatten, das Adrenalin abflaute und Erschöpfung einsetzte, machte Dominic seine Tasche auf und reichte mir eine quadratische rote Schachtel. Eine Schmuckschachtel.

Ich zögerte, bevor ich sie aufklappte. Ich war beschämt, befürchtete, er hätte sich genötigt gefühlt, viel Geld für mich auszugeben, obwohl ich wusste, dass er zu diesem Zeitpunkt nicht viel übrig hatte.

»Na los. Mach es auf.« Sein Kiefer war angespannt.

Er legte sich neben mich auf das große Himmelbett, die Krawatte gelockert, der oberste Hemdknopf offen. Sein Kinn war dunkel von einem Bartschatten. Ich glaube, ich fand ihn noch nie so schön und hatte ihn nie so geliebt. *Mein Mann. Wir sind Mann und Frau.*

Ich grinste und hob den Deckel ab. In der Schachtel lag ein schweres Goldarmband, zusammengerollt auf roter Seide. Es war antik, das sah ich sofort. Vielleicht aus dem frühen zwanzigsten Jahrhundert. Ich hob es heraus und spürte sein Gewicht, als ich es durch die Finger gleiten ließ. Schwere Glieder, grob wie eine Badewannenkette, dazwischen drei Saphire und zwei Perlen.

Sein Blick ruhte auf meinem Gesicht.

»Das ist wunderschön«, brachte ich heraus.

»Es gefällt dir nicht.« Er drehte sich von mir weg, auf den Rücken, verstimmt. »Ich wusste es.«

»Doch«, sagte ich sofort. »Sei nicht gemein, Dom. Es ist umwerfend. Ich war bloß überrascht.«

Er löste sich von mir und setzte sich auf die Bettkante, wandte mir den Rücken zu und nahm seine Manschettenknöpfe ab.

»Hör auf.« Ich kroch über die Tagesdecke zu ihm und wollte ihm die Arme um die Hüfte schlingen. Das Armband baumelte mir immer noch aus einer Hand. »Ich liebe es. Es ist ein Vintagestück, oder? Sag.«

»Es hat meiner Großmutter gehört. Und danach meiner Mutter.« Sein Körper blieb abweisend. »Lüg mich nicht an. Ich kann in dir lesen wie in einem Buch.«

Ich wand mich um ihn herum, um ihm ins Gesicht zu sehen. »Ich finde es wunderschön.«

Er drehte den Kopf weg. »Ich weiß, wie viel du hast. Es ist nicht leicht für mich. Ich bin eben nicht dein Vater.«

»Zum Glück, sonst wäre das hier ein bisschen seltsam.« Ich zog ihm das Hemd aus und küsste seine Seite, seinen Bauch, seine Brust.

Er reagierte nicht.

»Mach dich nicht lächerlich. Es ist wunderschön. Wirklich. Ich fühle mich geehrt. Und jetzt komm her und benimm dich wie ein Ehemann.«

Endlich hörte er auf zu schmollen, aber das, was er gesagt hatte, ließ mich nicht los.

In unseren ersten Ehejahren hatte ich das Armband demonstrativ zu besonderen Anlässen getragen, egal wie klobig es sich anfühlte, nur ihm zuliebe. Doch dann, kurz nachdem ich erfahren hatte, dass ich schwanger war, verlor ich das verdammte Ding.

Ich war mit ein paar Freundinnen, Becca und Kate aus der Schule, Celia und ein paar anderen ehemaligen Kolleginnen aus der Bank bei einem Lunch mit anschließender Poolparty in einem der besten Apartmentkomplexe der Bank auf dem Victoria Peak gewesen. Ich weiß noch, wie ich es an dem Tag herausgeholt hatte, weil ich es schon länger nicht getragen hatte, und dachte, dass Dominic sich über die Geste freuen würde.

Als wir uns zum Schwimmen auszogen, verstaute ich es sorgfältig in der Innentasche im Futter meiner Handtasche. Da bin ich mir sicher. Aber hinterher, als ich mich wieder umziehen wollte, war es einfach nicht mehr da.

Meine Freundinnen halfen mir beim Suchen. Am Beckenrand. Auf den Liegestühlen. Unter den Handtüchern. Keine Spur davon.

»Bist du sicher, dass du es anhattest, als du hergekommen bist?«, fragte Becca.

Ich biss mir auf die Lippe. »Natürlich bin ich mir sicher.«

»Vielleicht ist es in den Pool gefallen?«, schlug Kate vor.

Aufmerksam gingen wir am Rand entlang. Die trägen Wellen funkelten in der Sonne. Die hellen Fliesen auf dem Grund waren leer. Nichts.

Celia, die so ziemlich jeden aus der Bank kannte, schaute besorgt drein. »Wir könnten sie bitten, die Filteranlage zu überprüfen.«

Ich schüttelte den Kopf. Ich hätte es gemerkt, wenn ich versucht hätte, mit dem Armband am Handgelenk zu schwimmen. Es war viel zu schwer, um es zu vergessen. *Ich habe es in die Tasche gesteckt. Oder nicht?*

Becca flüsterte: »Du glaubst doch nicht, dass jemand …«

Wir tauschten einen angespannten Blick aus. Es war eine exklusive Anlage nur für Angestellte. Wir hatten den Pool für uns. Die einzigen Anwesenden außer uns waren die Kellner, die unsere Gläser auffüllten und Snacks servierten, und die Männer mit langen Keschern, die Blätter und anderes aus dem Wasser fischten.

»Das kann ich mir nicht vorstellen.« Kate wirkte beschämt. Sie hasste es, Aufsehen zu erregen.

»Ich auch nicht.« Celia dachte wie immer praktisch. »Das hätten wir doch bemerkt.«

Ich ging niedergeschlagen nach Hause und schluchzte leise, während ich darüber nachdachte, wie ich es Dominic gestehen sollte. Als er hereinkam, waren meine Augen geschwollen, meine Nase gerötet. Ich holte tief Luft und setzte zu meiner Erklärung an. »Es war ein Fehler, ehrlich. Ein Unfall. So etwas passiert. Oder etwa nicht?«

Er reagierte, als hätte ich ihn geschlagen. Zutiefst verletzt. Er sagte kaum etwas. Es war der Ausdruck in seinen Augen. Die Enttäuschung.

»Es hat dir sowieso nie gefallen, richtig?«

»Das stimmt nicht.«

»Das war ein Teil von mir. Meiner Familie. Ich habe es dir anvertraut.«

Er stürmte an mir vorbei in die Küche und nahm ein kaltes Bier aus dem Kühlschrank. Es knackte und zischte, als er die Dose öffnete. Ich lief ihm nach.

»Ich habe es geliebt. Wirklich. Es tut mir so leid.«

Er antwortete nicht, setzte bloß die Dose an die Lippen und trank, sein Adamsapfel hüpfte bei jedem Schluck.

»Bitte, Dominic«, begann ich. »Ich habe es allen gesagt. Vielleicht finden sie es ja. Bitte gib mir nicht die Schuld.«

Endlich drehte er sich zu mir um. »Wie bitte? Dir nicht die Schuld geben? Wessen soll es denn sonst sein, Caroline? Etwa meine?« Er warf die leere Dose in die Spüle und wandte sich ab. »Nichts weißt du zu schätzen, stimmt's? Verloren, kaputt, macht doch nichts, du kaufst einfach ein Neues. Aber was ist mit meinen Gefühlen? Etwas, das mir wirklich wichtig war?«

Er nahm seine Jacke und knallte beim Gehen die Tür hinter sich zu.

Ich lag lange wach, die Hände auf dem Bauch ausgebreitet, und versuchte, unser ungeborenes Kind und mich selbst zu beschützen. Wo auch immer er hingegangen war, er kam erst in den frühen Morgenstunden zurück, roch nach Whisky und kaltem Zigarrenrauch.

Wir sprachen nie wieder über das Armband.

Ich versuchte klarzukommen, aber es fiel mir zunehmend schwerer. Je stärker mein Erinnerungsvermögen nachließ, umso mehr fühlte ich mich wie eine Ertrinkende. Es war, als würde mit jedem Anfall ein weiteres Stück meiner Vergangenheit ausradiert. Manchmal zweifelte ich an meinem Verstand.

Während in meinem Bauch unser Kind heranwuchs, verbrachte ich lange Abende in der Wohnung und überprüfte, woran ich mich erinnerte. Alles aus meiner Kindheit und Jugend war noch da.

Ich erinnerte mich an Sophie und Samuel's Weingummi und die Fahrten im Schulbus. Erinnerte mich an diverse Wohnungen in Singapur und New York und die internationalen Schulen, die ich im Teenageralter besucht hatte. Erinnerte mich, wie ich hier in Hongkong mit Becca und Kate die Schule geschwänzt hatte, als wir fünfzehn waren, und an den Ärger, den wir dafür bekommen hatten.

Ich erinnerte mich an den Abend, an dem ich Dominic kennengelernt hatte, und an den Ausflug auf dem Boot und unser erstes gemeinsames Wochenende.

Doch zwischen der ersten Episode und heute war fast nichts mehr da. Ich konnte den Haushalt führen und unsere sozialen Termine planen, und ich erinnerte mich an Menschen, die wir häufig trafen. Ich konnte alltägliche Aufgaben erledigen.

Aber wenn ich mehr als fünf oder sechs Monate zurückblickte, war da seit dem ersten Anfall nichts als grauer Nebel.

Auch Dominic hatte sich verändert. Ich redete mir ein, dass es mich nicht störte, wenn er nach der Arbeit ohne mich ausging. Ich war ständig müde, je weiter die Schwangerschaft voranschritt.

Die Kluft zwischen uns wurde immer größer. Er war auch auf andere Art abwesend. Er vergaß, sich an mich zu kuscheln, wenn er spät nachts mit nach Zigarrenrauch stinkendem Haar neben mir ins Bett schlüpfte. Wenn wir allein waren, beachtete er mich kaum noch. Er schaute die Nachrichten oder einen Film, trank kühlen Weißwein oder Bier und knabberte irgendwelche Snacks. Ich fühlte mich überflüssig, schwerfällig und massig auf dem Sofa neben ihm, und wenn ich eine Hand ausstreckte, um seinen Nacken zu streicheln, schob er sie geistesabwesend weg, als wäre es eine lästige Fliege.

Die Schwangerschaft. Die Hormone. Wenn ich Sophie schrieb, spielte ich es herunter. Ich machte aus den Problemen einen Witz, damit ich darüber lachen konnte.

An einen Moment erinnere ich mich genau. Dominic war spätabends noch unterwegs, und ich blies Trübsal, schwer und träge, und wünschte, er käme endlich nach

Hause. Ich konnte mich zu nichts aufraffen und wanderte ruhelos in der riesigen Wohnung umher.

Vor einem unserer glamourösen Hochzeitsfotos in seinem silbernen Rahmen blieb ich stehen und betrachtete das Paar darauf. Dominic, so elegant in Zylinder und Frack. Mein wunderschönes Märchenkleid, handbestickt mit winzigen Perlen und mit einer Satinschleppe. *Er muss mich lieben. Er hat mich schließlich geheiratet. Wir haben vor all diesen Leuten unser Ehegelübde abgelegt.* Ich hatte keinen Grund, daran zu zweifeln.

Doch als ich mir die Bilder ansah, wurde mir plötzlich eiskalt. Ich erinnerte mich nicht. Ich wusste, dass es unsere Hochzeit war. Es musste so sein. Ich sah mich selbst dort an der Seite meines Mannes. Aber ich konnte mich nicht erinnern, dass es wirklich passiert war.

Ich ging ins Arbeitszimmer und holte das dicke Album mit den professionellen Fotos hervor. Ich legte es mir auf die Knie, blätterte die Seiten um, betrachtete die Gesichter. Der Einzug in die Kathedrale, der Sektempfang auf einer Wiese, die im Sonnenschein prächtig glänzte. Auf jedem Bild schaute ich ganz genau auf Dominics Gesicht und auf mein eigenes. Ich wusste, dass ich dort gewesen sein musste. Aber ich hatte keine Erinnerung daran. *War ich das überhaupt?*

Noch eine Weile saß ich mit zitternden Händen im Halbdunkel. Ich konnte es nicht länger leugnen. Etwas Schreckliches passierte mit mir. Ein Teil von mir selbst wurde nach und nach ausgelöscht.

Ich biss mir auf die Lippe, um nicht zu weinen. Unser kleines Mädchen zappelte und strampelte, und ich legte mir meine warme Hand flach auf den Bauch, um sie zu trösten. Was, wenn ich auch sie vergessen würde, dieses Baby in mir? Was, wenn ich mich in einem Jahr nicht mehr an ihre Geburt erinnern könnte, an ihr runzliges Gesicht, an das Gefühl, sie in meinen Armen zu halten? Was, wenn ich den Bezug zur Realität verlor und nie mehr wiederfand?

Ich trat hinaus auf den Balkon, stand da, die Hände auf der Brüstung, und blickte hinaus auf den dramatischen Abhang, auf das schattige Laub und die hellen Lichtquadrate, die aus den Wohnblöcken hervorblitzten, auf die vertrauten Wolkenkratzer, die weit unten die Skyline von Hongkong bildeten, und auf der gegenüberliegenden Seite auf die Neonbeleuchtung und den strahlenden Glanz der Hotels und Siedlungen in Kowloon. Der dunkle Streifen dazwischen war das Wasser des Hafens. Ich wusste, dass er da war. Ich glaubte daran, dass er da war. Ich konnte ihn nur in der Dunkelheit nicht sehen.

Vielleicht war es mit meiner Erinnerung genauso.

KAPITEL 7

SOPHIE

Als es auf das Wochenende zuging, veränderte sich die Atmosphäre im Haus unvermittelt.

Caroline wirkte nervös. Am Freitagnachmittag kamen sie und Lucy mit großen Tüten vom Einkaufen zurück und füllten den Kühlschrank mit Lebensmitteln, die ich hier noch nie gesehen hatte. Steaks in blutigem Papier, Knoblauch, Doppelrahm und frische, duftende Kräuter im Bund. Caroline wurde reizbar.

Lucy, noch immer still, aber auf ihre eigene Weise aufgeregt, verbrachte so viel Zeit wie möglich in ihrem Zimmer. Ich leistete ihr dort oben Gesellschaft. In den letzten Tagen hatten wir angefangen, einfache Spiele zu spielen. Tiermemory oder Snap. Mit gerunzelter Stirn konzentrierte sie sich auf die Karten. Seit ich sie kannte, war sie noch nie so nahe daran gewesen, loszulassen und einfach Spaß zu haben, und es freute mich, das zu sehen.

Nachdem ich Lucy ins Bett gebracht hatte, saßen Caroline und ich bei einem unserer seltsamen Abendessen in der Küche. Sie war ruhelos und gab sich demonstrativ fröhlich, sprach zu laut von den Fortschritten, die sie mit ihrer Unternehmensgründung machte, und erkundigte sich nach Lucy, ohne überhaupt meine Antwort abzuwarten. Später verfiel sie in missgelauntes Schweigen.

Ich hatte gelernt, ihr nicht zu viele Fragen zu stellen, vor allem nicht über ihre Gesundheit. Sie schien sich nicht wohl damit zu fühlen, wenn sie eine Unterhaltung nicht selbst steuerte. Ich sprach sie nicht darauf an, aber ich verstand nicht, woran sie sich erinnerte und woran nicht.

Sie deutete an, dass die Beziehung zu ihrer Mutter, die schon in unserer Kindheit nicht die beste gewesen war, noch schlechter geworden sei, seitdem sie wieder geheiratet hatte und nach Toronto gezogen war. Caroline hatte es in einer ihrer E-Mails erwähnt, aber damals war ihr Ton belustigt gewesen, als wäre das alles ein großer Spaß. Sie hatte den gut betuchten verwitweten Kanadier beschrieben, der in der Trauergruppe ihrer Mutter in Singapur aufgetaucht war und der Hälfte aller Witwen dort wieder neue Hoffnung eingehaucht hatte. *Erste Dates – in ihrem Alter. Wie romantisch.* Dem kurzen Umwerben folgten eine überstürzte Hochzeit und ein üppiger Empfang im Raffles, und wenig später verkündeten die beiden, dass sie sich zur Ruhe setzen und nach Kanada ziehen würden. Mittlerweile standen sie und Caroline kaum noch in Kontakt. *Sie ist Lucys einzige Großmutter*, schrieb Caroline mehr als einmal, *und sie hat sie noch nie getroffen.*

Nach dem Essen zog ich mich mit der Ausrede, ich sei müde, in mein Zimmer zurück. Caroline hatte erwähnt, dass Dominic spät am Abend nach Hause kommen würde, und sie schien erleichtert, mich loszuwerden.

Ich saß auf dem Bett und las, als ich das bezeichnende Knirschen von Autoreifen auf der Kiesauffahrt hörte. Ich schlich zum Fenster und spähte hinter dem Vorhang hervor.

Dominic stieg aus und nahm einen Koffer und eine Anzughülle vom Rücksitz, dann verschwand er aus meinem Blickfeld. Im nächsten Moment hörte ich seinen Schlüssel im Schloss. Schwere Schritte in der Eingangshalle.

»Caroline!«

Die Wohnzimmertür ging auf. Gedämpfte Stimmen drangen herauf, dann ein leises Lachen, das er rasch unterdrückte. Ich stand ganz still, errötete, während ich lauschte und mir vorstellte, wie sie sich, glücklich über das Wiedersehen nach einer Woche, umarmten und küssten, vertraut flüsterten und einander immer wieder mit einem stummen Fingerzeig die Treppe hinauf zum Schweigen brachten.

Denk dran, wir sind nicht allein. Sie ist da.

Sie schlossen die Wohnzimmertür hinter sich, und im Haus kehrte wieder Stille ein.

Auf einmal fiel mir Andrew ein – und all die Versprechungen, die er gemacht, aber nie gehalten hatte. Wo er jetzt wohl war? Bestimmt zu Hause bei seiner Frau. Aufgewühlt lief ich in meinem Zimmer auf und ab. Draußen war es stockdunkel. Ich presste mein Gesicht ans Fenster und starrte in die Finsternis hinaus, versuchte die Umrisse der Bäume, der Klippen, des Meeres auszumachen. Die Scheibe beschlug unter meinem Atem.

Mir wurde klar, wie allein ich war. Ich war Gast in einem fremden Haus, ein Störfaktor in der Ehe von anderen, genauso wie damals mit Andrew. Ich hatte mir selbst etwas vorgemacht, wenn ich die Abende mit Caroline verbracht und mir eingeredet hatte, ich würde hier gebraucht. Jetzt war Dominic wieder da, und ich wünschte mir mehr denn je, irgendwo anders zu sein.

Ich hockte eine Weile auf der Bettkante, das Buch aufgeschlagen, konnte mich aber nicht konzentrieren. Kein Laut von unten. Es war gerade erst kurz nach zehn.

Als ich mich fürs Bett fertig machen wollte, fiel mir auf, dass ich meine Handtasche in der Küche gelassen hatte. Ich zögerte, denn ich ging nur ungern ohne mein Handy und mein Portemonnaie schlafen. Natürlich waren sie unten in Sicherheit. Ich glaubte nicht ernsthaft, dass jemand meine Sachen durchwühlen würde. Aber meine Lieblingsfotos waren darin. Mum und Dad im Urlaub, das alte Schwarz-Weiß-Foto von Mum, die mich als scheue Dreijährige im Arm hält, so jung und großäugig wie Lucy jetzt. Das letzte Foto von meinem Dad, er lächelte, aber seine Augen waren traurig, die Haut kränklich blass. Als ich nun an sie dachte, wollte ich sie in meiner Nähe haben.

Vorsichtig schlich ich hinaus auf den Flur. Die Eingangshalle unten lag im Dunkeln, bloß ein schmaler Lichtstreifen drang unter der Wohnzimmertür heraus. Ich tastete nach dem Geländer und ging nach unten. Mein Herz klopfte. Ich fühlte mich wie ein Einbrecher, angespannt und wachsam, voller Angst, erwischt zu werden. Bei jeder knarzenden Treppenstufe schlug mein Herz ein wenig schneller, und ich blieb stehen, atmete tief durch, riss mich zusammen und ging weiter. Zigarrenrauch zog von unten herauf.

In der Küche war es dunkel. Fahles Mondlicht drang zum Fenster herein, silberne Sprenkel tanzten auf den Wellen.

Ich hatte gerade die Hand auf meiner Tasche, als ich hinter mir jemanden spürte – eine stille Gestalt ganz in der Nähe. Ich wirbelte herum und starrte mit weit aufgerissenen Augen ins Nichts. Was hatte ich gespürt? *Etwas. Jemanden.* Aber ich sah nichts weiter als wabernde Schatten. Ein Schauer rann mir über den Rücken. Die Luft war auf einmal kühl.

Ich schluckte schwer, schnappte mir meine Tasche und eilte aus der Küche und durch die Eingangshalle. Ich wollte so schnell wie möglich zurück in mein sicheres Zimmer, die Tür hinter mir schließen und unter die warme Decke schlüpfen.

Als ich gerade an der Treppe angekommen war und hinaufsteigen wollte, hörte ich meinen Namen. Seine Stimme, gedämpft, aber verständlich, im Wohnzimmer.

Was ist mit Sophie? Oder: *Wo ist Sophie?* Ich war mir nicht ganz sicher.

Ich erstarrte. Wartete. Lauschte. Lungerte in der Halle herum.

Carolines spöttische Stimme. »Mach dir über sie keine Gedanken. Sie ist ein Mäuschen.«

Dominics brüske Antwort. »Aber warum? Werd sie los. Stell eine richtige Nanny ein.«

Eine Bewegung. Kleidung raschelte. Das Herz klopfte mir bis zum Hals, als ich mir vorstellte, wie die Tür auffliegen und ich erwischt werden würde. Das Mäuschen, das im Haus herumschlich und die Gespräche anderer belauschte.

Caroline sagte irgendetwas, das ich nicht verstand, sie sprach zu leise.

Dann wieder er, drängender diesmal. »Das gefällt mir nicht. Es ist gefährlich.«

Caroline gähnte laut und murmelte irgendetwas.

Er erwiderte, ärgerlich jetzt: »Nun, mich schon. Sie hätte gar nicht erst kommen sollen.«

Atemlos floh ich die Treppe hinauf, mein Gesicht glühte vor Scham. In meiner Panik stolperte ich über die oberste Treppenstufe und fiel auf die Knie. Ich erstarrte, erwartete, dass jeden Augenblick unter mir die Wohnzimmertür aufging und mich jemand fragte, was um alles in der Welt ich da machte, ob es mir gut gehe. Dass ich erwischt werden würde. Ich würde demütigende Ausreden stammeln, während sie sich fragen würden, wie viel ich mit angehört hatte.

Nichts. Stille. Ich kam wieder zu Atem.

Dann ein anderes Geräusch. Ein schrilles Heulen, weit weg, aber voller Schmerz, der nicht von dieser Welt schien. Das Blut gefror mir in den Adern. *Lucy.*

Ich kam wieder auf die Beine, warf die Tasche in mein Zimmer und rannte erst in den zweiten Stock hinauf und schließlich die letzte schmale Treppe bis unters Dach zum Kinderzimmer. Vorsichtig schloss ich die Tür hinter mir und schlich hinüber zu dem Bett, wo Lucy lag.

Im Zimmer roch es nach Schlaf und einem Hauch Zitrus-Lufterfrischer. Lucy atmete schwer. Sie hatte die Decke weggestrampelt und lag quer im Bett, den Oberkörper verdreht, einen Arm hoch über dem Kopf ausgestreckt, die Handfläche zur Decke gedreht, als wollte sie einen unsichtbaren Ball fangen. Ihre Wangen waren gerötet.

Ich kniete mich neben ihr Bett. Sie wirkte ängstlich. Ich strich ihr die stoppeligen Haare aus dem Gesicht und streichelte ihre glühende Stirn.

Sie stieß einen kehligen Laut aus und schlug die Augen auf. Ich erkannte die Furcht in ihrem Blick, als sie versuchte, mich zu fixieren.

»Alles in Ordnung, Lucy. Ich bin's, Sophie. Geht es dir gut?«

Sie blinzelte, desorientiert und verängstigt.

»Hast du schlecht geträumt? Ich wollte nur nach dir sehen. Alles ist gut.«

Sie schüttelte den Kopf und nahm meine Hand. Ihre kleinen Finger schlossen sich fest um meine.

»Wenn du möchtest, bleibe ich eine Weile hier.«

Ich war erleichtert, hier oben zu sein, froh, nicht allein zu sein. Dankbar, gebraucht zu werden.

Meine Hand immer noch in ihrer, legte ich mich neben ihr Bett.

»Ich lasse dich nicht allein, Lucy. Alles ist gut. Bei mir bist du in Sicherheit.« Ich murmelte in der Dunkelheit, versuchte, sie so weit zu beruhigen, bis sie wieder einschlief. »Ganz ruhig. Was auch immer du geträumt hast, es ist vorbei, es ist weggeflogen auf breiten, gefiederten Schwingen.« Ich sprach langsam und hypnotisch. »Entspann dich. Schließ die Augen und schlaf. Jetzt träumst du nichts mehr. Bald ist schon wieder morgen.«

Ihre Finger erschlafften, ihr Atem ging tiefer, und ich spürte, wie sie einschlummerte. Ich ließ ihre Hand los, lag neben ihr und lauschte dem gleichmäßigen Rhythmus ihres Atems.

Mein Magen verkrampfte sich.

Werd sie los, hatte er gesagt.

Was sollte ich machen? Meine Sachen packen und früh aufbrechen, einfach irgendwohin gehen, weit weg? Ich könnte ihnen einen Zettel hinterlassen, mit irgendeiner Ausrede. Ich wollte ihnen nicht unter die Augen treten.

Sie ist ein Mäuschen, hatte sie gesagt.

Meine Wangen brannten. Sie machten sich über mich lustig. Es war so demütigend. Ich dachte an all die Jahre zurück. All die Briefe, die E-Mails. Hatte Caroline mich die ganze Zeit so gesehen? Als ein Mäuschen?

Lucy seufzte und drehte sich im Schlaf um, und ich strich ihr sanft die Haare aus der Stirn. Hübsches Mädchen. Was würde aus ihr? Wer würde auf sie aufpassen, wenn ich ging? Bestimmt liebte Caroline ihre Tochter, aber mit jedem Tag wurde deutlicher, dass sie andere Prioritäten hatte. Sie war es leid, mit Lucy allein zu Hause zu sein, war zu beschäftigt damit, ihr Unternehmen voranzubringen. Hier draußen war es ihr zu langweilig, das hatte sie selbst gesagt. Wenn ich sie jetzt ohne Vorwarnung verließe, wäre sie gezwungen, kurzfristig eine neue Nanny einzustellen, ein weiteres junges Mädchen, das sich nicht richtig um Lucy kümmerte und nicht lange bleiben würde.

Ich betrachtete Lucys schmales Gesicht. Sie wirkte so verängstigt und einsam. Ich konnte sie nicht verlassen. Im Dunkeln schüttelte ich den Kopf. Ich wusste, was meine Eltern dazu sagen würden. *Du bist aus einem bestimmten Grund hier. Du hast ausnahmsweise Zeit, also sei nett, tu das Richtige.*

Einen Augenblick später war das Gefühl wieder da. Das Gefühl, dass da jemand im Schatten stand, reglos und ganz nah. Dass mich jemand beobachtete. Ruckartig setzte ich mich auf und sah mich um. Ich fühlte mich wie ein Kind, das mitten in der Nacht aufwacht, umgeben von erdrückender Finsternis, in der unvorstellbare Schrecken lauern. Das Blut rauschte mir in den Ohren. Es hatte keinen Sinn, nach Mum und Dad zu rufen, sie waren nicht nebenan, um sofort herüberzulaufen, die Nacht mit Licht zu fluten und mich zu retten. *Was ist los, Sophie, was ist passiert?* Nie wieder würden sie mich mit vom Schlaf schalem Atem in die Arme schließen und wiegen, bis ich mich beruhigte.

Ich hatte niemanden mehr, der mich rettete. Und Lucy auch nicht. Abgesehen von mir.

Ich saß da, starrte in die Dunkelheit, ohne etwas zu sehen, aber zu verängstigt, um die Augen zu schließen. *Hör auf, Sophie. Hör auf. Sei nicht so ein Baby.*

Ich legte mich wieder hin und zwang mich, ruhig zu atmen. Den Blick richtete ich auf die schwarze Leere unter Lucys Bett und strengte mich an, darin irgendetwas zu erkennen. Ein Kuscheltier. Ein zerknittertes Taschentuch. Ein verlorenes Bilderbuch, bedeckt von Haaren und Staubflocken.

Langsam ließ meine Anspannung nach. *Kein Grund, dich zu gruseln. Hier ist niemand. Das war bloß Einbildung.* Wir hatten einander, Lucy und ich. Wir brauchten einander.

Mein Atem ging tiefer, mein Herzschlag beruhigte sich, und ich schlief ein.

Dominic marschierte in der Küche herum, als ich mit Lucy zum Frühstück nach unten kam. Er trug Jeans und ein weites T-Shirt und wedelte mit einer gebutterten Scheibe Toast herum. In der Küche roch es nach frisch gebrühtem Kaffee und versengtem Toast.

Lucy rannte sofort zu ihm, und er hob sie hoch und schwang sie in die Luft, dann nahm er sie fest in die Arme und rieb die Nase an ihrem Gesicht, kitzelte sie, bis sie quietschte. Er fuhr ihr mit den Fingern durch die kurzen Haare und zerzauste sie, bis sie abstanden.

Auf einmal wirkte sie vorsichtig, zögerlich, als hätte sie Angst, zurechtgewiesen zu werden.

»Das wächst bald wieder.« Er küsste sie auf die Nasenspitze. »Mach das einfach nicht noch einmal, in Ordnung?«

Er hielt ihr den angebissenen Toast vor den Mund. »So, Prinzessin, Toast?«

Sie blieb an ihn gekuschelt, als er sich schwerfällig an den Küchentisch setzte, vor sich eine Tasse Kaffee, und sie teilten sich den Toast, indem sie abwechselnd davon abbissen.

Ich zögerte. Ich war versucht, mich einfach umzudrehen und zu gehen, immerhin war ich hier nicht erwünscht. *Werd sie los.* Das hatte ich nicht vergessen.

Schließlich wandte er sich an mich, charmant wie eh und je. »Ach, hallo.« Er lächelte. Mein Körper fühlte sich ganz steif und unnatürlich an, meine Hände baumelten ungeschickt an meiner Seite. »Ich habe schon gehört, dass du hier die Stellung gehalten hast. Caroline ist dir so dankbar. Und ich auch.« Er zögerte. »Ich hatte schon Angst, du wärst abgehauen.«

Ich blinzelte. »Abgehauen?«

Er gab Lucy den letzten Happen Toast, den sie aufknusperte, ohne ihn aus den Augen zu lassen.

»Gestern Nacht war dein Bett leer. Ich wollte nicht spionieren, aber deine Tür stand offen.«

Ich lief rot an. Irgendetwas an seiner Art wirkte wissend. Hatte er mich doch gehört, als ich die Stufen hinaufgestolpert, vor ihrem Gespräch geflohen war? *Das arme Mäuschen, das gelauscht hat.*

»Lucy hat schlecht geträumt, ich bin bei ihr geblieben, damit sie keine Angst hat.«

Er wandte seine Aufmerksamkeit wieder seiner Tochter zu. »Schlecht geträumt, kleine Lucy? Das ist ja nicht gut.«

Sie streckte die Hände aus und fuhr ihm damit übers Gesicht, die Nase, die Wangen, dann zerzauste sie ihm mit ihren kleinen Fingern die Haare. Sie wirkte glücklich, hier auf seinem Schoß, in seinen starken Armen. Sie wirkten beide glücklich. Wie zwei fehlende Teile, die endlich zusammengefunden hatten.

Ich setzte mich in Bewegung und machte mich daran, Eier fürs Frühstück zu kochen und noch mehr Brot zu toasten. Ich hatte Dominic den Rücken zugewandt und hoffte, er würde bald gehen. Endlich setzte er Lucy in ihren Hochstuhl. Das weich gekochte Ei und die Toaststreifen stellte ich vor ihr ab und köpfte das Ei.

Er griff nach seiner Kaffeetasse, beugte sich vor und nahm das Ei in Augenschein.

»Perfekt! Wie macht sie das nur, Lucy? Ein Ei wie bei Goldlöckchen – nicht zu weich, nicht zu hart, genau richtig.«

Sie strahlte ihn an, nahm einen Toaststreifen und tunkte ihn in das Ei.

Er war mir so nahe, dass ich seinen frischen Seifenduft riechen konnte, während er sich Kaffee aus der Kanne nachschenkte.

»Danke.« Er sprach so leise, dass Lucy ihn nicht hören konnte. »Caroline ist so begeistert von ihrer Geschäftsidee. Es war schwer für sie, hierher zurückzukommen.«

Ich erwiderte ebenso leise: »Ich bin die ganze Woche hiergeblieben, weil Caroline mich praktisch angefleht hat. Ich warte darauf, dass die Angelegenheiten meines Vaters geregelt werden, damit ich das Haus verkaufen und mir etwas Eigenes kaufen kann. Ich weiß noch nicht genau, wo. Caroline habe ich versprochen, dass ich noch ein paar Tage bleiben werde – höchstens eine Woche –, bis sie eine vernünftige Kinderbetreuung gefunden hat …«

Seine Augen weiteten sich vor Überraschung. Ich hatte nicht vorgehabt, eine solche Rede zu halten, aber am Ende klang ich schriller, als ich beabsichtigt hatte. Verlegen wandte ich mich ab und konzentrierte mich darauf, mein eigenes Ei in den Eierbecher zu verfrachten, ohne es fallen zu lassen.

»Natürlich.« Er klang verblüfft. »Ist sie dir irgendwie zu nahe getreten? Das wäre ihr sicher unangenehm.«

Ich strich Butter auf eine zweite Scheibe Toast und schnitt sie in Streifen. Dabei spürte ich seinen Blick auf mir und roch seinen Kaffeeatem.

»Nein, überhaupt nicht.« Ich legte den Toast auf einen Teller. »Ich wollte es nur sagen.«

Er nickte, schien aber nicht zufrieden. »Nun, wie ich schon sagte, wir sind dir sehr dankbar. Für Caroline gehörst du quasi zur Familie, weißt du? Du bist eine der wenigen, mit denen sie über die Jahre in Kontakt geblieben ist. Sie hat keine nennenswerten Verwandten. Na ja, abgesehen von ihrer Mutter.«

Er sagte das so deutlich, als fordere er mich heraus, ihm zu widersprechen.

»Familie ist etwas Komisches«, sagte ich leichthin, nahm meinen Teller, setzte mich neben Lucy und schlug mein Ei auf.

Etwas lauter sagte er: »Lucy, kommst du heute mit Daddy mit? Gute Idee?«

Mit leuchtenden Augen drehte sie sich zu ihm um und nickte.

»Iss dein Frühstück, Prinzessin, und ich gehe nach oben und mache mich fertig. Wollen wir in den großen Park fahren? Mal sehen, ob wir ein paar Enten finden, die wir belästigen können – abgemacht? Wir bringen ihnen gefrorene Erbsen mit.« Er zwinkerte mir zu. »Brot ist anscheinend out. Nicht gut für ihre kleinen Mägen. Wer hätte das gedacht?«

Er nahm seinen Kaffee und verschwand, während Lucy strahlend ihr Frühstück verputzte.

Nachdem die beiden aufgebrochen waren, durchwühlte ich den Schrank unter der Treppe, fand einen alten Eimer, eine Scheuerbürste mit abgenutzten Borsten, ein paar steife Lappen sowie eine halb volle Flasche Reinigungsmittel und machte mich auf den Weg zum Strandhaus.

Die Luft war frisch. Eine leichte Brise wehte vom Meer herüber, aber am Himmel über mir strahlte die Herbstsonne, und das Meer war ruhig und glatt.

Ich fing draußen an, fegte die trockenen Blätter und die Erde weg, die gegen die Tür geweht worden waren, kippte einen Eimer Wasser über die Steinplatten und schrubbte, bis sie wieder unter dem Dreck hervorschimmerten.

Ich stieß die Tür auf und ließ die salzige Brise herein, die die abgestandene Luft aus dem Inneren vertrieb. Dann füllte ich den Eimer nach, wusch die Lappen aus und machte weiter. Gründlich arbeitete ich mich durch die Hütte, vom Badezimmer zur winzigen Küchenzeile und schließlich bis zum Wohnzimmer-Atelier. Nach etwa einer Stunde zog ich meinen Pullover aus und hängte ihn über eine Stuhllehne, weil ich vor Anstrengung schwitzte.

Manchmal hatte ich das Gefühl, als ob mich jemand beobachtete, dann drehte ich mich rasch um, sah aber nichts als den leeren Raum. Die Stimmung war dieses Mal anders, nicht gruselig, sondern wohlwollend. Eine freundliche, unsichtbare Präsenz, die mir bei der Arbeit Gesellschaft leistete.

Ich versuchte, sie nicht zu beachten. Während ich schrubbte, dachte ich an meine Mutter. Sie hatte selbst ihr ganzes Leben lang hart gearbeitet. Wenn ich von der Schule nach Hause kam, stand sie oft auf einer Trittleiter, die Haare mit einem Tuch zurückgebunden, Gummihandschuhe an den Händen, und putzte Wände oder Fenster und hielt das Haus sauber. Sie war so stolz darauf.

Nach einer weiteren Stunde machte ich eine Pause. Meine Kopfhaut kribbelte vor Schweiß. Einen Moment blieb ich stehen, stützte die Hände in die Hüften und schaute mich in der kleinen Küche um, die jetzt wieder glänzte. Ich würde ein paar kalte Getränke kaufen und den Kühlschrank auffüllen. Am Montag könnte ich ein paar Snacks kaufen. Ich könnte sogar einen Wasserkocher besorgen und ein Tee- und Kaffeetablett aufstellen.

Bei der Vorstellung nickte ich. Ich könnte nach der Kita mit Lucy hierherkommen, warum nicht? Sie würde es lieben. Wenn alles fertig war, würde ich sie mit einem Picknick und ein paar Süßigkeiten überraschen. Vielleicht am Montag. Ich würde Kekse besorgen und heiße Milch oder Kakao machen. Am Nachmittag könnten wir den Basteltisch aufstellen und zusammen malen.

Ich schob wieder die Ärmel hoch. Als Nächstes waren die Fenster dran. Wenn das Licht vom Meer wieder ungefiltert hereinströmte, würde das ganze Haus wie verwandelt sein. Ich leerte einen weiteren Eimer mit Dreckwasser im Unterholz aus, spülte die Lappen und machte mich wieder an die Arbeit. Das große Fenster, das zum Meer hinausging, war völlig verdreckt, und es war eine Wohltat, den Schmutz abzuwaschen.

Danach lehnte ich mich lächelnd zurück, um mein Werk zu bewundern. Die Aussicht war atemberaubend. Kein Wunder, dass dieser Raum als Atelier genutzt worden war.

Ich blickte hinaus zum Horizont und an den Klippen entlang. Draußen im Wasser nahm ich eine Bewegung wahr, und ich schirmte meine Augen vor der Sonne ab, damit ich besser sehen konnte. Die blitzenden Arme eines Schwimmers, der mit kräftigen Zügen die Felsen umrundete, hinterließen schäumende Linien im Wasser. Caroline? Ich schüttelte den Kopf. Ich verstand sie nicht. Warum war sie nicht mit ihrem Mann und ihrer Tochter hinausgefahren? Sie verbrachten so wenig Zeit gemeinsam als Familie. Diese Woche hatten sie einander kaum gesehen.

Ich widmete mich wieder dem Inneren des Strandhauses. Es war jetzt lichtdurchflutet. Mich beflügelte der Gedanke, dieses vernachlässigte Gebäude zurückzuerobern und es in etwas Besonderes zu verwandeln, in einen Ort, an dem man sich wohlfühlte.

Ich stellte einen Stuhl unter das Fenster in der Dachschräge und versuchte, mich hoch genug zu strecken, um es zumindest von innen zu putzen, und griff schließlich zu einem nassen Tuch, das ich um die Borsten des Schrubbers schlang. Damit entfernte ich so viel Staub und Spinnweben, wie ich konnte.

Ich nahm die Bilder, immer zwei auf einmal, und stapelte sie vor der Tür. Wenn ich hier fertig war, würde ich sie nach oben ins Haus bringen. Als Letztes war das unvollendete Gemälde auf der Staffelei dran. Ich hob das Tuch an, um noch einmal einen Blick auf die schmale, gequälte Gestalt zu werfen, die die Welt anschrie, dann deckte ich es wieder zu und stellte es zu den anderen nach draußen. Es beunruhigte mich.

Ohne die Bilder hatte ich mehr Platz zum Arbeiten. Ich wischte die Wände ab und sah, wie die zitronengelbe Farbe wieder heller wurde und die Sonne reflektierte, die durch das Panoramafenster und das Dachfenster über mir hereinfiel. Mir taten die Arme weh. Ich hatte mich nicht mehr so angestrengt, seit ich in den Wochen vor meiner Abreise Mums und Dads Haus ausgeräumt hatte. Das war so trostlos gewesen. Eine Zeit des Endes, des Todes und der Leere. Das hier fühlte sich wie das Gegenteil an. Eine Wiederherstellung. Ein Neuanfang.

Als meine Energie schließlich aufgebraucht war, setzte ich mich auf den Boden, lehnte mich an die Wand und betrachtete zufrieden den sauberen, hellen Raum und das endlose Meer dahinter. Wohlbehagen durchströmte mich. Lucy und ich würden diese Woche viel Spaß hier haben, davon war ich überzeugt. Ich würde dafür sorgen, dass sie sich sicher fühlte, fern von all den Problemen, die sie in dem düsteren Kinderzimmer mit den vergitterten Fenstern so sehr quälten.

Keine Ahnung, warum ich mich so zu diesem Ort hingezogen fühlte, aber er hatte mich von dem Moment an angesprochen, als ich ihn zum ersten Mal gesehen hatte. Es war ein Ort, an dem ich mir vorstellen konnte, mich einzuigeln und zu lesen, um allein zu sein und mich selbst wiederzufinden.

Ich ging hinaus und sah die Leinwände durch, die dort lehnten. Bald fand ich, was ich suchte – mein Lieblingsbild –, und zog es heraus. Das kleine Mädchen mit den Zöpfen in dem rosafarbenen Mantel, das vornübergebeugt zwischen den Steinen herumstocherte.

Ich entschied mich für einen der leeren Nägel an der zitronengelben Wand, hängte das Bild dort auf und trat zurück, um die Wirkung zu begutachten, dann rückte ich es ein wenig zurecht, prüfte die Position noch einmal und lächelte zufrieden. Wer auch immer sie war, wo auch immer sie sein mochte, irgendwie hatte ich das Gefühl, dass die Malerin oder der Maler auch zufrieden war.

Im Haupthaus war es still, als ich hereinkam. Ich kämpfte mich mit den Gemälden die Treppe hinauf, schleppte immer zwei auf einmal in die kleine Dachkammer gegenüber von Lucys Zimmer und verstaute sie dort außer Sichtweite neben verschimmelten Teppichrollen.

Als ich damit fertig war, schenkte ich mir ein Glas Wasser ein und trank es aus, dann ging ich mit einer Tasse Tee und meinem geliehenen Krimi zurück ins Strandhaus. Ich wollte mich gerade auf den Teppich setzen, als ich sah, wie schmutzig er war. Ich trug ihn nach draußen und schüttelte ihn kräftig im Wind, so dass Staub und Steinchen davonflogen. Er war zu groß für die Waschmaschine, doch ich könnte ihm mit Teppichreiniger zu Leibe rücken. Aber nicht jetzt. Für heute hatte ich genug getan. Vielleicht gemeinsam mit Lucy. Wir könnten ein Spiel draus machen.

Ich zerrte den Teppich zurück ins Haus und wollte ihn gerade wieder an seinen Platz legen, als ich zwischen den Bodendielen etwas glitzern sah. Ein verirrter Sonnenstrahl, kräftig nun, da sich die Sonne ihrem Höchststand näherte, funkelte auf glänzendem Metall.

Ich ließ den Teppich in einem Haufen neben mich fallen und ging auf Hände und Knie, um genauer hinzusehen. Zuerst dachte ich, es wäre ein Schmuckstück. Vielleicht eine Kette oder ein Armband, das in den Spalt gefallen war und darauf wartete, gefunden zu werden.

Ich beugte mich darüber und versuchte, die Fingernägel in die schmale Ritze zwischen den Dielen zu schieben und zu ertasten, was sich dort versteckte. Ich fand eine leichte Einkerbung im Holz, kaum zu sehen, aber gerade genug, um eine Hebelwirkung zu erzielen. Als ich darauf drückte, erhob sich die andere Seite des Brettes mit Leichtigkeit, offenbar war es leichter und lockerer, als es zunächst gewirkt hatte. Darunter kam eine rechteckige Metallkiste zum Vorschein, die in einer Vertiefung steckte, als wäre sie dafür gemacht.

Das nächste Brett ließ sich genauso leicht entfernen und erlaubte mir einen vollständigen Blick auf den Kasten. Es war ein kleiner blaugrauer Tresor mit einem hervorstehenden runden Griff und einem blauen Ziffernfeld. Als ich am Griff drehte, blieb der Tresor verschlossen.

Unbehaglich blickte ich mich um, vergewisserte mich, dass niemand draußen am Fenster stand und beobachtete, was ich hier tat, doch ich sah nichts als Felsen, Meer und Himmel.

Ich beugte mich vor und versuchte, den Safe aus dem Loch zu heben. Er rührte sich nicht. Ich schob die Finger in den Spalt an einem Ende und versuchte, ihn zu mir zu schieben, um etwas mehr Platz zu haben. Nichts. Er saß fest, als wäre er festgeschraubt oder einzementiert.

Ich ließ die Hand über die glatte Metalloberfläche gleiten, und an meinen Fingern blieb ein leichter Schmutzfilm haften. Ich hockte mich auf die Fersen und dachte nach.

Das Strandhaus sei von den Vorbesitzern verlassen worden, hatte Caroline gesagt. Hatte der Tresor ihnen gehört? Wie hatte die Frau im Ort das Haus genannt? Das alte Haus von Dr. Lamley? Hatte Familie Lamley diesen Tresor als sicheres Versteck für Bargeld oder wichtige Unterlagen genutzt – für alles, was zu wertvoll war, um gestohlen oder bei einem Brand zerstört zu werden? Vielleicht wussten Caroline und Dominic überhaupt nichts davon? Nachdenklich biss ich mir auf die Lippe.

Natürlich sollte ich es ihnen erzählen. Sobald ich sie sähe. Wer wusste, was darin war. Vielleicht gar nichts. Doch wer auch immer diesen Safe zuletzt benutzt hatte, er hatte ihn abgeschlossen. Warum? Wenn sie das Grundstück endgültig aufgaben, es an Caroline und Dominic verkauften, würden sie ihn dann nicht leeren und offen lassen, damit die neuen Besitzer ihn nutzen konnten? Ich runzelte die Stirn.

Vorsichtig erkundete ich mit den Fingern das Metall.

Über mir beugte sich das kleine Mädchen auf dem Bild nach vorn, wandte mir den Rücken zu. Falls sie wusste, welches Geheimnis sich hier verbarg, so verriet sie es mir nicht. Noch nicht.

Als Lucy später oben unter dem Dach in ihrem Bett lag, aßen wir zu dritt im kühlen Esszimmer zu Abend. Caroline saß an dem einen Ende des glänzenden Holztisches, Dominic am anderen. Ich saß verlegen zwischen ihnen und blickte ins Leere.

Caroline hatte sich eindeutig große Mühe beim Kochen gegeben, und ich war beeindruckt. Die Wildbeerensoße, die sie zum Steak servierte, war eine der besten, die ich je gegessen hatte, und das sagte ich ihr auch – doch sie lachte, als sie sich bedankte. Vermutlich wechselten die beiden einen verstohlenen Blick, amüsierten sich auf meine Kosten, als ich wieder auf das Essen auf meinem Teller schaute.

Ich spürte, wie ich errötete, als ich mir vorstellte, wie sie sich später, wenn sie allein waren, über mich lustig machten.

Daran hat das Mäuschen gern geknabbert, Caro. Gut gemacht.

Sonst bekommt es ja auch nur alten Käse.

Ich kaute jeden Bissen länger als nötig, auf einmal fiel mir das Schlucken schwer. Die Soße wurde pappig. Gleich nach dem Hauptgang würde ich mich mit einer Ausrede davonstehlen. Ich würde sagen, ich wolle nach Lucy sehen, behaupten, ich hätte sie schreien hören, und einfach vergessen, wieder herunterzukommen. Es war mir egal. Noch ein Tag, und Dominic wäre wieder weg. Sicher würden sie sich über ein wenig Zeit zu zweit freuen.

Er nahm die Weinflasche aus dem silbernen Flaschenkühler, ein schwerer, lieblicher Rotwein, der mir bereits zu Kopf stieg, und ging um den Tisch herum, um ein Glas nach dem anderen aufzufüllen.

Als er sich wieder setzte und die Serviette auf seinem

Schoß ausbreitete, sagte er: »Ich habe einen Kitakittel an Lucys Haken gesehen.«

Ich antwortete nicht. Wusste er nichts davon? Ein unheilvoller Ton lag in seiner Stimme.

»Ach ja, Sophie hat eine nette Kita im Ort aufgetan, nicht wahr, Soph?«, sagte Caroline. »Wie heißt sie noch mal? Little Monsters?«

Zwei Augenpaare richteten sich auf mich.

»Little Monkeys.« Ich war mir nicht sicher, ob es ein Scherz sein sollte oder ob sie es wirklich vergessen hatte.

»Wäre ›Little Princesses‹ nicht passender für unsere Lucy?«

Caroline winkte ab. Ihre Ringe glitzerten im schwachen Licht. »Ah ja. Ja, natürlich. Deine kleine Prinzessin.«

Angespanntes Schweigen.

Nach ein paar Augenblicken sagte ich fröhlich: »Es scheint ihr zu gefallen. Die Betreuerinnen sind sehr freundlich und machen viele Aktivitäten mit den Kindern. Vielleicht findet sie dort ein paar Freunde.«

Caroline trank einen Schluck aus ihrem Glas. »Wir probieren es erst einmal nur mit den Vormittagen, Schatz. Aber wenn sie sich gut eingewöhnt hat, würden sie sie auch ganztags nehmen. Das wird ihr guttun.«

Er hob den Blick und sah seine Frau über den Tisch hinweg an. »Hast du mal daran gedacht, mich zu fragen, bevor du sie anmeldest? Ich bin schließlich ihr Vater.«

Ich sank auf meinem Stuhl zusammen und wünschte mich weit weg.

Caroline wirkte ungerührt. Sie beugte sich vor und legte die Finger um den schmalen Stiel ihres Glases. »Nun, und ich bin ihre Mutter und die ganze Woche über für sie verantwortlich, also nehme ich an, dass ich dazu berechtigt war, diese Entscheidung zu treffen. Wie Sophie schon sagte, es ist an der Zeit, dass sie ein paar Freunde findet. Vielleicht können sie ihr helfen.«

»Helfen?«

Ich sagte lahm: »Ich meinte nicht …«

Caroline unterbrach mich: »Helfen. Bei ihren Problemen, Dominic. Soll ich weiterreden?«

Er legte klappernd Messer und Gabel ab, schob seinen Stuhl zurück und sagte mit spröder Höflichkeit: »Würdest du mich einen Moment entschuldigen, Sophie?«

Er marschierte aus dem Zimmer und in die Küche nebenan. Die hölzerne Durchreiche zwischen den beiden Zimmern war nicht richtig geschlossen, also hörte ich deutlich, wie der Wasserhahn aufgedreht wurde. Wasser lief in ein Glas oder eine Tasse, dann wurde der Hahn ebenso abrupt wieder zugedreht.

Als Dominic zurückkam, waren seine Wangen immer noch gerötet, aber er tat so, als wäre nichts geschehen. Er setzte sich wieder, wandte sich an mich und fragte: »Erzähl doch mal, Sophie. Wen aus dem Dorf hast du schon kennengelernt? Ich habe gehört, sie sollen sehr freundlich sein, wenn man sich etwas Mühe gibt.«

Ich stammelte eine Antwort, einen oder zwei Sätze über die Frau im Café, die Friseurin und Mrs Minns, die Kita-Leiterin. Er ließ mich nicht aus den Augen, überhäufte mich mit seiner Aufmerksamkeit. Es war, als wäre Caroline gar nicht da.

So aßen wir den Rest des Hauptganges. Dominic richtete alle Fragen allein an mich und verfolgte jedes sich bietende Gesprächsthema, auch wenn ich wenig zu sagen hatte. Er behandelte mich, als wäre ich die einzige Frau am Tisch, während Caroline schweigend dasaß. Es war unerträglich.

Als wir schließlich alle aufgegessen hatten, stand Caroline auf und fing an abzuräumen. Ich wollte ebenfalls aufstehen und ihr helfen, um der unangenehmen Atmosphäre zu entkommen, aber Dominic bestand darauf, dass ich sitzen blieb.

»Bitte, Sophie. Lass mich das machen.«

Er nahm unsere Teller und folgte ihr.

Als sie in der Küche waren, atmete ich auf, obwohl ich auf dem Schoß noch immer meine feuchten Hände knetete. Die Erleichterung hielt nicht lange an. In der Küche fingen sie sofort an, sich zu streiten. Fetzen ihres Gezänks drangen durch die Durchreiche zu mir herüber.

Caroline sagte: »Aber warum denn nicht? Ich habe auch ein Leben, weißt du?«

Seine Stimme, undeutlich. Irgendetwas über Lucy.

Caroline zischte zurück: »Das mache ich nicht, das habe ich dir gesagt. Du wolltest, dass wir hier draußen versauern.«

Geschirr klapperte, offenbar räumte er die Spülmaschine ein, gefolgt von einem Knall, als er die Tür des Geräts zuschlug. Das Geräusch der Kühlschranktür, die geöffnet wurde. Caroline sprach wieder, ihre Stimme war gedämpft. Ich verstand nur die letzten Worte, die plötzlich deutlicher klangen, als hätte sie sich zur Durchreiche gedreht.

»Auf keinen Fall«, sagte sie. »Sie mag mich nicht einmal.«

»Sei nicht albern«, erwiderte Dominic scharf. »Das ist lächerlich.«

Mein Herz klopfte wie wild. Ob sie wohl erneut über mich redeten?

Ihre Stimme wurde wieder leiser, als sie sich der Küchentür zuwandte. »Bringen wir es einfach hinter uns, ja?«

Sie kam mit einem Servierteller herein, auf dem sich Mousse au Chocolat wölbte. Ihr Gesichtsausdruck war feindselig. Wir aßen den Nachtisch in angespanntem Schweigen, dann entschuldigte ich mich zeitig und ging nach oben.

Lucy schlief tief und fest, einen Arm um ihr Kissen geschlungen, die Wange auf ihrer Hand. Ich zog ihre Decke zurecht, setzte mich für einen Moment im Dunklen auf die Bettkante und lauschte ihrem langsamen, gleichmäßigen Atem.

Ich dachte an meine Eltern und ihre Liebe zu mir. Wie sie mir immer zugehört hatten, wenn ich etwas auf dem Herzen hatte, wie sie nachts an meinem Bett saßen, wenn ich krank war, über mich wachten, wenn ich schlief, und tausend andere Liebestaten, für die ich mich nie bedankt hatte.

»Kinder brauchen sich bei ihren Eltern nicht zu bedanken«, hatte meine Mutter lächelnd gesagt, als ich Mitte zwanzig war und ihr zu sagen versuchte, wie dankbar ich ihr war, wie geliebt ich mich immer gefühlt hatte. »Das macht man als Mutter oder Vater eben. Bedingungslos. Man bedankt sich, indem man die Liebe, die man empfangen hat, an seine eigenen Kinder weitergibt, und die an ihre Kinder.«

Ich wischte mir über die Augen. Das war's dann wohl, oder? Ich hatte keine Kinder, die ich lieben konnte, zumindest keine eigenen. Nur Lucy. Vielleicht war das der Grund, warum ich so oft in ihrem Zimmer saß und ihr beim Schlafen zusah.

Ich war auf dem Weg zurück in mein Zimmer, als unten ein leiser Schrei ertönte. Caroline. Ich hielt inne, die Hand auf dem Geländer, und lauschte. Einen Moment später ein ersticktes Wimmern, dann das erregte Murmeln von Dominics Stimme. Ein scharfes Klatschen – vielleicht ein Schlag? –, dann ein Stöhnen.

Was sollte ich machen? War alles in Ordnung? Sollte ich nach unten gehen? Es war ohnehin schon peinlich genug. *Das geht mich nichts an.* Dominic wollte mich hier nicht. Und dennoch …

Ich ging die Treppe hinunter, dann zögerte ich und versuchte, in den Geräuschen einen Sinn zu erkennen. Jetzt stieß Caroline eine Reihe von hohen, ansteigenden Tönen aus, wie der rhythmische Schrei eines Vogels. Da verstand ich, was los war. Versöhnungssex, genau hier im Wohnzimmer. Wahrscheinlich war es umso aufregender, weil sie sich zurückhalten mussten, weil noch jemand anderes im Haus war und sie dabei erwischen konnte.

Meine Wangen glühten, und ich schlich lautlos die Treppe zu meinem Zimmer hinauf und schloss leise die Tür. Ich zog mich aus, stellte mich unter die Dusche und ließ das Wasser laut und lange laufen, um alle anderen Geräusche auszublenden.

Am frühen Morgen erwachte ich vom Aufheulen eines Motors. Reifen knirschten auf der Kiesauffahrt. Als ich aus dem Fenster sah, war Dominics Auto verschwunden.

Sonntagmorgen. Ein Tag früher als sonst. Wieder verschwand er für eine Woche und ließ uns hier in diesem seltsamen Haus voller Geheimnisse und mit einem verängstigten, verwirrten kleinen Mädchen zurück.

Caroline war schlecht gelaunt. Lucy und ich frühstückten gerade, als sie in die Küche kam, die Haare zu einem Pferdeschwanz gebunden, ungeschminkt, in Jogginghose und Schlabbershirt. Sie grunzte nur, als ich ihr einen guten Morgen wünschte, knallte mit den Schranktüren, goss sich Kaffee in ihren Thermobecher und nahm sich einen Müsliriegel.

Lucy saß schweigend vor ihrem Toast, den Blick auf ihren Teller gerichtet. Sie zog die Schultern hoch, als Caroline durch die Küche polterte.

»Bis später.« Sie rauschte hinaus, ohne Lucy eines Blickes zu würdigen.

Ich starrte ihr hinterher. War's das jetzt? Was war mit Lucy? Sie hatte nichts von einem Termin gesagt. Irgendwie hatte ich das Gefühl, dass ich in die Rolle der neuen Nanny hineingerutscht war, noch dazu einer unbezahlten. Ich schüttelte den Kopf. Ich war gern mit Lucy zusammen, so war das nicht. Aber es gefiel mir nicht, dass Caroline mich für selbstverständlich hielt.

Als ich meinen Toast gegessen hatte, streckte ich eine Hand aus und kitzelte Lucy am Kinn. »Ich habe eine Überraschung für dich.«

Ihre Augen weiteten sich mit vorsichtigem Interesse.

»Iss auf, putz dir die Zähne, dann zeige ich es dir.«

Ich machte ein Spiel daraus. Ich packte ein paar Snacks für später ein, legte Malstifte und Papier dazu, und als sie fertig war, verband ich ihr die Augen mit einem Schal und führte sie dann, ihre Hände in meinen, Schritt für Schritt aus der Haustür und hinaus zur Klippe.

Sie war ein zurückhaltendes Kind und wirkte anfangs ängstlich, wenn sie einen Fuß hob und ihn unsicher nach vorn schob, um zu testen, ob der Boden sicher war. Wenn sie dachte, dass ich nicht hinschaute, versuchte sie, die Augenbinde mit der Schulter nach oben zu schieben, damit sie sehen konnte, was vor ihr lag. Ich hielt sie fest an beiden Händen und dirigierte ihre Schritte.

»Ein Stück nach links. Es ist ein bisschen holprig, pass auf die Steine auf. Jetzt drei oder vier Schritte vorwärts, so ist es gut, du schaffst das. Ich bin bei dir, Lucy. Es ist alles gut.«

Wir kamen nur mühsam voran. Lucy begann zu zittern, sobald sie das Meeresrauschen hörte, und drückte sich an mich, als müsse sie meine Nähe spüren, um sich zu beruhigen. Langsam näherten wir uns dem Rand der Klippe und kletterten gemeinsam zum Strandhaus hinunter. Die Wellen dröhnten jetzt laut in ihren Ohren, die salzige Gischt kühlte ihr die Wangen, das merkte ich an ihrer Reaktion. Ihre Sinne waren geschärft, weil sie nichts sah. Bei jeder Biegung, wenn der Wind, der vom Wasser heraufwehte, um die Felsen pfiff und uns mitten ins Gesicht traf, hielt sie inne, immer ängstlicher. Ich drückte ihre Hände und zog sie näher an mich, damit sie spürte, dass ich da war und sie beschützte.

»Gleich sind wir da, Lucy. Du machst das gut. Weiter so!«

Schließlich führte ich sie den steilen Pfad hinunter bis zur Tür des Strandhauses. Ich sagte ihr, sie solle stehen bleiben und die Augen geschlossen halten, während ich die Tür schnell aufschloss. Dann half ich ihr über die Schwelle. Drinnen roch es jetzt frisch und sauber, ein angenehmer Zitrusduft von den Putzmitteln, durchzogen von salziger Meerluft.

»Ta-dah!« Ich knotete den Schal auf und zog ihn mit einer dramatischen Geste weg.

Ich hatte erwartet, dass Lucy fasziniert sein würde, dass sie sich über unsere neue Hütte freuen würde, ein Spielhaus nur für uns zwei, weit weg vom Rest der Welt. Tatsächlich hätte mich ihre Reaktion nicht mehr überraschen können.

Nachdem ich ihr das Tuch abgenommen hatte, stand sie einen Moment lang ganz still, blinzelte und starrte in den Raum, als traue sie ihren Augen nicht. Die Arme, die gerade noch schlaff herunterhingen, versteiften sich und begannen zu zittern. Alle Farbe wich aus ihren Wangen.

»Lucy? Geht es dir gut?« Ich legte ihr eine Hand auf die Schulter.

Sie schien mich weder zu hören noch zu spüren. Sie war in einer anderen Welt verloren, in der ich nicht zu ihr durchdringen konnte.

»Lucy?«, wiederholte ich.

Wie in einem Traum bewegte sie sich durch den Raum und sah sich mit starrem Blick um. In ihrem Gesicht stand eine Verzweiflung, die ich kaum ertragen konnte. Ich folgte ihr, während sie herumlief, den Kopf hierhin und dorthin wandte, alles in sich aufnahm, aber ihre Augen waren wild. Es war, als hielte ein Dämon sie in ihrem eigenen Kopf gefangen. Sie beschleunigte ihren Schritt, lief zu der kleinen Toilette und der Miniküche, als suche sie nach etwas.

»Lucy, was ist los? Was suchst du?«

Zurück im Hauptraum lief sie zum Fenster und blickte auf das aufgewühlte Wasser unter uns, dann fiel sie auf die Knie und begann zu weinen. Es war nicht das übliche Schluchzen eines kleinen Kindes, das gestürzt war oder den Trost eines Erwachsenen brauchte, sondern ein verzweifeltes, herzzerreißendes Weinen, das einen größeren Schmerz in sich trug, als ihn ein Kind je erfahren sollte.

Ich rannte zu ihr und zog sie auf meinen Schoß, schlang die Arme um sie und schaukelte sie, selbst als sie sich wehrte und schrie und sich von mir losreißen wollte.

»Lucy! Lucy! Was ist? Was ist denn los? Bitte! Es ist alles in Ordnung!«

Sie weinte so lange, dass ich zu verzweifeln begann. Sie war außer sich, warf sich mit aller Kraft nach vorn und versuchte, sich von meinem Schoß zu lösen, schüttelte den Kopf hin und her, wie um dem Schmerz darin zu entkommen, und schlug mit den Fäusten nach mir. Ihr Atem kam in Stößen, ihr Gesicht und ihre Hände waren nass von Tränen und Rotz. Draußen pfiff der Wind um die Hauswand, und weiter unten hoben und senkten sich die Wellen, gleichgültig gegenüber uns beiden.

Sie beruhigte sich erst, als sie zu erschöpft war, um weiter zu weinen und zu kämpfen.

Ich hielt sie fest in den Armen, auf meinem Schoß, wie ein viel jüngeres Kind, und wiegte sie, während ich Unsinn murmelte: »Schsch, kleine Lucy. Ganz ruhig. Es ist vorbei. Es ist alles in Ordnung.«

Schließlich legte ich sie auf dem Boden ab, bettete ihren Kopf auf meine Jacke und ging in die Küche, um etwas Milch für sie aufzuwärmen. Was war gerade passiert? Was hatte ich getan?

Als ich ihr die Tasse und einen Keks brachte, atmete sie immer noch rasend schnell, hatte sich ihr Körper noch immer nicht ganz von dem Ausbruch beruhigt. Mit großen Augen schaute sie mich an, als ich ihr beim Aufsetzen und Trinken half.

»Sag es mir, Lucy. Bitte. Was ist los? Kannst du es nicht erzählen?«

Sie löste die Lippen von der Milchtasse und starrte mich an, den Mund fest geschlossen. Dann verzog sie das Gesicht und fing wieder an zu weinen, jetzt ganz leise.

Ich war nun selbst den Tränen nahe. »Was ist passiert?«

Sie schüttelte den Kopf, ihr Gesicht war angespannt. Ich nahm sie in den Arm, und diesmal ließ sie sich halten.

Als sie sich wieder beruhigt hatte, schloss ich das Strandhaus ab, und wir gingen gemeinsam an der Klippe entlang bis zum Dorf und ließen uns die Meeresbrise um die Nase wehen. Der Anblick ihres geschwollenen und fleckigen Gesichts nach all dem Weinen machte mich körperlich krank. Das hatte ich ihr mit meinem ungeschickten Versuch, sie aufzumuntern, angetan. Es war meine Schuld, dass sie so aufgewühlt war. Ich verstand nur nicht, warum.

Ich blieb in ihrer Nähe und versuchte, sie zum Lachen zu bringen, indem ich sie jagte und kitzelte. Auf dem Rückweg spielten wir zwischen den Bäumen Verstecken.

Sie ließ sich darauf ein und schaffte es sogar, ein- oder zweimal zu kichern, aber ihre Grundstimmung war bedrückt und traurig, und sosehr ich mich auch bemühte, sie redete einfach nicht mit mir. Sie wich meinem Blick aus, sobald ich sie fragte, warum sie so aufgebracht war, schürzte die Lippen und presste sie fest aufeinander.

Spätabends saß ich im Wohnzimmer und las einen weiteren von Carolines Krimis. Abgegriffene alte Bücher, vielleicht gebraucht, und eindeutig oft gelesen. In vielen Bänden hatte Caroline ihre krakelige Unterschrift hinterlassen, gefolgt vom Datum und dem Ort, an dem sie es gekauft hatte. Hongkong oder Singapur oder New York oder andere Städte, in die sie an den Wochenenden gereist waren.

Das Buch, das ich jetzt in den Händen hielt, war eines mit den meisten Eselsohren von allen: *Der letzte Joker* von Agatha Christie. An einigen Stellen wurde es nur noch von Klebeband zusammengehalten. Ich fragte mich, ob es tatsächlich dasselbe Exemplar war, das sie in unserem letzten gemeinsamen Schuljahr gelesen hatte.

Es war ihr erster Agatha-Christie-Roman. Ich fand ihn unglaublich erwachsen mit seiner fetten Schrift und dem riesigen Ziffernblatt auf dem Cover. Sie las es demonstrativ im Bus auf dem Weg nach Hause, hob nur ab und zu den Blick, um mich auf den neuesten Stand zu bringen und mir ihre neueste Theorie darüber mitzuteilen, wer der Täter war und warum. Als sie es durchgelesen hatte, verkündete sie, es sei ihr Lieblingsbuch aller Zeiten, aber dass ich vermutlich noch zu jung dafür sei.

Ich lächelte, als ich ihre krakelige Unterschrift auf dem Vorsatzblatt betrachtete, die Buchstaben schräg nach vorn geneigt, als wäre ein Sturm über ihren Namen hinweggefegt. Das war die schlampige, kindliche Version ihrer Handschrift – in der Schule hatte sie deswegen immer furchtbaren Ärger bekommen und so getan, als mache es ihr nichts aus –, und dem Wenigen nach zu urteilen, das ich über die Jahre gesehen hatte, hatte sie sich nie sonderlich verändert. Allein ihr Anblick weckte Erinnerungen. Wenn sie mir gelegentlich Geburtstagskarten oder Postkarten schickte, war die Schrift so krakelig, dass die Worte nur schwer zu entziffern waren. »Das liegt daran, dass ich Linkshänderin bin«, hatte sie einmal zu mir gesagt, als ob das alles erklären würde, »in einer Welt der Rechtshänder.«

Das verstärkte nur den Eindruck, den ich schon immer von ihr hatte, dass sie anders war und die Welt ihre Talente nicht zu würdigen wusste. Aber als wir anfingen, stattdessen per E-Mail zu kommunizieren, wurde das Leben tatsächlich einfacher.

Caroline kam gegen neun Uhr zurück. Ich erstarrte, als ich das Auto hörte, dann die schnellen Schritte auf dem Kies und den Schlüssel im Schloss. Das ärgerte mich. Ich hätte früher ins Bett und ihr aus dem Weg gehen sollen. Jetzt war es zu spät.

Sie steckte den Kopf zur Tür herein und lächelte. Fröhlich und charmant und ein wenig zerknirscht. Ganz anders als die mürrische Frau, die sie beim Frühstück gewesen war. »Alles in Ordnung?«

Ich nickte. »Gut. Und bei dir?«

Sie nickte ebenfalls. »Viel besser. Tee?«

Ich legte einen Zettel als Lesezeichen ins Buch und nahm es mit in die Küche, wo ich ihr beim Teekochen zusah. Sie schien einen Bärenhunger zu haben, denn sie schob bereits Toastscheiben in den Toaster, bestrich einen Kanten mit Butter und aß ihn beim Warten.

»Ach, Sophie.« Sie verteilte Krümel auf dem Boden, als sie auf und ab lief, füllte den Wasserkocher, schaltete ihn ein und holte einen Teller für ihren Toast. »Ich kann mir nicht vorstellen, was du von uns denkst.«

Ich öffnete den Mund, um lahm »Ich weiß nicht, was du meinst« zu erwidern, aber sie redete weiter, ehe ich die Gelegenheit dazu hatte.

»Wir sind glücklich, verstehst du? Aber so sind wir nun mal. Beide ziemlich stürmisch. Und jetzt, wo er die ganze Woche weg ist und ich versuche, mein Business auf die Beine zu stellen, und mich um Lucy kümmern muss, ist es einfach zu viel.«

Ich nickte und tat so, als verstehe ich es. Aber ich verstand es nicht wirklich.

»Es tut mir so leid. Dom auch. Wir waren gestern Abend furchtbar. Du verzeihst mir doch? Du schmeißt jetzt nicht gleich alles hin und lässt mich im Stich, oder?«

Ich zuckte mit den Schultern. So war das also. Sie war Dominic nachgefahren und hatte irgendwo den Tag mit ihm verbracht, um sich zu versöhnen. Nun war sie zurück und machte sich Sorgen, was ich denken könnte und dass sie ihre nette Babysitterin verlieren würde.

Sie kochte Tee und stellte Tassen auf den Tisch, dann setzte sie sich und mampfte sich durch den gebutterten Toast. Ich dachte an all die E-Mails, die sie mir im Laufe der Jahre geschickt hatte. Waren wir die ganze Zeit über wirklich Freundinnen gewesen? Mir war nicht klar, ob sie einfach nur gedankenlos war oder mich und meine Zuneigung zu Lucy bewusst ausnutzte. Und was hatte das mit ihrem Zustand zu tun? War sie vielleicht deswegen so … egoistisch?

»Du glaubst, ich meine es nicht ernst, stimmt's?« Caroline schaute mir kauend ins Gesicht und schien genau zu wissen, was ich dachte. »Also, ich habe eine Überraschung für dich. Um mich zu entschuldigen und dir zu zeigen, dass ich es wirklich ernst meine.«

Sie machte eine dramatische Pause.

»Morgen und Dienstag nehme ich Lucy. Denk nicht einmal an sie. Du kannst tun, was du willst. Fahr mit dem Auto irgendwohin und lass dich verwöhnen.« Sie unterbrach mich, als ich etwas erwidern wollte. »Das ist schon in Ordnung. Sag nichts. Du hast es dir verdient. Lucy und ich kommen schon klar. Ich muss erst am Mittwoch wieder zum Hotel, und meinen Geschäftsvorschlag kann ich abends ausarbeiten.«

Ich dachte daran, wie Lucy sich heute Morgen gebeugt und angespannt hatte, als Caroline in der Küche herumgepoltert hatte, an ihr Schluchzen und Schreien im Strandhaus. Vielleicht brauchten sie wirklich Zeit miteinander. Vielleicht würde es mir guttun, eine Weile aus diesem Wahnsinn herauszukommen, einen klaren Kopf zu bekommen und Pläne zu schmieden, wie es weitergehen sollte.

Ich zögerte, überlegte, was ich sagen sollte, suchte nach einer unverfänglichen Möglichkeit, das Thema zu wechseln. Mein Blick fiel auf das Buch, das ich gelesen hatte.

»Kennst du das noch?« Ich hielt es schräg, um ihr das Cover zu zeigen. »Verrat mir nicht, wer es war. Ich kann mich nicht erinnern.«

»Ich auch nicht.« Ihr Ausdruck war vage. »Bestimmt habe ich es mal gelesen.«

»*Der letzte Joker*«, beharrte ich und starrte sie an. »Weißt du nicht mehr? In der Schule hast du es geliebt.«

Sie schaute elend drein, dann richtete sie den Blick auf ihr Glas. »Das habe ich sicher. Aber inzwischen kann ich mich an keins mehr erinnern. Ich sollte sie wirklich aussortieren.« Sie nippte an ihrem Tee. »Wie auch immer … Was hast du die nächsten zwei Tage vor? Brauchst du irgendwelche Tipps?«

Sie erzählte von einem Wellness-Hotel in der Stadt, das Tageskarten anbot – die man am besten im Voraus online kaufte –, und einem örtlichen Kunstmuseum mit einer kleinen Sammlung.

Ich hörte kaum zu. Alles, woran ich denken konnte, waren die Bücher, die ihr früher so wichtig gewesen waren. Wie seltsam musste es für sie sein, sich nicht daran zu erinnern, so viel von ihrer Vergangenheit, von sich selbst verloren zu haben? Ich konnte mir nicht einmal ansatzweise vorstellen, wie schrecklich das sein musste.

KAPITEL 8

CAROLINE

Ich lernte, damit klarzukommen. Das musste ich. Ich kämpfte um mein Leben.

Viele Mütter dokumentieren die ersten Jahre ihrer Kinder. Fotos und Videos, die ersten Kritzeleien und ersten Schritte, die unfassbar kleinen Strampelanzüge und das allererste winzige Paar Schuhe – rot in Lucys Fall. Weiche rote Ledersandalen mit einem kleinen Klettverschluss. Nicht zu warm im schwülen Klima Hongkongs, aber Schutz auf dem harten Boden.

Ich notierte mir alles, was mir irgendwie einfiel. Es wurde zur Obsession. Ich führte Tagebücher, illustrierte sie mit Fotos von den Tagen, die wir gemeinsam verbrachten, den Orten, die wir besuchten, dem Essen, das sie mochte, wie sie in ihrem Hochstuhl mit den Beinen strampelte und vor Freude quietschte, wenn ich ihr mit einer übertriebenen Handbewegung das Essen aus der Küche brachte. Wie sie hysterisch lachte, wenn wir das Guck-guck-Spiel spielten oder ich ihr die Füße kitzelte.

Ich wusste, dass ich diese Erinnerungen bald verlieren würde. Fünf oder sechs Monate nach den kostbaren Ereignissen würden sie verschwunden sein, ganz egal, wie sehr ich mich bemühte, sie in meinem Kopf zu verankern. Die Vergangenheit löste sich einfach so im Nebel Hongkongs auf und war für immer verloren.

Manchmal starrte ich die Fotos von Lucy an – das hübsche, lächelnde Baby in seinem Stühlchen, in Dominics Armen, in meinen eigenen – und hatte keine Ahnung, ob es wirklich sie war, wann und wo das Foto aufgenommen worden war. Sie hätte genauso gut ein fremdes Baby sein können, das ich alle paar Monate sah, als wäre es das erste Mal, ohne irgendetwas über sie zu wissen. Und so kämpfte ich mich voran, zwang mich, jeden Abend lange aufzubleiben und mir akribisch Notizen über den vergangenen Tag zu machen, in der Hoffnung, ihn so für mich zu bewahren.

Neben den Aufzeichnungen über Lucys Babyzeit führte ich weitere Tagebücher, alle geheim, über mein Leben mit Dominic. Die E-Mails, die ich schrieb, hauptsächlich an die gute alte Sophie in England, bildeten einen weiteren Speicher für meine schwindenden Erinnerungen. Wenn bei einer Dinnerparty irgendjemand eine Anekdote, irgendeinen Schnipsel aus unserer Vergangenheit zum Besten gab, wenn Dominic eine Anspielung auf unser Kennenlernen oder unsere frühen Ehejahre machte, dann lächelte ich wissend und zog mich auf die Toilette zurück, um alles aufzuschreiben. Ich musste glauben, was sie erzählten. Ich konnte unmöglich widersprechen. Und zunehmend kam mir die Person, die Dominic beschrieb, mein jüngeres Ich, wie eine Fremde vor.

Es gab Tage, da weinte ich vor Erschöpfung und der Anstrengung, die Welle des Vergessens aufzuhalten, die ständig hinter mir brandete und alles fortspülte. Es war beängstigend, in den Spiegel zu schauen und die Person darin kaum zu kennen. Ich lebte mit mir selbst, wie jemand anders vielleicht mit einer neuen Bekanntschaft zusammenlebte – man sah nur die Oberfläche, die Gegenwart, kannte jedoch die Geheimnisse der Vergangenheit nicht, fürchtete sie vielleicht sogar.

Die körperlichen Anfälle, diese plötzlichen Lähmungen mit ihren intensiven Farben und Gerüchen, hielten ebenfalls an. Ich legte mir flapsige Antworten zurecht, falls irgendeine meiner Freundinnen eine Bemerkung machte.

Tut mir leid, da war ich gerade abgelenkt.

Lucy hat mich die ganze Nacht wach gehalten – ich bin heute nicht ganz da.

Ich sorgte dafür, dass Lucy stets gesichert war, nur für den Fall. In ihrem Buggy, im Hochstuhl, auf dem Boden. Wenn ich sie im Arm hielt, lehnte ich mich so weit auf dem Sofa oder im Sessel zurück, dass sie nicht herunterfallen würde, falls ich sie auf einmal nicht mehr festhalten konnte. Menschen passen sich an. Ich wurde eine Meisterin in Ausflüchten. Das musste ich auch.

Ich wünschte mir für Lucy eine normale Kindheit. Ich wollte, dass mich unsere Bekannten normal behandelten, nicht wie eine Verrückte. Solange ich mich an die immer gleiche Routine hielt, die immer gleichen Orte besuchte, mich mit den immer gleichen Freundinnen – meistens Becca, Kate und Celia – traf, kam ich zurecht. Von einem Tag auf den anderen, von Woche zu Woche funktionierte ich normal. Es waren die Erinnerungen von vor einigen Monaten, die über die Klippe stürzten.

Wusste Dominic davon? Ich hatte nie mit ihm darüber gesprochen. Zumindest glaubte ich das. Zu groß war meine Angst vor seiner Reaktion, davor, dass er mir Vorwürfe machen könnte. Für ihn war mein schlechtes Gedächtnis eine Schwäche, eine Marotte, der Beweis dafür, dass mir an unserer gemeinsamen Zeit, unseren gemeinsamen Erlebnissen nichts lag.

Doch als Lucy zwei wurde, veränderte sich etwas zwischen uns. Es machte mir Angst. Ich sorgte mich bereits um meine geistige Gesundheit. Doch was noch schlimmer war, jetzt befürchtete ich auch noch, dass Dominic, der Mann, den ich so sehr liebte, der Vater meines kleinen Mädchens, gegen mich arbeitete, um mir den Rest zu geben.

Es fing an mit einer Party. Fi, eine Freundin von uns, ebenfalls Engländerin, gab eine Champagnerparty in einem privaten Raum in einem Hotel in Tsim Sha Tsui mit Blick auf den Hafen. Dominic wollte hingehen, ich nicht.

»Kein Problem, wenn dir nicht danach ist«, hatte er gesagt. »Aber ich sollte vielleicht hingehen. Mich blicken lassen. Du hast doch nichts dagegen, oder?«

Ich zuckte nur mit den Achseln. Ich war so kraftlos in letzter Zeit. *Das Leben mit einem Kleinkind*, sagte ich zu den Leuten, wenn ich mich entschuldigte, aber ich fürchtete, es war mehr als das.

»Außerdem«, fuhr er fort, »sind ihre Partys ja immer ziemlich heftig, stimmt's? Weißt du noch die wilde Feier letztes Jahr auf dem Peak? Du hast gesagt, du hast eine Woche gebraucht, um dich davon zu erholen.«

Irgendetwas funkelte in seinen Augen. Ein wissender Blick. Ich fragte mich, was ich letztes Jahr angestellt hatte, ob ich Grund hatte, mich zu schämen. Natürlich erinnerte ich mich an nichts, lachte und überspielte es, so wie immer, und er ließ das Thema fallen.

Am Tag der Party hatte ich mich entschieden, zu Hause zu bleiben. Dominic würde es nichts ausmachen. Er ging oft direkt nach der Arbeit allein zu irgendwelchen Feiern und Abendessen. Lucy war quengelig, und ich war übermüdet, aber am Ende überredete mich die *Amah*, verfrachtete mich ins Badezimmer, damit ich duschte und mich zurechtmachte, und schob mich anschließend praktisch zur Tür hinaus.

Während das Taxi die steilen Straßen hinunterfuhr, versuchte ich zwanghaft, mich in Partystimmung zu versetzen. Meine Brosche, ein Strass-Schwan, funkelte auf meinem Mantel. Ich hatte Lucy sie aussuchen lassen, um sie darauf vorzubereiten, dass ich ausgehen würde. Ich roch nach Parfüm aus einer Flasche, die ich hinten im Badezimmerschrank gefunden hatte. Bestimmt hatte Dominic es mir geschenkt. Ich erinnerte mich nicht. Aber irgendetwas an dem Geruch weckte … nicht direkt eine Erinnerung. Eher eine körperliche Reaktion, mein Magen zog sich zusammen, was Nervosität bedeuten konnte oder Vorfreude oder Scham über irgendetwas, das ich in der Vergangenheit gesagt oder getan hatte. Es verstärkte das Unwohlsein, das ich ohnehin schon verspürte, wenn ich dieser Tage an irgendeiner gesellschaftlichen Veranstaltung teilnahm.

Meine Anspannung wurde nicht besser durch die Aussicht, Fis Geburtstag zu feiern. Sie war eigentlich Dominics Freundin, nicht meine. Sie war eine Frau, die er »unglaublich witzig« nannte, eine Beschreibung, bei der ich mich im Vergleich dazu herabgesetzt fühlte. Ich konnte mir nicht vorstellen, dass er mich in den letzten Jahren so beschrieben hatte – wenn überhaupt jemals.

Fi war eine selbstbewusste, extrovertierte Engländerin und eine der wenigen alleinstehenden Karrierefrauen in dieser von Paaren und jungen Familien bevölkerten Expat-Welt. Sie war schlau und ehrgeizig. Doch egal wie hart sie arbeitete, sie hatte immer noch Energie, ihren Körper zu pflegen und in Form zu halten und ausschweifend zu feiern.

Sie hatte ungefähr meine Statur, aber während mein Körper seit Lucys Geburt weich und schlaff geworden war, waren ihre langen Glieder straff und kräftig. Ihr blondes Haar sah so aus, wie meins hätte aussehen können, wenn ich mehr Geld hineingesteckt hätte – gepflegt und gestylt, mit einem teuren Schnitt. Sie schien genau zu wissen, wie attraktiv sie war, und kleidete sich in einem mühelos verführerischen Stil. Stilettos und geschlitzte Röcke, tiefe Ausschnitte, die den Blick auf Brüste erlaubten, die niemals hatten stillen müssen, und Kurven, die nie durch eine Schwangerschaft aus der Form geraten waren. Ich hatte sie noch nie zweimal in demselben Outfit gesehen, jedenfalls soweit ich mich erinnern konnte.

Mit dem gläsernen Aufzug fuhr ich in den Veranstaltungsraum im vierunddreißigsten Stock und schaute zu, wie der Hafen sich immer weiter entfernte. Er war mit allen möglichen Booten gesprenkelt, von den Kreuzfahrtschiffen, die außerhalb des Hafens lagen, bis hin zu den klobigen Fähren, die weiße Linien aus Schaum zogen, während sie zwischen der Insel und dem Festland hin- und hertuckerten, eine der wenigen Konstanten im sich ständig wandelnden Stadtbild Hongkongs.

Die Party war bereits in vollem Gange, Musik übertönte das Stimmengewirr. Als ich eintrat, hielt mir ein chinesischer Kellner mit Smoking und weißen Handschuhen ein Tablett mit Getränken hin, und ich nahm ein Glas Champagner, dann trat ich einen Moment zur Seite und verspürte eine plötzliche Aufregung. Wegen meines schlechten Gedächtnisses waren solche Veranstaltungen für mich zur Tortur geworden. Ständig lief ich Gefahr, mich zu blamieren oder jemanden vor den Kopf zu stoßen. Normalerweise hielt ich mich dicht an Dominic, folgte seinen Anweisungen und achtete darauf, so wenig wie möglich zu sagen.

Ich führte das Glas zum Mund, spürte den Champagner eiskalt auf den Lippen und ließ den Blick über die Gesichter schweifen, in der Hoffnung, Dominic zu entdecken. Ich ging ein paar Schritte und suchte ihn in der Menge. Da, war er das nicht, mit diesen breiten Schultern, dem vertrauten dunklen Haarschopf?

Er stand am gegenüberliegenden Ende des Raumes, mit dem Rücken zur Menge, und blickte hinaus auf das außergewöhnliche Panorama. Mein Magen flatterte. *Dominic.* Mehr als je zuvor war er mein Anker.

Ich ging auf ihn zu, doch dann hielt ich inne und starrte. Fi stand neben ihm. Sie streckte einen Arm aus und deutete auf einen Punkt auf der Insel. Ein dicker goldener Armreif zierte ihr Handgelenk. Sie wandte sich ihm zu, lächelte, beugte ihr Gesicht zu seinem und kam ihm viel zu nahe, ihre Lippen tiefrot vom Lippenstift. Ihre Augen funkelten. Sie flirtete, das spürte ich sofort, selbst auf diese Entfernung. Es war keine erste Annäherung, laut und fordernd, sondern ruhig und selbstbewusst. Als ob sie sich bereits einer Affäre sicher wäre. Mir drehte sich der Magen um. Ich blinzelte und beobachtete sie, versuchte, mehr aus Dominics Rücken zu lesen, aber es gelang mir nicht.

»Caroline!« Becca, meine alte Schulfreundin, tauchte vor mir auf. »Wie schön, dass du es doch noch geschafft hast! Kate ist auch hier, irgendwo. Wir haben gerade mit Dominic geredet.«

Sie stellte sich vor mich und versperrte mir die Sicht. Ich zwang mich zu einem Lächeln, aber meine Lippen waren zu verkrampft.

»Wie geht es dir?« Sie sprach leise und vorsichtig, als teilten wir irgendein Geheimnis über meinen Gesundheitszustand. »Dominic hat gesagt, du würdest eventuell nicht kommen können.«

Das wunderte mich. Was hatte er erzählt? Sicher nicht die Wahrheit über mein Gedächtnis, meine Anfälle. Das meinte sie wohl nicht … *Wie viel weiß er?*

»Das ist ein schwieriges Alter«, plapperte sie weiter. »Ich weiß noch, wie es war, als Rachels Tochter so klein war – Frances. Die Trotzphase ging bei ihr bestimmt bis vier.« Sie lachte.

Ich nickte. Das war es also. Er hatte Lucys Trotzanfälle als Ausrede für mich benutzt.

»Wie geht es Rachel denn? Gibt es was Neues?«

Und schon legte sie los, erzählte vom neuen Haus ihrer Schwester, nur zwei Minuten von Manly Beach, und wie sehr es ihren Kindern dort gefiel.

Ich trank mein Glas Champagner halb aus, während sie redete. Meine Hand zitterte. Ich wollte am liebsten umdrehen und nach Hause gehen. Aber ich konnte nicht. Die Leute hatten mich schon gesehen. Ich musste durchhalten, mich zu Dominic vorarbeiten, an seiner Seite bleiben und aufpassen, aufpassen, aufpassen, sobald diese Frau ihm auch nur einen Blick zuwarf.

Als ich bei ihm ankam, unterhielt er sich gerade mit einem Kollegen. Er breitete die Arme aus und gab mir einen flüchtigen Kuss auf den Mund. »Hallo, Freude meines Lebens. Ich hätte nicht gedacht, dass du noch kommen würdest.«

Sein Ton war unbeschwert. Ich schob einen Arm unter sein Jackett, legte ihn um seine Hüfte und spürte seine warme, schweißfeuchte Haut durch das Hemd. *Mein Mann. Der Vater meiner Tochter.* So fest ich konnte, drückte ich mich an ihn, sah zu ihm auf und suchte in seiner Miene nach Anzeichen für Schuld.

»Ganz ruhig!« Seine Augen funkelten belustigt. »Wie viel Champagner hattest du schon?«

Er gab mir einen Kuss auf die Nasenspitze und schob meinen Arm weg. Dann nahm er ein paar Canapés vom Tablett eines vorbeikommenden Kellners. Ich sah zu, wie er sich eins in den Mund schob und aß, dann richtete er den Blick erneut auf seinen Kollegen, und sie nahmen ihr Gespräch wieder auf. Über die Arbeit. Irgendeinen Kollegen, den ich nicht kannte, der sich in einem Meeting blamiert hatte. Ich wartete ab, folgte seinem Blick, unsicher, ob ich mich beteiligen sollte oder nicht. Wimmelte er mich ab? Oder wurde ich langsam paranoid?

Den Rest des Abends wich ich ihm nicht von der Seite und versuchte, meine aufgewühlten Nerven mit Champagner zu beruhigen. Er redete nicht noch einmal mit Fi. Jedes Mal, wenn ich zu ihr sah, unterhielt sie sich angeregt, meistens mit einem der anwesenden Männer, so selbstbewusst wie immer. Falls sie Dominic beobachtete, falls sie zu ihm hinüberschaute, um seinen Blick aufzufangen, bekam ich es nicht mit.

Der Champagner vernebelte meine Sinne. Schon jetzt erinnerte ich mich nicht mehr genau, was ich eigentlich gesehen hatte und was ich davon halten sollte.

Wir verabschiedeten uns früh, und dafür war ich dankbar. Im Taxi nach Hause nahm ich Dominics Arm und legte ihn mir um die Taille, dann lehnte ich den Kopf an seine Schulter. Sein Jackett roch nach warmer Wolle und kaltem Zigarrenrauch und etwas Würzigem, das ich nicht recht zuordnen konnte. Wieder regte sich irgendetwas in mir. Keine voll ausgestaltete Erinnerung, eher eine Ahnung von etwas, das ich vergessen hatte. Ich drückte die Nase noch einmal gegen den Stoff und atmete ein. Beißender Zimtgeruch. Ein unverwechselbares, ziemlich unangenehmes Parfüm. Eindeutig Fi.

Vielleicht war es der Champagner oder meine Müdigkeit, aber plötzlich stieg Traurigkeit in mir auf. Meine Augen wurden feucht, und als ich blinzelte, verwandelten sich die bunten Farben der Leuchtreklamen, an denen wir vorbeifuhren, in verschwommene Regenbogenstreifen.

Mühsam setzte ich mich auf und wandte mich ihm zu. Er war blass, seine Augen blitzten in der Dunkelheit, als er mich ansah.

»Ja?«

Ich zögerte, überlegte, was ich sagen sollte, doch der Alkohol löste meine Zunge. »Ich mag Fi nicht. Du?«

Er zuckte mit den Achseln und wandte den Blick ab. »Sie ist in Ordnung. Mit ihr kann man Spaß haben. Wieso?«

»Ich weiß nicht.« Ich atmete langsam ein und aus, nahm meinen Mut zusammen. »Du stehst doch nicht auf sie, oder?«

Er runzelte die Stirn und zog den Arm weg. »Mach dich nicht lächerlich.«

Das war nicht die Beschwichtigung, die ich mir gewünscht hatte.

Ich drängte ihn weiter, die Worte purzelten nur so aus mir heraus. »Ich habe gesehen, wie sie dich angeschaut hat. Du hast nicht damit gerechnet, dass ich zu der Party kommen würde, stimmt's?«

Ich dachte daran, wie Becca sich vor mich gestellt hatte und mir die Sicht auf die beiden versperrt hatte. War es bloß ein Zufall gewesen oder hatte sie mich ablenken wollen? Wussten alle, dass zwischen den beiden etwas lief? Alle, außer mir? Meine Handflächen waren schweißnass.

Er presste die Lippen zusammen, wandte den Blick ab und schaute aus dem Fenster.

Ich ertrug es nicht. Ich streckte eine Hand aus und legte sie auf sein Bein. »Was ist? Warum bist du sauer? Sag einfach, dass ich mich irre, wenn es so ist. Sag, dass sie zu allen so ist. Ich will es einfach hören.«

Als er sich wieder zu mir umdrehte, waren seine Augen kalt. »Du hast vielleicht Nerven, mich so zu beschuldigen.« Er schüttelte den Kopf und schob meine Hand von seinem Bein.

Ich zuckte zusammen. Ich verstand es nicht. »Was? Was meinst du damit?«

Er stieß die Luft aus. »Nach allem, was du getan hast.« Seine Wangen waren gerötet. »Ich habe versprochen, nicht wieder davon anzufangen, und das habe ich auch nicht vor, okay? Es geht nur darum, was das Beste für Lucy ist. Aber treib es nicht zu weit.«

Den restlichen Heimweg sagte ich nichts mehr. Mir war schlecht. Meine Gedanken rasten. Ich hatte keine Ahnung, wovon er redete. Was hatte ich getan? War ich ihm untreu gewesen, meinte er das? Aber das war unmöglich. Ich liebte ihn. Ich hätte ihn niemals betrogen … oder? Elend starrte ich aus dem Fenster, während das Taxi langsam die gewundenen Straßen nach Upper Mid Levels hinauffuhr und uns zu unserem Wohnblock brachte.

Dominic saß von mir abgewandt, die Schultern hochgezogen.

Was war in unserer Ehe vorgefallen, das ihn so zornig und abweisend gemacht hatte? Was hatte ich getan?

Zurück in der Wohnung war ich zu aufgewühlt, um zu schlafen. Es war spät, und die *Amah* war bereits in ihrer eigenen Unterkunft ins Bett gegangen.

Ich setzte mich neben Lucy und versuchte, mich selbst zu beruhigen, indem ich sie ansah. Sie hatte sich auf der

Seite zusammengerollt, die Haare waren auf dem Kissen ausgebreitet, ihr Mund stand leicht offen. Ich schaltete die Klimaanlage eine Stufe herunter und steckte ihr die Decke um die Füße fest. Über uns surrte rhythmisch der Deckenventilator und wirbelte die feuchte Luft auf.

Als ich wieder aus Lucys Zimmer kam, war Dominic bereits im Bett. Vorsichtig schob ich die Schlafzimmertür auf. Im Raum war es dunkel. Die einzigen Geräusche waren das leise, kühle Rauschen der Klimaanlage und das Brummen des Luftentfeuchters. Dominic lag still unter der Decke, das Gesicht der Wand zugewandt.

»Dominic?«, flüsterte ich.

Keine Antwort. Entweder schlief er oder er wollte nicht mit mir reden. Ich ging ins Arbeitszimmer und setzte mich an den Schreibtisch, zog eine Schublade auf und holte den Stapel vollgeschriebener Tagebücher und Notizbücher heraus, die wachsenden Aufzeichnungen unseres Lebens. Seite für Seite sah ich sie durch, suchte nach meiner eigenen Darstellung eines Missverhaltens, das ich begangen haben könnte, von Schuldgefühlen oder eines Streits mit Dominic. Nichts.

Ich fuhr den Laptop hoch, loggte mich in meinen E-Mail-Account ein und durchsuchte mein Postfach. *Wenn ich irgendetwas getan hatte, wenn ich irgendeine Taktlosigkeit begangen hatte, dann gäbe es hier doch sicher einen Hinweis darauf?*

Ich klickte mich durch gesendete und empfangene Mails. Die älteren kamen mir nicht bekannt vor. Mails, in denen ich meinen Freundinnen mitgeteilt hatte, dass ich schwanger war. Ich klang überglücklich und sogar ein wenig arrogant, als ich erklärte, wie gut es mir gehe und wie sehr ich mich über die Neuigkeit freue. E-Mails, in denen ich Lucys Geburt verkündete und die ersten Fotos von ihr angehängt hatte. Ich öffnete die Dateien und schaute mir die Bilder an. Ich kannte sie gut. Ihr runzliges, rotes Gesicht, die Augen geschlossen, eingehüllt in ein weißes Leinentuch.

Rasch suchte ich nach den Mails, die ich Sophie geschickt hatte. Sofort füllte sich der Bildschirm mit einer ganzen Liste. In all den Jahren hatte ich ihr so oft geschrieben. Ich öffnete wahllos eine aus dem vergangenen Jahr und überflog sie. Mir war klar, dass ich ihr nichts Kompromittierendes anvertraut hätte. Sie bekam immer nur eine bereinigte Version meines Lebens hier drüben. Aber wenn ich in Aufruhr gewesen war, wenn ich irgendetwas Schreckliches getan hatte, wie Dominic andeutete, dann hatte ich ihr gegenüber vielleicht irgendetwas erwähnt?

Während ich las, überkam mich ein seltsames Gefühl von Grenzübertretung, das ich nur schwer erklären konnte. Ich erinnerte mich weder daran, diese Sätze geschrieben zu haben, noch an die Ereignisse, von denen ich berichtete. Es hätte auch das Leben einer vollkommen Fremden sein können. Und doch stimmte irgendetwas nicht. Ich starrte auf die Absendedaten. Es gab große Lücken, manchmal waren Monate ohne eine E-Mail vergangen. Hatte ich eine Zeit lang vergessen, Sophie zu schreiben? Ich wusste es nicht.

Hatten wir uns gestritten? Oder hatte ich manche Mails an sie schon vor so langer Zeit gelöscht, dass ich mich nicht mehr daran erinnerte? Oder hatte irgendjemand anders meine Mails durchgesehen und sie gelöscht? Ich verstand es nicht. Was hatte ich zu verbergen?

Erschöpft klappte ich schließlich den Laptop zu und schlug mein aktuelles Tagebuch auf. Ich versuchte, aufzuschreiben, was heute Abend passiert war. Was ich bei der Party zu sehen geglaubt hatte und Dominics Reaktion, als ich ihn auf dem Heimweg darauf angesprochen hatte. Und schließlich das Rätsel mit den fehlenden E-Mails.

Als ich fertig war und das Buch zurück in die Schublade legte, fiel mir das Märchen ein, das ich Lucy gerade heute Morgen vorgelesen hatte. Hänsel und Gretel. Eines ihrer Lieblingsmärchen. Ich dachte an die Kinder, die tiefer und tiefer in den Wald hineingeführt und dort zurückgelassen wurden, aber dank ihres scharfen Verstandes immer wieder nach Hause zurückfanden – bis die Vögel ihre sorgfältig ausgestreuten Brotkrümel auffraßen und sie sich hoffnungslos verirrten.

Es geschah durch Zufall. Wahrscheinlich werden Menschen einfach unvorsichtig. Sie kommen so lange mit irgendetwas durch, dass sie glauben, es würde immer so bleiben. Oder vielleicht dachten sie auch einfach, mein Verstand wäre so ruiniert, meine Erinnerung so löchrig, dass es keine Rolle mehr spielte, was sie mir antaten. Wie sehr sie mich auch verletzten, sie würden nur ein paar Monate abwarten müssen, und dann hätte ich es vergessen. *Ein Leben ohne Konsequenzen.* War es das?

Dominic hatte einen vielversprechenden Deal in Singapur in Aussicht, ein wohlhabender Geschäftsmann war auf der Suche nach einem neuen Anlagenanalytiker. Dominic war zuversichtlich, den Deal an Land zu ziehen. Vielleicht war das der Durchbruch, nach dem er sich sehnte.

Er flog übers Wochenende nach Singapur, um ihn zu umwerben. Auf dem Golfplatz oder beim Lunch. Anfangs nur hin und wieder. Doch als das Verhältnis enger wurde und Dominic das Gefühl hatte, sein Kunde stehe kurz davor, anzubeißen, flog er jedes zweite Wochenende hin, um einfach da zu sein, wenn es so weit war.

Ich bemühte mich, es ihm nicht zu verübeln. Natürlich vermissten wir ihn, Lucy und ich, aber ich hatte Hilfe zu Hause und gewöhnte mich daran, abends allein in der Wohnung zu sein, fernzusehen oder mich aufs Sofa zu kuscheln und zu lesen.

Ich widmete mich erneut meiner Sammlung zerlesener Agatha-Christie-Taschenbücher. An diejenigen, die ich in den letzten Jahren gekauft hatte, konnte ich mich nicht erinnern. Fünf oder sechs Monate, nachdem ich sie zuletzt gelesen hatte, war es, als schlüge ich sie zum ersten Mal auf. Vollkommen aufs Neue überraschten mich die Handlung, die Hinweise, der Täter.

An diesem einen Wochenende war es heiß und schwül. Ich weiß noch, dass ich ein neues Sommerkleid anzog – leuchtend weiße Baumwolle mit pinken Rosen – und eine Jacke gegen die Kühle von den Klimaanlagen drinnen. Die *Amah* hatte einen Picknickkorb gepackt und war mit Lucy nach Stanley gefahren, damit sie dort am Strand spielen und Eis essen konnte. Natürlich traf sie dort ihre *Amah*-Freundinnen, aber das störte mich nicht, solange Lucy Spaß hatte.

Ich fuhr mit dem Taxi nach Central zu einem Hotel-Spa, wo ich mir die Beine wachsen und die Augenbrauen zupfen ließ und mir eine kurze Gesichtsbehandlung gönnte, ein Ritual, um mich für die kommende Woche schick zu machen. Danach beschloss ich, nicht sofort nach Hause zu fahren, sondern einen Spaziergang am Hafen entlang zu machen.

Eine leichte Brise trug den Geruch von Diesel und vergammelndem Müll vom Wasser herüber. Straßenhändler säumten die Straßen. Alte Männer, die auf niedrigen Hockern neben Stapeln von Zeitungen und Zeitschriften saßen. Ein Mann, dem ein Unterarm fehlte, sein Hemdsärmel war unter dem Ellenbogen festgesteckt, hockte neben einem Tablett mit Zigaretten, Feuerzeugen und Süßigkeiten. An der Ecke verkaufte jemand von einem Kühlkarren Flaschen mit kaltem Wasser und Saft sowie langsam vor sich hinschmelzendes Eis.

Der Straßenbelag zu meinen Füßen glänzte, als ob auch er schwitzte. Die Geräusche der Fähren durchdrangen alles – ein tiefes Hupen, das Krachen der hölzernen Gangway, rasselnde Ketten. Und hinter mir wimmelte der endlose Verkehr in mehreren Spuren zwischen den Einkaufszentren und den Hotels am Wasser hin und her. Busse und Straßenbahnen und Autos. Die Luft flirrte vor Hitze und Abgasen.

Um dem zu entfliehen, stieg ich die Stufen zur MTR hinunter, wo mir sofort der ganz eigene U-Bahn-Geruch nach Metall, unterirdischem Staub und kühler Luft entgegenschlug. Ich nahm die Bahn nach Mongkok, einem der am dichtesten besiedelten Stadtteile, in dem es ein ziemlich gutes indonesisches Restaurant gab. Wir hatten dort vor drei Wochen gerade erst gegessen, aber ich hatte Lust auf ihr Gado-Gado mit seiner knusprigen Erdnusssoße, hart gekochten Eiern und gebratenem Tofu.

Als ich wieder an die Oberfläche kam und das Gedränge sah, bereute ich es schon fast wieder. Die Straße war voller Einheimischer jeden Alters, Eltern, die kleine Kinder hinter sich herzogen oder stolz auf den Schultern trugen, ältere Frauen, gebeugt unter dem Gewicht von Beuteln voller lokalem Obst und Gemüse.

Ich kämpfte mich durch, überwältigt von der Hitze und all den Menschen um mich herum, und kam mir auf einmal sehr weiß und fremd und allein vor. Von den Verkaufsständen auf der anderen Straßenseite drangen Gerüche zu mir herüber. Das leicht ranzige Aroma von in altem Öl frittierten Snacks. Der pudrige Duft von Ingwer und Pfeilwurz aus den Heilkräuterläden. Der Gestank von frischem Fisch.

Ich war schon fast an der Abzweigung zum Restaurant, als ich vor mir in der Menge einen westlich aussehenden Mann entdeckte. Dominic? Mein Magen verkrampfte sich. Unmöglich. Er war in Singapur.

Ich blinzelte und versuchte, den Mann, der all die Chinesen um ihn herum überragte, nicht aus den Augen zu lassen. Bestimmt irrte ich mich. Es war bloß ein Tourist, den die Straßenstände und günstigen Hotels nach Mongkok gelockt hatten. Ich versuchte Schritt zu halten, reckte den Hals, um ihn besser zu sehen, und rempelte Entgegenkommende an.

Er bog in die Argyle Road ab, und ich beeilte mich, zur Ecke zu gelangen, befürchtete schon, ihn verloren zu haben. Aber nein, da war er, in dieser weniger verstopften Straße jetzt deutlich zu erkennen.

Es war Dominic. Ich hatte recht gehabt. Er trug ein Hemd, das ich noch vor ein paar Tagen für ihn aus der Reinigung geholt hatte, das mit dem weißen Kragen und den feinen blauen Streifen. Die Baumwollhose, die die *Amah* am Dienstagabend für ihn gebügelt und gefaltet hatte, damit er sie einpacken konnte. Mit langen, selbstsicheren Schritten stieg er die Stufen zum glänzenden Langham-Place-Komplex mit den Büroetagen und Einkaufszentren hinauf und wurde im nächsten Augenblick von dessen Türen verschluckt.

Wie erstarrt blickte ich ihm nach. Ich war wie ein Stein im Fluss, wurde sanft von den an mir vorbeiströmenden Menschenmassen hin- und hergeworfen. Hitze und Übelkeit überfluteten mich, und kurz befürchtete ich, ohnmächtig zu werden.

Ich bewegte mich durch die Menge und stellte mich vor einen Bekleidungsladen. Die Schaufensterpuppen trugen Abendkleider mit glänzenden Pailletten, schwarz und rot. Ich tat so, als betrachtete ich sie, ihre ausdruckslosen Mienen und westlichen Gesichtszüge. Aber ich sah nichts als Dominic, der mit solcher Entschlossenheit den Komplex betreten hatte. Ich holte mein Handy heraus und wählte seine Nummer. Es klingelte, dann ging die Mailbox ran.

»Hallo Liebling. Ich wollte nur mal hören, wie es dir geht. Ich hoffe, bei der Arbeit läuft es gut. Es ist schrecklich schwül hier. Ist es in Singapur besser? Lieb dich.«

Ich starrte aufs Display, bis es schwarz wurde, dann ging ich nach Hause.

Mit schwirrendem Kopf saß ich auf dem kühlen Metallsitz in der MTR, rutschte im Rhythmus des ratternden Zuges vor und zurück. Vielleicht hatte ich mich geirrt? Vielleicht war er dieses Wochenende bei einer Konferenz? Im Langham-Place-Komplex gab es ein Fünfsternehotel. Ich hatte dort einmal mit Becca, Kate, Celia und den anderen Mädels zu Abend gegessen und am Swimmingpool auf dem Dach Cocktails getrunken. Vielleicht war Singapur erst nächste Woche, und er hatte es versäumt, es mir zu sagen. Ich saß im Taxi zurück nach Mid-Levels, als auf meinem Telefon eine Nachricht ankam.

Leider genauso schwül hier. Typisch Singapur. Hoffe, alles ist gut. Gib Lucy einen Kuss. D.

Gib Lucy einen Kuss. Ich starrte betrübt aufs Display. Und was war mit mir?

Kaum war ich zu Hause, holte ich mein Notizbuch hervor und schrieb alles auf, was passiert war.

In dieser Nacht konnte ich nicht schlafen. Jedes Mal, wenn ich die Augen schloss, sah ich Dominic zwischen zerwühlten Luxuslaken in einem Kingsize-Bett in dem Hotel in Mongkok vor mir. Eine Flasche Champagner, inzwischen leer, daneben zwei benutzte Gläser. Die Reste eines Essens vom Zimmerservice. Hinter den offenen Vorhängen die nächtliche Aussicht auf die Wohnblöcke von Mongkok, die breiten, von Neonschildern gesäumten Hauptverkehrsstraßen und in der Ferne dahinter der Hafen.

Ich drehte mich auf den Bauch und vergrub das Gesicht im Kissen.

Die Klimaanlage ratterte und summte, doch trotz der kühlen Luft fühlte sich meine Haut heiß an. Der leere Platz neben mir, Dominics Platz, kam mir endlos vor. *Es geht darum, was das Beste für Lucy ist,* hatte er gesagt.

Aber was hatte ich getan? Seit wann ging es nicht mehr um uns?

Er log so rasch, so mühelos. Ich dachte an all die anderen Wochenenden in den letzten Monaten, an denen er auf Geschäftsreise gewesen und erschöpft und reserviert zurückgekommen war. *Zu viel Druck,* hatte ich gedacht. *Zu viele Reisen.* Wo war er tatsächlich gewesen?

Ich stand auf, ging hinüber ins Arbeitszimmer und setzte mich an den Schreibtisch. Ich holte den kleinen Stapel Notizbücher aus der Schublade, legte sie vor mir ab und fing an, sie durchzublättern. Sie waren meine Gedächtnisstützen. Ihnen vertraute ich. Das da auf den Seiten war meine Handschrift. Meine gewohnte Ausdrucksweise. Aber die Worte darin, die Ereignisse, die sie beschrieben, waren mir so unbekannt, als wäre es das Tagebuch einer vollkommen Fremden.

Ich wollte sie gerade zusammenstapeln, um sie wieder wegzuräumen, da fiel mir etwas auf. Sie hätten identisch sein sollen, die gleichen ringgebundenen Notizbücher, die ich immer benutzte, gekauft im selben Schreibwarenladen. Aber sie wirkten verschieden. Ich legte zwei davon nebeneinander auf den Schreibtisch und hockte mich davor. Das eine sah dicker aus als das andere. Das war nicht richtig. Sie hätten die gleiche Anzahl an Seiten haben müssen.

Ich schlug das dünnere auf. Drinnen klemmte ein winziger Papierfetzen in der Ringbindung. Ich blätterte zu der Stelle und las den letzten Satz auf der einen Seite und den ersten auf der nächsten. Es war kein glatter Übergang. Irgendetwas fehlte. Hatte ich die Seiten herausgerissen? Oder jemand anders?

Ich stapelte sie zusammen und brachte sie ins Schlafzimmer, holte einen alten Koffer aus dem schmalen Fach oben im Kleiderschrank und stopfte sie hinein, dann verschloss ich ihn mit einem Vorhängeschloss.

Noch eine Weile lag ich im Bett und starrte den Schrank an. Was war herausgerissen worden? Was war in der Vergangenheit passiert, an das ich mich auf keinen Fall erinnern sollte, dass jemand die Mühe auf sich nahm, meine Tagebücher durchzulesen und zu manipulieren, meinen einzigen Weg zurück in die Vergangenheit zu zerstören?

Es ließ mich nicht los. Am nächsten Tag konnte ich mich kaum konzentrieren. Die Sorge nagte mit scharfen Zähnen an mir. Gegen Nachmittag hatte ich das Gefühl, den Verstand zu verlieren, wenn ich nicht mit irgendjemandem darüber redete. Vielleicht war ich paranoid, interpretierte zu viel hinein. Ich hoffte es. Aber während ich in der Wohnung umherlief, mit Lucy spielte, mich im sanften Abendlicht mit malen abzulenken versuchte, sah ich nichts anderes vor mir als Dominic im Bett mit ihr. Mit Fi. *Mit ihr kann man Spaß haben.*

Am Abend brach ich schließlich zusammen und schickte meinen besten Freundinnen einen Hilferuf. Ich fragte sie, ob wir uns am nächsten Tag treffen konnten. Ich musste es ihnen schildern und hören, was sie dazu sagten. Vielleicht wusste eine von ihnen etwas. Vielleicht hatten sie sich nur nicht getraut, mir etwas zu sagen. Wir verabredeten uns in einem unserer alten Stammlokale, der Lobby eines der alten Grandhotels unten am Hafen mit seinen Türstehern und dem stillen, klimatisierten Inneren. Ich kam früh an und setzte mich an einen Fensterplatz, von dem aus ich auf die Straße blicken konnte.

Draußen war eine völlig andere Welt. Das helle Funkeln der Straßen, die Hitze, das Gedränge. Hier drinnen war nur gedämpfte Klaviermusik und das leise Klimpern von Teelöffeln in Porzellantassen zu hören.

Ich bestellte eine Kanne Kaffee. Meine Hände zitterten leicht, als ich mir einschenkte und dann nach dem Teller mit Keksen griff. Ich knabberte an einem, dann legte ich ihn zurück auf meine Untertasse. Auf einmal war mir übel vor Aufregung. Ich traute Fi nicht, und ich traute Dominic nicht. Nicht einmal meinem eigenen Verstand konnte ich trauen. Ich war allein und verängstigt.

Kate und Becca kamen zusammen an, energiegeladen stürmten sie die mit Teppich bedeckten Stufen hinauf, sahen sich hektisch um, bis sie mich entdeckten, und kamen lächelnd auf mich zu.

»Caroline, entschuldige!«

»Der Verkehr war entsetzlich.«

Becca gab mir ein Küsschen auf die Wange, eine Wolke ihres schweren, würzigen Parfüms hüllte mich ein, dann stellte sie ihre große Ledertasche mit dem Designerlogo ab und setzte sich in den Sessel mir gegenüber. Kate ließ sich zwischen uns fallen. Sofort erschien ein Kellner, und Kate bestellte einen frisch gepressten Saft, Becca einen Kaffee.

»Kommt Celia auch?«, fragte Becca.

»Sie hat gesagt, sie versucht es, aber es kann sein, dass es später wird«, wusste Kate. »Yoga.«

Becca sah auf die Uhr. »Tut mir leid, ich kann nicht lange bleiben. Ich muss um halb zwölf im Tennisclub sein. Du solltest auch mitkommen, Caroline. Wir haben dich lange nicht gesehen.«

Die beiden plauderten eine Weile, und ich ließ mich berieseln, warf hin und wieder Fragen oder Bemerkungen ein. Ich war so dankbar für sie. Sie gaben mir Halt. Wir kannten uns ewig. Becca, die in einer ähnlich reichen Familie aufgewachsen war wie ich und deren frühe Ehe bereits wieder geschieden war. Kate, deren Schwester in der Schule ein Jahr unter uns gewesen war, stammte aus einer alten Diplomatenfamilie, in der man stolz darauf war, sich seinen Wohlstand mit harter Arbeit selbst zu verdienen. Ihre Eltern waren nach England zurückgekehrt, als sie sich zur Ruhe gesetzt hatten, und wir scherzten oft, Kate solle sich einen reichen Junggesellen angeln, der sie finanzierte, genau wie ihre Schwester. Beide waren viel beschäftigt, und ich wusste, wie viel Mühe es sie gekostet hatte, hierherzukommen.

»Bist du über Weihnachten hier?«, ratterte Becca begeistert weiter. »Ich fliege nach Sydney zu Rachel und den Mädchen. Habe gerade mein Ticket gebucht. Ich weiß, es ist ganz schön weit weg, aber ich kann es kaum erwarten. Rachel besorgt uns Karten für die Oper. Du solltest mit Lucy auch mal hinfliegen. Australien würde ihr bestimmt gefallen.«

Ich stellte mir vor, wie Lucy, die erst zwei Jahre alt war und gerade anfing zu sprechen, durch die weite australische Wildnis rannte, die saubere Luft atmete, in einer Welt lebte, in der die Menschen um sie herum Englisch sprachen, ein Ort, wohin sie gehörte.

Kate nippte an ihrem Saft, ihr dunkler Bob fiel ihr über die Wangen. Sie musterte mich mit freundlichen Augen. »Also«, sagte sie und senkte die Stimme, um den Themenwechsel anzukündigen. »Was ist los, Caro?«

Becca hielt auch inne und beugte sich vor.

Ich holte tief Luft. »Es geht um Dom. Vielleicht irre ich mich, aber ich glaube, irgendetwas stimmt nicht.«

Beide wirkten schockiert. Schon fühlte ich mich besser.

»Dom?« Becca schüttelte den Kopf. »Er liebt dich abgöttisch, Caroline.«

Kate legte Becca eine Hand auf den Arm. »Erzähl weiter«, sagte sie. »Was bedrückt dich?«

Ich erzählte ihnen, wie ich ihn in Mongkok gesehen hatte, obwohl er doch in Singapur hätte sein sollen. Wie Fi mit ihm bei der Party geflirtet hatte. Dass er es nicht rundweg abgestritten hatte, als ich ihn an dem Abend auf dem Heimweg darauf ansprach.

Von meinen schwindenden Erinnerungen und den fehlenden E-Mails und den herausgerissenen Notizbuchseiten erzählte ich nichts. Das klang zu verrückt, selbst in meinen Ohren. Und außerdem konnte ich mir nicht sicher sein, dass ich es nicht selbst getan und vergessen hatte.

In der Stille, nachdem ich alles herausgelassen hatte, huschten Beccas Augen für eine Millisekunde zu Kate, bevor sie wieder mich ansah. Es war eine winzige Bewegung, aber ich bemerkte sie trotzdem. Ich kannte diese Frauen.

»Was?«

Becca blickte auf ihre makellosen Fingernägel. »Ich sollte das nicht sagen.«

»Was denn?«

Wieder huschte ihr Blick zu Kate. »Na ja, Fi hat einen gewissen Ruf.« Sie zuckte verlegen mit den Achseln. »Mir ist aber nie etwas über sie und Dominic zu Ohren gekommen, ehrlich. Das hätte ich dir gesagt.« Sie schürzte die Lippen. »Aber falls da irgendetwas gelaufen sein sollte, dann würde ich ihr die Schuld geben, nicht ihm.«

Ich wandte mich an Kate. »Was meinst du?«

Sie nahm ihr Glas und trank den letzten Schluck Saft, dann stellte sie es wieder ab.

»Ich habe auch nichts über die beiden gehört. Ich hätte es dir erzählt. Das weißt du. Aber …« Sie drehte einen klobigen Ring an ihrem Finger. »Becca hat recht. Fi ist nicht ohne.«

Ich blies die Backen auf, jetzt war mir richtig schlecht.

»Was soll ich machen? Was, wenn da wirklich was läuft?«

»Das kannst du nicht wissen«, sagte Becca. »Und selbst wenn – und das heißt nicht, dass es so ist –, dann wird es vergehen, weißt du? Dominic ist verrückt nach dir und Lucy.«

»Aber was war das in Mongkok?«

Becca verzog das Gesicht. »Vielleicht hast du dich geirrt. Kann doch sein? Vielleicht war es irgendein anderer großer, dunkelhaariger Europäer.«

Ich schüttelte den Kopf, war nicht überzeugt.

Kate sah nachdenklich aus. »Du denkst doch schon eine Weile über Lucys Erziehung nach, stimmt's? Hast du nicht gesagt, du wolltest sie eventuell in England zur Schule schicken? Warum machst du das nicht?«

»Nein!« Mit einem Blick auf die Uhr winkte Becca den Kellner heran, damit er die Rechnung brachte. »Sie kann uns doch nicht verlassen.«

Kate zuckte mit den Achseln. »Ich denk doch nur nach. Das ist hier kein guter Ort, um Kinder großzuziehen. Nicht mehr. Viele Familien gehen zurück. Dominic könnte seine Firma nach London verlegen. Ob an der Sache mit Fi nun etwas dran ist oder nicht, es wäre eine Überlegung wert.«

Ich dachte darüber nach und nickte.

»Ladys! Tut mir leid, dass ich zu spät bin.« Celia kam durch die Lobby gerauscht, die Yogatasche über der Schulter. »Habe ich was verpasst?«

Von den dreien kannte ich sie am wenigsten. Becca ließ einen Fünfhundert-Hongkong-Dollar-Schein auf das Tablett des Kellners fallen. »Ich lade euch ein.« Sie stand auf und wandte sich an Celia. »Nicht viel. Nur dass Caroline darüber nachdenkt, nach England zurückzukehren.«

»Oh nein, wie schrecklich!«

Sie ließ sich in einen Sessel fallen und fing an zu reden. Ich war dankbar, dass Becca so rücksichtsvoll gewesen war, ihr nicht die ganze Geschichte zu erzählen. Hongkong ernährte sich von Gerüchten. In Zukunft wäre es sicher am besten, meinen Verdacht für mich zu behalten.

Während Celia über das Leben in London plauderte und was ich an Hongkong vermissen würde, saß Kate still da, ihr Blick war nachdenklich. Ich merkte, dass sie immer noch über das nachdachte, was ich erzählt hatte.

Später, als sie sich zum Gehen wandte, legte sie mir eine Hand auf die Schulter und beugte sich vor, um mich auf die Wange zu küssen. Ihre Stimme war ein drängendes Flüstern, so leise, dass ich sie kaum verstand. Ich spürte ihren warmen Atem an meinem Ohr.

»Du könntest recht haben«, wisperte sie. »Becca würde das niemals sagen, aber … na ja, hol ihn aus Hongkong raus. So schnell wie möglich.«

Celia blieb noch eine Weile und erzählte von der Party, bei der sie gestern Abend gewesen war. Ich hörte ihr kaum zu. Mir wurde klar, wie sehr ich gehofft hatte, dass Becca und Kate über meinen Verdacht lachen und mir sagen würden, wie sehr ich mich irrte.

Der bittere Geschmack des Kaffees stieg mir in der Kehle auf. Ich wollte nach Hause. Wollte Wort für Wort aufschreiben, was wir gesagt hatten, bevor ich es vergaß. Ich würde es verstecken, wegschließen, in meinem Koffer. Vielleicht verlor ich das Gedächtnis, aber ich war nicht verrückt. Vielleicht hatte ich die ganze Zeit recht gehabt.

Mein Gesicht glühte vor Scham. Ständig ein angespanntes Lächeln, heuchlerische Küsse auf Partys, und vielleicht hatte die Geliebte die ganze Zeit über gedacht: »Die Arme. Wie viel sie wohl weiß? Ich bin so froh, nicht an ihrer Stelle zu sein.«

Irgendwann verschwand Celia auf die Toilette. Reglos blieb ich sitzen und schaute aus dem Fenster.

Draußen funkelte das Sonnenlicht wie Splitter auf dem Wasser, als eine Fähre einfuhr. Der Bootsmann warf ein dickes, schwarz angelaufenes Tau um einen Poller und zog kräftig daran, um die Lücke zwischen Boot und Anleger zu schließen.

Du hast vielleicht Nerven, hatte Dominic gesagt. *Nach allem, was du getan hast.*

Seine Worte hatten mich getroffen. Ich hatte ihm geglaubt. Ich hatte gedacht, ich wäre die Schuldige. Die Ehebrecherin.

Aber warum sollte ich ihm trauen? Vertraute ich mir etwa selbst nicht mehr? Kannte ich mich nicht gut genug, um zu wissen, dass ich ihm nie untreu werden würde, genauso, wie ich Lucy niemals etwas antun würde?

Ich vergötterte ihn. Schon immer. Es war falsch. Es war undenkbar.

Ich schüttelte den Kopf, unfassbar verwirrt. Vielleicht bluffte er nur, vielleicht nutzte er nur aus, dass ich mich nicht erinnerte. Ich dachte an die herausgerissenen Seiten aus meinem Notizbuch. War er das gewesen, manipulierte er meine Erinnerungen, damit ich vergaß, was er getan hatte?

Vielleicht war Mongkok einfach eine von vielen Lügen gewesen, die er mir erzählt hatte.

Unten krachte die hölzerne Landungsbrücke auf den Kai, und die Menschen strömten von Bord. Einige trugen Anzüge, andere Sommerkleider, wieder andere Jeans und T-Shirts. Es war eine vertraute, alltägliche Szene. Es war real. Das war das Jetzt.

Während ich hinausblickte, legte sich irgendeine Dunkelheit, irgendein Schatten auf meinen Geist. Ich war hier schon einmal gewesen, genau hier, hatte hinausgeschaut und mich genauso jämmerlich und verwirrt gefühlt. War es nur eine falsche Erinnerung, ein Déjà-vu? Ich glaubte nicht. Es war nicht nur die Fähre und der Hafen, es war etwas tiefer liegendes.

Ganz tief in mir hatte ich das Gefühl, dass ich recht hatte. Dominic hatte eine Affäre mit Fi, und es war nicht seine erste. Er war mir schon früher untreu gewesen. Ich erinnerte mich nicht, ich spürte es einfach, wie ein Echo aus einer anderen Welt. Ich atmete tief ein und langsam wieder aus, während ich versuchte, die aufsteigende Panik in den Griff zu bekommen.

Einen Schritt nach dem anderen, mehr konnte ich nicht machen. Ich musste auf meine Intuition vertrauen, das letzte Fünkchen meiner selbst. Das war alles, was mir geblieben war.

KAPITEL 9

SOPHIE

Es war nett von Caroline, mir Zeit für mich selbst zu gewähren, aber in Wirklichkeit wusste ich nicht, was ich damit anfangen sollte.

Am ersten Tag blieb ich länger als sonst im Bett, um ihnen aus dem Weg zu gehen, und verfolgte anhand der Geräusche ihren Weg durch das Haus. Seit ich hier angekommen war, hatte ich mich daran gewöhnt, für Lucy da zu sein. Vielleicht bildete ich es mir ein, aber ich hatte den Eindruck, dass wir eine besondere Verbindung hatten. Als ich nun dalag und Caroline nach ihrer Tochter rufen hörte, fiel mir auf, wie sehr es mir fehlte, mich um Lucy zu kümmern. Ich wurde beinahe eifersüchtig.

Ich schüttelte den Kopf. *Reiß dich zusammen.* Caroline war Lucys Mutter. Bald würde ich abreisen. Wenn Lucys Gegenwart ein Verlangen in mir weckte, die Sehnsucht nach einem eigenen Kind, dann war das mein Problem, nicht ihres.

Carolines Stimme drang die Treppe herauf. »Beeil dich! Frühstück!«

Wenig später hörte ich Carolines schwere Schritte die Treppe heraufkommen. Das Geländer knarzte, als sie an meiner Tür vorbei und nach oben ins Kinderzimmer stürmte.

Ich schlich zur Tür und öffnete sie einen Spalt, um zu lauschen. Caroline, nun zwei Etagen über mir, klang gereizt. »Zieh dich an, Lucy, du bist schon drei. Ich mache das nicht für dich.«

Ich schloss die Augen und atmete tief durch. Es stand mir nicht zu, mich einzumischen.

Das Geschimpfe hielt an, als sie die Treppe wieder herunterkamen und frühstückten. Ich konnte nicht anders, ich musste lauschen. Ich machte mir Sorgen um Lucy.

Nachdem ich mich gewaschen hatte, zog ich mich an und wappnete mich. Vielleicht könnte ich mich zu ihnen setzen. Ich könnte sagen, ich sei früher aufgewacht.

Meine Hand lag schon auf der Türklinke, da drang Carolines Stimme aus der Eingangshalle zu mir herauf. »Jetzt nimm schon deine Tasche, um Himmels willen, wir sind spät dran.« Dann knallte die Haustür zu.

Stille. Ich ging hinüber ans Fenster und spähte vorsichtig hinaus. Caroline verfrachtete Lucy auf den Kindersitz im Auto und schnallte sie an, dann stieg sie selbst ein und fuhr los. Ich reckte den Hals, konnte aber nichts erkennen außer Lucys kleinem Kopf, als ihre ungeduldige Mutter sie in die Kita brachte.

Caroline hatte mir einen Zettel auf dem Küchentisch hinterlassen, auf dem stand, sie komme später zurück und ich solle mich bedienen. Darunter war eine Handynummer gekritzelt – vermutlich ihre neue.

Nach dem Frühstück lief ich im Haus herum, rastlos und verstimmt … Für eine Weile setzte ich mich ins Wohnzimmer und beendete *Der letzte Joker*, dann stellte ich es zurück ins Regal und durchstöberte die anderen Bände, bis ich mich schließlich für ein weiteres von Carolines früheren Lieblingsbüchern entschied. Den Zettel mit ihrer neuen Nummer steckte ich als Lesezeichen hinein, nahm meinen Mantel und verließ das Haus. Ich widerstand dem Bedürfnis, sie anzurufen und mich nach Lucy zu erkundigen. Bestimmt war alles in Ordnung.

Es war windig, als ich den Pfad an der Klippe entlangging, und ich schob die Hände tief in die Manteltaschen und hielt den Kopf gesenkt. Ich wollte die Zeit nutzen, um darüber nachzudenken, was ich als Nächstes tun sollte. Ich könnte bei den Notaren nachhaken, meine Angelegenheiten regeln und mich entscheiden, was ich mit meinem Leben anfangen sollte. Caroline hatte einen Karrierecoach erwähnt, einen Freund von Dominic. Darüber hatte ich nachgedacht. Mir war klar, dass sie es gut meinte. Aber ich glaubte einfach nicht, dass ich es ertragen würde. Es kam mir zu erniedrigend vor, dass jemand sich mit mir abgeben sollte, weil Dominic es arrangiert hatte, nur um dann festzustellen, wie wenig ich eigentlich vorzuweisen hatte.

Ich schüttelte den Kopf. Im Ort gab es bestimmt eine Jobvermittlungsagentur. Vielleicht könnte ich später dort anrufen und einen Termin vereinbaren, nur um mich zu registrieren und sie um Rat zu fragen. Wenn sie für mich keine Chancen sähen, würden Caroline und Dominic es nie erfahren.

Mein Magen verkrampfte sich beim Gedanken daran. Ich stellte mir eine gertenschlanke junge Mitarbeiterin in Stilettos vor, die abschätzig auf meinen Lebenslauf blickte. Mein Selbstbewusstsein konnte keinen weiteren Schlag gebrauchen, noch nicht. Alles war noch viel zu frisch. Ich hatte niemanden mehr, der mich aufheiterte. Keine Mum. Und auch keinen Dad. Ich war Mitte dreißig. Wo war nur die Zeit geblieben?

Du unterschätzt dich, hatte Caroline so unbeschwert und herablassend gesagt. Sie hatte leicht reden. Sie strotzte nur so vor Selbstvertrauen. Schon immer. Und sie hatte schon immer genug Geld gehabt. Sie brauchte nicht zu arbeiten, wenn ihr nicht danach war.

Ich blickte auf. Das Wäldchen hatte ich hinter mir gelassen und näherte mich dem verkrüppelten alten Baum auf der Klippe, der den Abzweig ins Dorf markierte. Ich folgte ihm.

Im Café war es warm und milchig-dunstig. Außer mir waren keine Gäste da.

Die Frau, die mich beim letzten Mal bedient hatte, saß allein mit einer Tasse in der Hand am Fenster und las Zeitung. Sie blickte widerwillig auf, als das Türglöckchen klingelte.

»Sind Sie wieder da?«

Ich lächelte. »Ich habe den Tag frei. Ich dachte, ich komme vorbei und probiere einen von Ihren Kuchen.«

Sie zog die Augenbrauen hoch, als überlegte sie, ob es sich lohne, aufzustehen und mich zu bedienen. Dann legte sie die Zeitung ab, wuchtete sich hoch und nahm ihre Tasse mit hinter den Tresen.

»Die Kaffee-Walnuss-Torte ist die frischeste. Die habe ich heute Morgen gebacken.«

»Okay. Und eine Tasse Tee bitte.«

Ich setzte mich an einen Tisch und wartete. Vielleicht könnte ich hier irgendeinen Job finden, bis ich mich entschieden hatte, was ich wirklich wollte.

Nicht direkt an der Küste. Nicht so nah bei Caroline und Dominic. Aber ich könnte mir in der Stadt etwas suchen. Ich wäre nah genug dran, um Lucy hin und wieder zu besuchen.

Es gab doch bestimmt irgendwelche Vereine, denen ich beitreten könnte? Ich könnte wieder wandern gehen, mich einer Gruppe anschließen und die Küste erkunden und danach in einem gemütlichen Country Pub etwas trinken. Ich könnte wieder mit dem Segeln anfangen …

Lauter Outdoor-Aktivitäten, denen ich immer gern nachgegangen war, aber die ich nach und nach aufgegeben hatte, weil Andrew nichts damit anfangen konnte. Er belächelte Menschen, die sich in der Wildnis schmutzig machten und zusammen in Gruppen abhingen. Seine Vorstellung von einem gelungenen Wochenende war es, einen obskuren fremdsprachigen Film mit Untertiteln anzuschauen und mir bei einer Flasche Wein anschließend lang und breit dessen Symbolik zu erklären. Unfassbar, dass ich so lange bei ihm geblieben war.

Meine Laune besserte sich, sobald ich mir einen Neuanfang vorstellte: neuer Job, neue Freunde. Wenn ich hierherzöge, könnte ich sogar ab und zu etwas mit Lucy unternehmen. Sie am Wochenende besuchen, falls Dominic in London war. Babysitten. Caroline wäre sicher dankbar.

Die Frau knallte ein Tablett vor mir auf den Tisch und lud einen Teller mit einem großen Stück Kuchen und einer Gabel ab, dann eine Tasse samt Untertasse, ein Milchkännchen und eine angeschlagene Teekanne.

Ich blickte an ihr vorbei zu der Zeitung, die verlassen auf dem Nachbartisch lag. Es war ein billiges Lokalblatt, vielleicht sogar gratis, wie so viele heutzutage. Womöglich gab es darin trotzdem ein paar Stellenangebote. Oder Wohnungsanzeigen.

Ich deutete darauf. »Lesen Sie die noch?«

Sie zuckte mit den Achseln, nahm die Zeitung und gab sie mir. Ich schlug sie von hinten auf und überflog die Kleinanzeigen, während ich den hausgebackenen Kuchen aß.

Viel war nicht darin. Ein paar Kontaktgesuche. Reklame für örtliche Geschäfte und Dienstleistungen. Eine halbseitige Werbung mit Fotos für ein Neubaugebiet am anderen Ende der Stadt. Ein paar Anzeigen für Wohnungen und Häuser zur Miete. Jemand suchte einen Mitbewohner für eine Wohnung in der Nähe vom Krankenhaus. Das verschaffte mir ein Gefühl für die hiesigen Preise. Zumindest bräuchte ich kein hohes Einkommen, um mir ein Zimmer zu nehmen.

Ich legte die zerknitterte Zeitung auf den Tisch neben meine Teetasse und machte mich über den Kuchen her. Diese Frau hatte es vielleicht nicht so mit Small Talk, aber backen konnte sie. Er war lecker. Ich versuchte, ihren Blick aufzufangen und sie zu loben, aber entweder sah sie mich nicht, oder sie hatte beschlossen, mich zu ignorieren. Sie lehnte an der Theke und starrte mit ausdruckslosem Blick hinaus auf den halb leeren Parkplatz.

Nachdem sie meinen Kuchenteller abgeräumt hatte, breitete ich die Zeitung wieder auf dem Tisch aus, diesmal mit der Titelseite nach oben, um sie nun in der richtigen Reihenfolge durchzublättern. Ich strich sie glatt.

> THE BILLINGSLOW GAZETTE
> SEIT 1913. ALLES WICHTIGE AUS DER REGION.
> UNBEKANNTE FRAUENLEICHE AM STRAND ANGESPÜLT.

Die Schlagzeile prangte über einem körnigen Foto von zwei Polizeibeamten am Kieselstrand, hinter ihnen die Wellen. Ein Absperrband war um den Fundort gespannt, und sie beugten sich vor und betrachteten eine längliche Form in einem Plastiksack. Ich schüttelte den Kopf. Die Arme.

Ich überflog den Text. Die Überreste einer vollständig bekleideten Frau waren ein Stück die Küste hinauf am Strand angespült worden. Die Polizei bat um Hinweise. Bislang gab es keine Übereinstimmung mit als vermisst gemeldeten Personen aus der Gegend. Bisher war es nicht möglich gewesen, das exakte Alter der Frau zu bestimmen. Sie war vermutlich westeuropäisch, Ende zwanzig oder Anfang dreißig und wies keine körperlichen Abnormitäten auf.

»Haben Sie das hier gesehen?« Ich hielt die Zeitung hoch und zeigte auf das Foto.

Die Frau nickte und zuckte mit den Achseln. »Anderson Cove, das ist nicht weit von hier. So wie es sich anhört, war nicht viel von ihr übrig, als sie sie gefunden haben.« Sie schnaubte. »Na ja. Besser sie als ich.«

Ich schüttelte den Kopf und las weiter.

Es gab ein Statement der örtlichen Polizei, was man über die unbekannte Frau wisse – offenbar nicht sonderlich viel. Durch die fortgeschrittene Verwesung war es schwer, Todeszeitpunkt und -ursache zu bestimmen. Zum jetzigen Zeitpunkt könne man nichts ausschließen. Möglicherweise sei es ein Unfall gewesen. Es gebe keine Anzeichen für Gewalteinwirkung an Knochen oder Schädel. Eine Obduktion würde eventuell Klarheit bringen. Nein, auch ein Mord sei nicht auszuschließen.

Es folgte ein kurzes Interview mit dem Mann, der sie gefunden hatte. Es brachte nicht viel Neues. Er sei mit seinem Hund spazieren gegangen, sagte er. Bei Ebbe gehe er immer runter in die Bucht. Zuerst habe er gedacht, es sei bloß Müll, ein alter, zusammengerollter Teppich, den jemand ins Wasser geworfen habe, aber der Hund sei ins Meer gerannt und habe angefangen, zu bellen und daran zu zerren, und er habe ihm hinterherlaufen müssen, um ihn wieder herauszuziehen.

»Wie schrecklich.«

Es war eindeutig die spektakulärste Story, die die *Billingslow Gazette* seit einer ganzen Weile gebracht hatte.

Ein Forensiker erklärte, worin die Schwierigkeiten lagen, eine Leiche zu identifizieren, die Wochen, vielleicht Monate im Wasser getrieben hatte. Es war nicht viel übrig. Es gab kein Phantombild, keine gezeichnete Rekonstruktion ihres Gesichts. Zahnarztunterlagen könnten eventuell einen Hinweis auf ihre Identität geben, fügte der Forensiker hinzu. Oder DNA-Proben, falls man zufällig eine Übereinstimmung fände.

Niemand wollte ins Detail gehen. Das hier war vielleicht die Frau oder Schwester oder Mutter von jemandem aus dem Ort. Aber sie war eindeutig lange im Wasser gewesen und als kaum mehr als ein Skelett wieder herausgekommen.

Ich saß eine Weile still da, blickte hinaus auf den Parkplatz und die Rasenfläche dahinter. Ein Mann ging am Café vorbei und verschwand im Laden nebenan. Ich dachte an Caroline, die all ihre Kraft gegen den Sturm aufgebracht hatte und mich in Sicherheit gezogen hatte, als ich ihr ins Wasser gefolgt war. Der Kuchen lag mir schwer im Magen, er war zu mächtig und zu viel gewesen.

Ich richtete den Blick wieder auf die Zeitung und den Artikel, der auf den Seiten zwei und drei weiterging. Dort waren weitere Fotos abgedruckt. Der Spaziergänger, der mit ernstem Gesicht neben seinem Hund am Ufer posierte und hinaus auf die Wellen deutete. Dann eine Reihe kleinerer Bilder, die die persönlichen Gegenstände der Frau zeigten. Sie waren nebeneinander auf einer Plastikplane ausgebreitet und mit Nummern versehen wie verlorenes Gepäck. Ein schwerer Mantel mit Metallknöpfen, fleckig von Salzresten. Ein paar Schnürschuhe – vernünftige Wanderschuhe. Eine gut geschnittene Hose. Ein Shirt und ein schlichter Pullover.

Das machte mich stutzig. Wieso war sie vollständig

bekleidet gewesen? War sie von der Klippe gefallen? Keine Knochenbrüche, hatte die Polizei gesagt. Das passte nicht. Wenn sie von einem Boot ins Wasser gefallen wäre, dann wüsste es jemand. Irgendwer hätte versucht, sie zu retten, oder zumindest die Küstenwache verständigt.

Ich betrachtete das letzte Foto, das seitlich unter den anderen abgedruckt war. Es war unscharf. Irgendein angelaufener Anstecker aus Emaille. Eine Brosche in Form eines Vogels. Eines Vogels mit einem langen Hals. Vielleicht ein Schwan. Silbern und mit glitzernden Steinchen besetzt. Diamanten oder einer billigen Imitation.

Ich erstarrte. Ich hob die Zeitung, hielt sie ins Licht und schaute genauer hin. Das Papier raschelte in meinen zitternden Händen, und ich ließ es fallen.

Die Frau kam an meinen Tisch, um die Teekanne abzuräumen, eifrig, offenbar wollte sie mich loswerden.

»Noch irgendetwas?«

Ich biss mir auf die Lippen und starrte, konnte nichts sagen.

Sie bemerkte meinen Gesichtsausdruck und erkundigte sich: »Alles in Ordnung?«

Ich deutete auf die Zeitung und schüttelte den Kopf, zu mehr war ich nicht in der Lage.

Sie reckte den Hals. »Was?« Sie schaute auf die Seite, dann mit ausdruckslosem Gesicht erneut zu mir. »Was ist damit?«

Wieder schüttelte ich den Kopf. Ich brachte die Worte nicht hinaus. Es war zu schwer.

Die Brosche. Ich kannte sie. Da war ich mir so gut wie sicher. Es war der Strass-Schwan, den ich Caroline vor so vielen Jahren geschenkt hatte, als wir noch Schulkinder gewesen waren.

Die Polizeiwache war nur einen kurzen Fußmarsch vom Zentrum entfernt. Es war ein seelenloser zweistöckiger Zweckbau mit schmutzigen Ziegelsteinen, Flachdach und quadratischen Fensterrahmen aus PVC. An einer ramponierten Fahnenstange davor flatterte der Union Jack. Gegenüber, winzig im Vergleich zu der Flagge, befand sich eine altmodische Laterne im viktorianischen Stil mit blauen Glasscheiben an allen vier Seiten, auf denen in weißen Großbuchstaben »Polizei« stand.

Ich holte tief Luft und ging den Fußweg entlang bis in den kleinen Empfangsbereich. Ein junger Polizeibeamter stand hinter dem Tresen, stützte sich auf die Unterarme und schaute mit leerem Blick vor sich hin. Es dauerte eine Weile, bis er meine Ankunft bemerkt hatte, dann nickte er.

»Kann ich Ihnen helfen?«

Ich legte die Zeitung zwischen uns auf den Tresen und räusperte mich. »Ich habe von der Frau gelesen. Die man gefunden hat.«

Er blickte hinunter auf die Fotos und schien nachzudenken. »Ah ja, deswegen hatten wir schon einige Anrufe.« Mit einer großen Hand kratzte er sich am Ohr. Er wirkte peinlich berührt. Vielleicht war er es nicht gewohnt, über unidentifizierte Leichen zu sprechen. Vielleicht gab es hier in der Gegend nicht viele.

Ich deutete auf das letzte Bild, das Foto von der Brosche.

»Die Brosche, die sie getragen hat, ich glaube, ich erkenne sie wieder.«

Sein Blick wanderte zu meinem Gesicht, zurückhaltend und nicht überzeugt.

Ich zögerte, spürte, wie mir die Hitze in die Wangen stieg, dann zeigte ich erneut auf den Artikel. »Da stand, man sollte sich melden, wenn man irgendwelche Hinweise hätte.«

Er zog die Augenbrauen hoch und deutete auf eine Stuhlreihe an der Wand. »Bitte setzen Sie sich, Madam.«

Ich hockte mich auf eine Stuhlkante, während der junge Mann irgendetwas ins Telefon murmelte, wieder auflegte und anfing, die Seiten in dem großformatigen Notizbuch vor sich auf dem Tisch durchzublättern, vor und zurück, als wäre er ein Komparse beim Film, dem man aufgetragen hatte, er solle beschäftigt aussehen.

Ich betrachtete die Pinnwand auf der gegenüberliegenden Seite. Sie war übersät mit Flugblättern zur Verbrechensprävention. *Seien Sie wachsam! Geben Sie Einbrechern keine Chance.* Eine Broschüre darüber, was zu tun war, wenn man eine Wohnung über die Ferien leer stehen ließ. Eine andere über von Fremden ausgehende Gefahr. Ich stellte mir vor, wie die Polizeibeamten die örtlichen Schulen besuchten und mit den Kindern redeten oder monatliche Treffen mit den Gruppen der Nachbarschaftswache abhielten. Tee und Kekse und schwacher Instantkaffee.

Eine mittelalte Frau in einem Hosenanzug kam plötzlich aus einer Tür an der Seite und stand mit ausgestreckter Hand vor mir, bevor ich ihre Ankunft richtig registriert hatte. Eilig stand ich auf. Ihr Händedruck war fest.

»Detective Inspector Williams.« Ihr Blick war durchdringend, sie wirkte kampferprobt. »Sie wollten mich sprechen?«

»Na ja«, stammelte ich überrumpelt. »Es geht um die Frau, die Sie gefunden haben. Die am Ufer angespült worden ist. Also, nicht direkt um sie, sondern um ihre Brosche.«

Sie musterte mich, schien zu einer Entscheidung zu

kommen, dann trat sie abrupt zur Seite, hielt mir die Glastür auf und bat mich, in den Flur dahinter zu treten.

In Befragungsraum 2 setzten wir uns einander gegenüber an einen Tisch. Es war ein kleines, beengtes Zimmer mit einem einzelnen hohen Fenster. Auf meinem Schoß verschränkte ich nervös die Finger und löste sie wieder. Ich hatte das Gefühl, was immer ich tat, diese Frau wusste es. Ihr Blick folgte jeder meiner Bewegungen. Ihr Gesicht war streng und emotionslos, gab nichts preis.

»Bitte schauen Sie sich diese Bilder an.« Sie schlug eine Mappe auf und legte eine Reihe von Schwarz-Weiß-Fotos vor mich hin. Ich berührte sie nicht, sah sie einfach an. Sie wirkten wie Beweisfotos, professionell entwickelt mit breiten weißen Rändern. Am rechten oberen Rand war jeweils ordentlich mit schwarzer Tinte ein Code oder eine Referenznummer geschrieben.

Ein paar der abgebildeten Gegenstände erkannte ich von den körnigen Zeitungsbildern wieder. Der Mantel mit den Metallknöpfen, die Ärmel ausgebreitet, als würde er fliegen. Die Schnürschuhe, von vorn und von der Seite fotografiert.

Ich nahm das Foto von der Brosche und schaute es mir aus der Nähe an. Hier war es schärfer. Die Strasssteine waren alle noch an ihrem Platz, säumten den Umriss des Schwans, seinen kräftigen Körper und den langen, schlanken Hals. Auf dem Kopf bildeten sie eine Krone. Die Emaille war einen Hauch blau angelaufen. Es war mein Schwan. Inzwischen ramponiert, das Metall verrostet, aber immer noch meiner. Ich schluckte schwer.

Beim Gedanken an die Vergangenheit versuchte ich zu lächeln, aber mein Kinn zitterte, und ich musste mir auf die Lippe beißen, damit ich nicht anfing zu weinen. Die Brosche sah nicht teuer aus. Sie wirkte gewöhnlich. Das sah ich nun, mit dem Blick einer Erwachsenen. Aber damals war sie mir so wunderschön vorgekommen.

Ich hatte sie in einem Ramschladen im Ausverkauf entdeckt, sie war nicht nur einmal, sondern schon zweimal reduziert worden, also konnte ich sie mir so gerade leisten. Ich war begeistert gewesen. Sie war auf ein kleines weißes Satinkisschen gepinnt und steckte in einer schicken roten Schachtel. An unserem letzten gemeinsamen Schultag hatte ich sie Caroline geschenkt, eine Woche bevor sie mit ihrer Familie ins Ausland gezogen war.

Ich konnte nicht erklären, wie sehr ich mir wünschte, dass sie sie bekäme. Für mich war sie zu kostbar, etwas zu besonderes. Aber für Caroline war sie perfekt. Sie war selbst ein Schwan. Sie würde sie zu tragen wissen. Sie war elegant genug und hätte die passenden Kleider.

Es war unser Geheimnis. Ich erzählte nicht einmal meiner Mum davon. Sie wäre wütend geworden, davon war ich überzeugt. Sie hätte den Kopf geschüttelt und gesagt, dass ich Caroline zu sehr verehrte. Und warum ich die Brosche nicht selber behielte, wenn ich sie doch so sehr liebte.

Es erforderte Mut, auf dem Heimweg im Bus mein Geschenk, eingewickelt in Seidenpapier, das ich aus Mums Schrank stibitzt hatte, herauszuholen und ihr zu überreichen. Was, wenn sie darüber lachte? Was, wenn sie sich über mich lustig machte?

Doch tatsächlich lächelte sie bloß und bedankte sich kokett, als hätte sie die ganze Zeit gewusst, dass ich ihr an unserem letzten gemeinsamen Tag etwas schenken würde, und steckte es tief in ihre Schultasche.

Ich hatte die Brosche nie wiedergesehen. Bis heute.

Die Augen von Detective Inspector Williams schienen alles lesen zu können. Sie schob mir einen Spender mit

Taschentüchern über den Tisch zu, und ich zog eins heraus und tupfte mir über die Augen.

»Was können Sie mir sagen?«, fragte sie.

Sie machte sich keine Notizen, hörte mir einfach zu, während ich es zu erklären versuchte. Hin und wieder unterbrach sie mich mit Rückfragen zu Einzelheiten wie dem Namen des Ladens, dem Jahr, dem Namen unserer Schule. Sie ließ mich keine Sekunde aus den Augen.

»Ich weiß bloß nicht, warum diese Frau sie hatte.« Ich schluckte. »Caroline könnte es wissen. Meine Freundin. Ich könnte sie bitten, vorbeizukommen, wenn Sie möchten.«

Als ich fertig war, sagte sie eine Weile nichts. Befangenheit überkam mich. Ich hatte keine Ahnung, was sie über mich dachte. Zum ersten Mal kam mir in den Sinn, dass sie mir nicht glauben könnte.

Sie berührte die anderen Fotos auf dem Tisch. »Erkennen Sie sonst noch etwas wieder?«

Demonstrativ schaute ich sie mir alle noch einmal ganz genau an, eines nach dem anderen, dann schüttelte ich den Kopf. Ich enttäuschte sie.

Sie legte die Fotos wieder auf einen Stapel, schob sie zurück in die Mappe und faltete die Hände darauf.

»Ich sehe, dass bei Ihnen eine Menge Erinnerungen geweckt wurden.« Ihre Stimme klang jetzt sanfter.

Ich nickte. Das stimmte. Ich hatte seit fünfundzwanzig Jahren nicht mehr an die Brosche gedacht.

»Danke, dass Sie gekommen sind.«

Ich hob ruckartig den Kopf. Das war es schon? War ich entlassen?

»Also, soll ich Caroline bitten, vorbeizukommen? Das ist doch etwas, dem man nachgehen sollte, oder? Die Brosche?« Ich zögerte meinen Abschied hinaus, wollte noch nicht gehen. Ich wollte mehr über diese tote Frau erfahren und warum sie meinen Schwan getragen hatte, war noch nicht bereit, sie aufzugeben.

Sie sagte nicht direkt Ja, legte nur den Kopf schief, um mir zu zeigen, dass sie zuhörte.

»Diese Frau muss ja ziemlich …« Ich zögerte auf der Suche nach den richtigen Worten. Es fühlte sich taktlos an, geradezu makaber, und ich wollte nicht, dass es so wirkte. »Die Leiche muss in einem ziemlich schlechten Zustand sein, das stand in dem Artikel. Aber können Sie nicht trotzdem herausfinden, wer sie ist? Was ist mit der DNA?«

Sie musterte mich abschätzend. »Wir werden sie identifizieren. Aber in einem solchen Fall kann es eine Weile dauern. DNA ist wichtig, doch sie kann eine Identität nur bestätigen, wenn wir bereits eine entsprechende Probe in unserem System haben. Zum Beispiel, wenn jemand vorbestraft ist. In diesem Fall hat der Computer jedoch keinen Treffer ausgespuckt.« Sie zögerte. »Sie könnte aber trotzdem helfen. Falls jemand eine Verwandte als vermisst meldet, jemand, der sich aus welchen Gründen auch immer bisher nicht gemeldet hat, können wir die DNA mit der der Unbekannten abgleichen.«

Sie nahm ein Blatt Papier von einem Stapel am Ende des Schreibtischs und schob es mir über den Tisch hinweg zu, dann nahm sie einen Kugelschreiber aus ihrer Hemdtasche und legte ihn darauf. Ein Standard-Kontaktformular. Name und Adresse, E-Mail, Handy- und Festnetznummer, Datum und Unterschrift.

»Wenn Sie das für mich ausfüllen würden? Wir melden uns, falls wir noch etwas brauchen.«

Ich blinzelte. »Was glauben Sie? Ist das eine Spur? Die Brosche?«

Sie sah mich ausdruckslos an. »Natürlich ist es möglich, dass es sich um dieselbe Brosche handelt, die Sie Ihrer Freundin geschenkt haben, als Sie noch Kinder waren. Das will ich nicht ausschließen – fragen Sie Ihre Freundin doch, ob sie die Brosche an irgendjemanden hier im Ort weitergegeben hat.«

»Aber?«

»Aber es ist Massenware. Verstehen Sie? Es muss Tausende davon geben, vielleicht sogar Zehntausende.« Sie sah mich scharf an. »Und selbst wenn es sich um dasselbe Stück handelt, selbst wenn es in irgendeiner Weise mit Ihrer Freundin in Verbindung steht, hilft uns das nicht notwendigerweise, die Tote zu identifizieren. Vielleicht hat Ihre Freundin die Brosche irgendwo verloren und jemand hat sie gefunden. Oder sie hat sie beim letzten Ausmisten ins Spendenkaufhaus gegeben. Es könnte Dutzende Gründe geben, weshalb sie den Besitzer gewechselt hat.« Sie hielt inne. »Und das immer unter der Voraussetzung, dass es sich tatsächlich um dieselbe Brosche handelt, die Sie ihr geschenkt haben. Was durchaus möglich ist. Aber ehrlich gesagt nicht sehr wahrscheinlich.«

Mein Blick wanderte von ihrem Gesicht zum Tisch hinunter.

Sie tippte auf das Formular. »Aber hinterlassen Sie Ihre Kontaktdaten. Zur Sicherheit.«

Hinterher, an der Tür, schüttelte sie mir erneut die Hand. Ein fester, selbstsicherer Händedruck.

»Schwierig, solche Fälle. Nicht identifizierte Leichen.« Sie lächelte schief. »Aber in der Öffentlichkeit haben sie meistens eine gute Resonanz. Sie wecken so viele Erinnerungen, wissen Sie? So viele Fragen aus der Vergangenheit. Was wäre, wenn es meine entfremdete Mutter wäre oder meine lange verschollene Schwester oder meine erste Freundin? Das bringt die Leute zum Nachdenken, nicht wahr? Über die Menschen, die einem im Leben wirklich etwas bedeutet haben.«

Ich fühlte mich entkräftet, als ich mich auf den Weg zum Bus machte, der mich zurück ins Dorf bringen würde. Unterwegs kaufte ich mir ein Sandwich und einen Softdrink und aß im Bus, während ich verdrießlich hinaus auf die vorbeiziehenden Geschäfte blickte, die zunehmend Wohnhäusern wichen, je näher wir dem Stadtrand kamen, und schließlich in Felder und Bauernhöfe übergingen, als wir aufs Land hinausfuhren. Ich verstand nicht, warum ich so enttäuscht war.

Ich war so aufgewühlt gewesen. Die Brosche sah der, die ich Caroline geschenkt hatte, so ähnlich. Ich war mir sicher gewesen, dass es etwas zu bedeuten hatte. Nun, nachdem die Polizei mich abgewiesen hatte, kam ich mir dumm vor.

Ich dachte daran, was die Polizistin gesagt hatte, dass eine unbekannte Leiche die Menschen dazu bringt, darüber nachzudenken, wer ihnen wichtig ist. Wen hatte ich noch? Meine Eltern waren tot. Ich hatte keine Geschwister. Keinen Mann. Keine Kinder. Hatte ich mich deshalb so gefreut, der Polizei bei der Lösung des Falls helfen zu können? War es ein erbärmlicher Versuch, mich weniger einsam zu fühlen, weniger abgekoppelt vom Rest der Welt?

Die Polizistin hatte natürlich recht. Es war nur eine billige Brosche. Davon musste es Tausende geben. Caroline hatte ihre bestimmt schon vor Jahren weggeworfen. Wie albern von mir, zu glauben, dass sie mit ihr um die halbe Welt gereist war und sie dann wieder hierher mitgebracht hatte. Sie besaß so viel teuren Schmuck. Warum hätte sie die Brosche aufbewahren sollen?

Das Haus war menschenleer und fühlte sich ohne Lucy unbelebt an. Ich kochte mir eine Tasse Tee und nahm sie mit in mein Zimmer, dann machte ich es mir auf dem Bett gemütlich, lehnte mich mit dem Rücken an das Kopfteil, zog die Knie an, die Füße unter die Bettdecke gesteckt, und schlug das erste Kapitel des nächsten Krimis auf.

Mit den Augen überflog ich den ersten Satz, aber nichts blieb hängen. Die Buchstaben tanzten. Es fiel mir schwer, mich zu konzentrieren. Ich hob den Kopf und betrachtete die Bäume vor dem Fenster, deren Äste kahl und halb nackt waren, nun, da die Blätter sich golden färbten und hinunterfielen.

In Gedanken war ich woanders. Ich war unruhig und wartete darauf, sie bald in der Halle zu hören, Lucys schnelle, leichte Schritte und Carolines selbstbewusste Stimme.

Irgendetwas beunruhigte mich, aber ich wusste nicht, was. Irgendetwas nagte an mir. Etwas stimmte nicht.

Ich schob Carolines Zettel zurück ins Buch, um den Anfang des Kapitels zu markieren, und trat ans Fenster, um hinauszuschauen. Die Fenster befanden sich direkt unter denen des Kinderzimmers, mit demselben Panoramablick über das Ende der Kiesauffahrt vor dem Haus, den Rand der Klippe, schließlich das Meer dahinter.

Ich fuhr mir mit den Händen über die Haare. Was beunruhigte mich so sehr? Vom ersten Tag an, seit ich hier angekommen war, hatte ich ein ungutes Gefühl. Seit Caroline so stylish mit ihrer Sonnenbrille in das Bahnhofscafé gerauscht war. Lag es einfach an mir, weil ich mich so deplatziert, so verloren fühlte?

Der Himmel draußen war grau. Der Wind frischte auf, peitschte die Wellen auf und zeichnete Schaumlinien auf die Wasseroberfläche. Ich sollte Pläne schmieden. Ich sollte akzeptieren, dass ich gehen musste, sosehr ich mich auch zu Lucy hingezogen fühlte. *Sie ist nicht meine Tochter, sie ist Carolines.* Ich gehörte nicht hierher. Vielleicht war es besser, das Band zu zerschneiden, bevor es noch stärker wurde.

Ich setzte mich wieder aufs Bett, griff nach dem Buch und nahm das Lesezeichen heraus. Ich ließ den Blick über den Zettel schweifen, bereit, mit dem Lesen zu beginnen.

Dann stutzte ich. Das Papier zitterte zwischen meinen Fingern. Ich klappte das Buch weiter auf und legte den Zettel neben Carolines Eintrag auf dem Vorsatzblatt. Ich schaute von einem zum anderen. Mir schwirrte der Kopf, als ich die Unterschiede wahrnahm, die Veränderung in der Art, wie sie ihren Namen geschrieben hatte.

Der Name und das Datum auf dem Vorsatzblatt stammten von vor einigen Jahren, vermutlich als Caroline das Buch gekauft hatte. Es war eine erwachsenere, weniger schnörkelige Version der Handschrift, an die ich mich aus unserer Schulzeit erinnerte.

Der Zettel war heute Morgen am Küchentisch geschrieben worden.

Es war nicht die gleiche Schrift.

Die Buchstaben und Ziffern waren vollkommen verschieden.

KAPITEL 10

CAROLINE

Das Gespräch würde nicht einfach werden, und ich wählte den Zeitpunkt mit Bedacht.

An einem Sonntagnachmittag, als die *Amah* ihren freien Tag hatte, überredete ich Dominic zu einem Ausflug nach Lamma Island. Ich brachte frisches Brot, Käsescheiben, Würstchen und Chips mit, und vom Fähranleger folgten wir einem der sandigen Spazierwege, um einen schönen Ort für unser Picknick zu finden.

Es war ein heißer Tag. Sobald wir uns vom Wasser entfernten, summten Fliegen in unseren Ohren, und schon bald hatte Dominics Poloshirt dunkle Flecken unter den Armen und auf dem Rücken. Lucy rannte voraus, der Sonnenhut wippte auf ihrem Haar, das ihr in zwei Zöpfen über die Ohren fiel. Sie trug ein pinkfarbenes Baumwollkleid mit Erdbeermuster.

Wir erklommen den Gipfel und machten uns auf der gegenüberliegenden Seite wieder an den Abstieg. Ich nahm Lucy an der Hand, damit sie nicht stolperte, als wir zu dem kleinen Strand hinunterkletterten. Es war weder der schönste noch der abgelegenste Ort auf Lamma, aber für Lucy mit ihren kurzen Beinchen gut zu erreichen. Auf dem Rückweg zur Fähre, wenn sie müde wäre, könnte Dominic sie huckepack nehmen.

Wir setzten uns auf unsere Decke, und Lucy flitzte auf dem Sand herum, suchte nach Muscheln und hob Stöcke auf, rannte zu uns zurück und dann wieder los wie ein überdrehter Welpe. Grillgeruch drang aus den Dünen zu uns herüber, wo eine Gruppe chinesischer Teenager Burger und Würstchen zum Lunch brieten. Die Mädchen hielten sich beim Lachen die Hände vor den Mund, um ihre Zähne zu verbergen. Eine scheue Geste. Keine laute Musik, keine Drogen, nur Kichern und Burger. *Das wird mir fehlen*, dachte ich. *Hongkong wird mir fehlen.*

Dominic trug die verspiegelte Designersonnenbrille, die ich ihm zum Geburtstag geschenkt hatte. Ich weiß noch, dass ich dachte – während ich unser Essen zwischen uns auf der Decke ausbreitete und eine Dose warmes Tsingtao öffnete –, er glaube bestimmt, er sei im Vorteil, versteckt hinter diesen teuren Gläsern. Doch in Wirklichkeit hatte er keine Ahnung, was ihn erwartete.

Ich wartete, bis Lucy beschäftigt war, auf ihren Fersen hockte und mit einem Stock im Sand stocherte. Sie war so nah, dass wir sie im Blick hatten, aber zu weit weg, um etwas zu hören.

Ich räusperte mich und sagte, so deutlich ich konnte: »Ich gehe mit Lucy nach England. Dort bekommt sie eine bessere Erziehung.«

Es war weder ein Eröffnungsschachzug noch eine Frage, es war eine Feststellung. Ich informierte ihn ohne Umschweife. Mehr hatte er nicht verdient.

Er saß da, den Rücken leicht gekrümmt, und blickte hinaus aufs Meer, auf Lucy. Er sah mich nicht an. Ein Moment der Stille. Ich fragte mich, ob er mich überhaupt gehört hatte.

Schließlich erwiderte er: »Das glaube ich nicht.«

Ich holte tief Luft. Ich hatte eine Scheibe Brot in der Hand, tat aber nicht einmal so, als wollte ich sie essen, dafür war mir zu übel. »Natürlich kann ich dich nicht zwingen, mitzukommen, das weiß ich. Aber ich werde gehen, Dominic. Und ich nehme Lucy mit.«

Jetzt drehte er sich um und widmete mir seine volle Aufmerksamkeit. Furchen zogen sich über seine Stirn. In seiner Sonnenbrille spiegelte sich mein winziges, blasses Gesicht.

»Das kannst du nicht machen.«

Ich schluckte. »Doch, das kann ich. Ich weiß, was los ist. Wenn du dich weigerst, wenn du versuchst, sie mir wegzunehmen, dann werde ich mit allen Mitteln gegen dich kämpfen. Und du wirst verlieren, das verspreche ich dir.«

Er sagte nichts. Er drückte sein Essen in den Sand, als wäre es eine Zigarette, dann stand er langsam auf und ging zu Lucy hinüber, hockte sich neben sie und zeichnete mit ihr Bilder in den Sand.

Wir gingen nach Hause, ohne miteinander zu reden, alle unsere Worte waren an Lucy gerichtet, die Unschuldige zwischen uns.

Ohne ein Wort zog Dominic ins Gästezimmer.

Wir führten einen privaten Krieg.

Manchmal blieb Dominic tagelang der Wohnung fern, und wenn er auftauchte, um sich frische Kleidung zu holen und zu schlafen, redete er nicht mit mir.

Ich behielt meine Trauer für mich und verwendete meine wenige Energie darauf, unseren Umzug zu planen.

Ich trug der Hausverwaltung in London auf, den Mietern in der Wohnung, die mein Vater mir überschrieben hatte, zu kündigen. Sie hatte eine anständige Größe. Dort würden Lucy und ich eine Weile unterkommen können, wenn es nötig wäre.

Ich beauftragte Immobilienmakler, ein Haus für uns zu suchen, irgendwo, wo ein Kind sich wohlfühlen würde, in einer vernünftigen Entfernung zu London. Sofort flatterten Dutzende Links zu großen und kleinen Immobilien, vorstädtisch oder ländlich, in meine Mailbox.

In Hongkong kündigte ich unsere Wohnung. Dominic konnte mich nicht aufhalten. Schließlich war ich diejenige, die jeden Monat die Miete überwies und alle Rechnungen bezahlte. Der *Amah* vermittelte ich eine Stelle bei einer anderen Familie.

Innerlich war ich in Aufruhr. Ich hatte Dominic in die Ecke gedrängt, das war mir klar. Er musste sich abrupt zwischen Fi und mir entscheiden. Er würde Geld auftreiben müssen, um sein Unternehmen ohne mich am Laufen zu halten, oder über seinen Schatten springen und den Marschbefehl einer Frau befolgen, die er nicht mehr liebte.

Ich hatte zwei wunderbare Karten, auf die ich alles setzte: Ich hatte Geld. Und ich hatte Lucy.

Die beiden liebten einander so sehr. Das merkte man, sobald man sie miteinander sah, wie sie die Köpfe zusammensteckten, er sie in seinen starken Armen hielt oder sie die Wange an seine schmiegte. Vielleicht war sie das einzige weibliche Wesen, das sein Herz für immer erobert hatte.

Ich versuchte, Lucy, so gut es ging, von den Unannehmlichkeiten abzuschirmen. Wir machten Ausflüge und besuchten all die Orte in Hongkong, die sie kannte, ohne dass sie verstand, dass es Abschiedsbesuche waren. Den ganzen Tag lächelte ich, ihr zuliebe. Erst nachts, wenn sie eingeschlafen war, weinte ich. Und noch etwas hielt mich nachts wach, der andere Grund, weshalb ich dringend nach London umziehen musste. Es ging nicht nur um Fi. Es ging auch um mich und meine Gesundheit.

Die entrückten Momente, diese seltsame, paralysierte Leere, sie kamen jetzt regelmäßig.

Die Erinnerungslücken wurden größer und zehrten an meinen Kräften. Es fiel mir zunehmend schwer, sie als normale Vergesslichkeit, als Folge meines hektischen Lebens abzutun. Tatsächlich überforderte mich bereits der Alltag.

Kopfschmerzen lähmten mich, ein intensives Pochen hinter den Augen, ein solcher Druck in meinem Schädel, dass ich mich übergeben musste. Solche Qualen hatte ich noch nie erlebt.

Ich brauchte Hilfe, das konnte ich nicht länger verleugnen. Aber ich hatte es so lange vor mir hergeschoben, weil ich Angst hatte. Ich fürchtete mich vor einer Odyssee von einem Arzttermin zum nächsten hier im Expat-Goldfischglas Hongkong.

Ich wollte die besten Ärzte. Ich wollte Anonymität. Und dafür musste ich nach London.

Die englische Kälte war ein Schock. Eine hartnäckige, feuchte Kälte, die bis in die Knochen drang. Ich hüllte mich in mehrere Lagen Kaschmir und zog den Wollmantel aus Hongkong fest um mich.

Ich redete mir ein, zu frieren sei ganz normal, schließlich hatte ich so lange in Asien gelebt. Offenbar war ich verweichlicht.

Auch das Licht war anders, trüb und bedrückend. Ich stand am Fenster meines Hotelzimmers, blickte hinaus auf die grauen Straßen Kensingtons und fühlte mich sämtlicher Energie beraubt, fleischlos und verängstigt.

Nach Wochen der Stagnation nahm das Leben wieder Fahrt auf. Der Wendepunkt war mit dem Haus gekommen. The Conifers. Ich wusste einfach, dass es richtig war, allein vom Namen.

Abend für Abend hatte ich allein in unserer Wohnung ohne Begeisterung Immobilienangebote durchgescrollt. Klotzige Häuser in bürgerlichen Wohnsiedlungen, umgebaute Scheunen mit modernen Anbauten in Trabantenstädten, hohe, schmale Reihenhäuser. Und dann war plötzlich The Conifers aufgetaucht. Es war Liebe auf den ersten Blick. Dieses stolze, viktorianische Haus, das ganz allein, von Bäumen umgeben, auf der Klippe stand. Abgelegen und voller Charakter. Es wartete auf mich.

Gleich am nächsten Tag sicherte ich es mir mit einer großen Kaution, die ich von meinem Hongkong-Dollar-Konto an den Immobilienmakler in England überwies. Es war riskant, Geld für ein Haus auszugeben, das ich noch nicht besichtigt hatte, aber das war mir egal. Ich wollte es. Ich wollte ins kalte Wasser springen und das Risiko eingehen. Und ganz ehrlich, selbst falls ich mich am Ende anders entscheiden würde, fiele die Kaution nicht groß ins Gewicht. Ich war eine Barzahlerin, die wenig Umstände machte. Der Makler hatte bestimmt gejubelt.

Und jetzt war ich hier, um es persönlich zu besichtigen, bevor die endgültige Vertragsunterzeichnung anstand. Ich war allein hergeflogen und hatte in einem Hotel eingecheckt, während die inzwischen geräumte Eigentumswohnung für uns renoviert wurde. Lucy verbrachte die letzten Tage mit der *Amah*.

Natürlich hatte ich noch andere Termine. Termine, die ich allein wahrnehmen musste.

Im Hotelspiegel sah meine Haut blass aus. Ich erhaschte einen Blick auf mein Profil in dem grellen Badezimmerlicht, als ich mir die Haare aufdrehte und mit einem Kamm feststeckte, bevor ich unter die Dusche trat. Mein Körper fühlte sich nicht wie meiner an. Die

Knochen und Kurven waren die gleichen, aber die Haut war schlaff, als ob das Fleisch im Inneren zu schmelzen anfinge.

Die Praxis in der Harley Street befand sich in einem sanierten Altbau aus dem neunzehnten Jahrhundert. Die Steinstufen, über Jahrzehnte ausgetreten, führten hinauf zu einer schweren Eingangstür mit einem Messingtürknauf und einem Klopfer sowie hochmoderner Sicherheitstechnologie.

Die Eingangshalle war mit einem Mosaik aus weißen und schwarzen Fliesen ausgelegt. Die junge Frau an der Rezeption hakte meinen Namen auf ihrer Liste ab und bat mich ins Wartezimmer. Blumenarrangements standen auf glänzenden Holztischen. Sofas mit Kissen in kontrastierenden Farben standen um einen Couchtisch herum, auf dem kunstvoll eine Auswahl an Hochglanzmagazinen aufgefächert war. Ein Teppich mit dichtem Flor lag auf dem Boden.

An einer Seite befand sich ein Glaskühlschrank mit stillem oder sprudelndem Wasser, und eine Maschine für Heißgetränke wartete mit aufgerissenem Schlund auf Kapseln für Kaffee, Tee oder heiße Schokolade.

Oben erwartete mich die Ärztin, eine schlanke mittelalte Frau in einem Pullover mit hohem Kragen. Sie trug eine Goldkette mit einem spiralförmigen Anhänger, in dessen Zentrum sich ein kleiner Diamant befand.

Während ich von meinen Symptomen berichtete, saß sie still, eine Hand auf dem Schoß, die andere ruhte leicht auf ihrem Schreibtisch. Hin und wieder stellte sie klärende Fragen. Ihre ganze Art erinnerte eher an eine Anwältin als an eine Ärztin. Sie hörte aufmerksam zu, den Blick auf mein Gesicht gerichtet.

In dem stillen Zimmer klang meine Stimme fremd. Ich sprach zu laut und unterbrach meine Erklärungen gelegentlich mit einem nervösen Lachen. Zum allerersten Mal erzählte ich jemandem, was mit mir passierte. Die Kopfschmerzen. Die Schwindelanfälle. Die Erinnerungslücken.

Sie maß meine Temperatur und den Blutdruck, betastete mit ihren langen, kühlen Fingern meine Halswirbelsäule und schaute mir in die Ohren und den Rachen.

Ich wartete und sah sie besorgt an.

»Gibt es in Ihrer Familie Migränefälle?«

Ich schüttelte den Kopf.

»Schlafen Sie gut?«

Ich zuckte mit den Achseln und dachte daran, dass es mir manchmal schwerfiel, zur Ruhe zu kommen, oder ich morgens um drei aufwachte und verängstigt und allein an die Decke starrte. »Mal so, mal so.«

Sie lehnte sich zurück und musterte mich. »Kopfschmerzen sind eine knifflige Geschichte. Sie könnten eine Menge Ursachen haben.« Sie zögerte. »Wie es sich anhört, stehen sie derzeit unter großem Stress. Ein kleines Kind. Ein geschäftiges Leben. Sie brechen die Zelte ab und ziehen ans andere Ende der Welt. All das ist schon für sich genommen stressig.«

Ihre Stimme klang so mitfühlend, dass mir Tränen in die Augen stiegen. Einen Augenblick schwiegen wir. Ich spürte ihren abwägenden Blick auf mir.

»Sind Sie zurzeit ein wenig … niedergeschlagen?«

Ich biss mir auf die Lippe und konzentrierte mich auf die Wirbel auf dem Teppich. War ich das? Ich dachte an Dominic und Fi und die Ängste, die ich schon so lange mit mir herumtrug. Ich nickte ruckartig.

»Dagegen verschreibe ich Ihnen etwas.« Ihre Stimme war sanft. »Nichts Starkes. Nur etwas, das Ihnen durch die nächsten Monate hilft, bis das Leben wieder in einigermaßen ruhigen Bahnen verläuft. Nehmen Sie jeden Abend eine vor dem Schlafengehen. Dann sollten Sie auch besser schlafen.«

Sie drehte sich zu ihrem Schreibtisch um und fing an, mir ein Rezept auszustellen.

»Und das andere? Die Aussetzer?«

Sie riss das Blatt von ihrem Block ab und reichte es mir. »Auch die könnten durch Stress verursacht werden. Wenn Sie nicht gut schlafen, bekommt Ihr Gehirn nicht die Erholung, die es braucht. Ich würde sagen, versuchen Sie es einmal hiermit und schauen Sie, ob eine Verbesserung eintritt.«

Ich zögerte. Zwar war ich erleichtert und wünschte mir, dass sie recht hatte, aber ich war nicht völlig überzeugt. War das wirklich alles, was mit mir nicht stimmte? War ich wirklich bloß depressiv und geistig ausgelaugt?«

»Und wenn nicht?«

Sie nickte mit ernstem Gesicht. »Gehen Sie mal nicht vom Schlimmsten aus. Aber wenn nach, sagen wir mal, drei oder vier Wochen keine Besserung eingetreten ist, würde ich vorschlagen, dass Sie als Nächstes einen Neurologen konsultieren.« Sie öffnete eine Schublade, arbeitete sich durch das Hängeregister und zog einen Flyer hervor. »Aber ich glaube wirklich, dass Ruhe und ein erholsamer Schlaf schon eine Menge ausmachen.«

Unten sprach die Rezeptionistin leise am Telefon. Sie drehte sich weg, als ich näher kam, und senkte die Stimme zu einem Flüstern.

Ich beugte mich vor, mein Herz raste. Mein Name. Hatte ich da nicht gerade meinen Namen gehört? Sie redete über mich. Ich stützte mich mit den Handflächen auf die hölzerne Tischplatte.

»Ich kann Sie hören.« Meine Wangen brannten. »Ich bin nicht taub.«

Sie legte abrupt auf und wandte sich mit schuldbewusstem Blick zu mir um.

»Mit wem haben Sie gesprochen?«

Sie antwortete nicht, drehte sich bloß wieder zu ihrem Monitor, druckte meine Rechnung aus und legte sie zwischen uns auf den Tresen.

Ich warf ihr einen finsteren Blick zu, als ich ihr meine Kreditkarte reichte.

Sie tippte den zu zahlenden Betrag ein, dann hielt sie mir das Kartenlesegerät hin, damit ich meine PIN eingeben konnte.

Sie sah mir nicht in die Augen. »Möchten Sie einen Folgetermin vereinbaren?«

Ich schüttelte den Kopf. »Nicht hier.«

Sie gab mir die Karte zurück und wandte sich rasch ab.

Gestärkt von Erleichterung und dem festesten, tiefsten Schlaf seit Monaten unternahm ich am nächsten Tag eine Reise aus London fort, um das Haus zu besichtigen. Unser Haus.

Das Hotel hatte mir einen Wagen und einen Fahrer organisiert. Er hielt mir die Tür auf, seine Haltung war aufrecht, und er saß schweigend da, den Blick auf die Straße gerichtet. Ich war froh darüber. Mir war nicht nach Small Talk. Ich nippte an der Flasche Mineralwasser aus dem Getränkehalter neben mir, schaute durch die getönten Scheiben und ließ die Welt an mir vorbeiziehen.

Es war eine zweistündige Fahrt Richtung Osten an die Küste. Nach einer Weile fragte der Fahrer, ob ich gerne

Musik hören würde, und legte sanfte Jazzmusik auf. Die auf- und abschwellenden Klänge von Saxophon und Klavier untermalten die vorüberziehenden Straßen, die langsam von der Pracht des Londoner Zentrums in verstopfte Vorstädte und dann in Autobahnen und Schnellstraßen übergingen. Schließlich führten die Straßen durch Dorfkerne, wurden schmaler und schmaler, und bald gab es nur noch Hecken und Ausweichbuchten, Gatter und Feldwege dahinter.

In der Luft lag der Geruch von Salz und Torf.

»Sind wir bald da?«

»Ja, Ma'am.«

Ich setzte mich auf, plötzlich aufgeregt, und richtete den Blick nach vorn.

Die Straßen wurden holpriger, je weiter wir hinausfuhren, und irgendwann bog er auf einen schlammigen Weg durch ein dichtes Wäldchen ab. Ein leises Dröhnen ertönte, zunächst in der Ferne, dann immer deutlicher. Ich lächelte. Wir näherten uns dem Meer.

Einen Moment später erreichten wir eine gewundene Auffahrt. Unter den Rädern knirschte Kies. Das Haus war groß und imposant, eine plötzliche Unterbrechung des weiten Himmels. Sonnenlicht glitzerte auf den Dachziegeln.

Der Fahrer stellte den Motor ab und kam zu mir, um mir die Tür zu öffnen. Kühler Wind drang herein, und ich zog meinen Mantel fester um mich, als ich ausstieg.

Die Brise zerzauste mir die Haare. Geräusche drangen an meine Ohren. Der freundliche, ewige Soundtrack von Wellen, die sich an Felsen brachen, und dem Rasseln von Steinen, die vom Wasser herumgeschleudert wurden. Schon sah ich Lucy vor mir, wie sie zwischen den Bäumen herumtollte, sich am Tor schwang und zur Haustür stürmte. Es war hell, und die Wolken hingen in sich rasch verändernden Formationen tief über dem Meer.

Ich machte einen Schritt auf die Veranda zu. Mein Blick streifte die Fenster, den Erker im ersten Stock mit seinen Panoramafenstern. Ich war überwältigt von dem Gefühl der Lebendigkeit, das sich mir nach Wochen der Erstickung und der Dunkelheit eröffnete. Eine Fülle von Raum. Luft. Licht.

»Es ist perfekt.« Ich lachte und wandte mich dem Fahrer zu. »Finden Sie nicht auch?«

Er neigte nur den Kopf, sein Gesichtsausdruck war neutral.

Wir waren früh dran. Der Makler, der uns hier zur Besichtigung treffen sollte, war noch nicht da.

Aber das kümmerte mich nicht. Ich hatte recht gehabt. Ich brauchte es nicht von innen zu sehen, ich wusste es einfach. Das hier war unser neues Zuhause, unser Rückzugsort von der Welt. Dominic würde mitkommen. Er konnte unter der Woche in London wohnen und am Wochenende bei uns sein. Lucy brauchte ihn, und wir könnten das schaffen. Wir würden es schaffen.

Ich schlief lange, und als ich mit schweren Gliedern erwachte, bestellte ich mir Frühstück aufs Zimmer, bevor ich Dominic anrief. Seine Stimme klang kühl. Ich stellte mir vor, wie er in seinem Büro in Central saß und durch die großen Fenster auf den Hafen blickte. Dort näherte sich der Tag bereits dem Ende. Das Licht würde zu silbernen Schlieren auf dem Wasser verblassen.

»Ich habe ein Haus gekauft. An der Küste. Es wird dir gefallen. Es ist perfekt für Lucy. Und es ist nur zwei Stunden von London entfernt. Du könntest pendeln.«

Er zögerte.

Bevor er widersprechen konnte, brach ich das Schweigen und ratterte weiter. Auf die Entfernung fiel es mir leichter, zu sagen, was ich sagen wollte, die Worte, die mir wochenlang so unaussprechlich vorgekommen waren. »Bitte, Dominic. Bitte. Wir brauchen dich, Lucy und ich. Tu es für mich. Für sie. Ich werde es auch wiedergutmachen.«

Am anderen Ende der Leitung seufzte er schwer. »Ich arbeite daran.«

»Wirklich?« Mein Herz wurde leichter.

»Aber ich brauche noch etwas Zeit.«

Meine Schultern entspannten sich, als hätte ich endlich eine schwere Last abgelegt. »So lange du brauchst. Hauptsache, du kommst. Danke. Vielen Dank.«

Sobald wir das Gespräch beendet hatten, sagte ich der Rezeptionistin, dass ich nicht gestört werden wollte, und legte mich wieder ins Bett. Kühle, saubere Laken und weiche Kissen.

Ich lag ganz still und lauschte dem Puls, der in meinen Ohren pochte, und als ich einschlummerte, verwandelte er sich langsam in das rhythmische Rauschen des Meeres vor unserem neuen Zuhause.

KAPITEL 11

SOPHIE

Wie konnte sich eine Handschrift so drastisch verändern? Ich starrte auf das Buch und den Zettel vor mir. Die Buchstaben waren anders geformt. Die Schrift neigte sich in einem anderen Winkel. Nicht einmal der Druck auf dem Papier war derselbe.

Meine Wangen glühten. Hatte das etwas mit ihren gesundheitlichen Problemen zu tun? Ich verstand es nicht. Es war Jahre her, seit ich ihre Handschrift zuletzt gesehen hatte. Falls sie sich verändert hatte, wusste ich nicht, wann.

Seit Jahren hatten wir nur noch E-Mails ausgetauscht. E-Cards an Geburtstagen und zu Weihnachten. Niemand schrieb mehr Briefe. Schon gar nicht vom anderen Ende der Welt. Warum auch, wenn man eine Nachricht tippen und per Knopfdruck in Sekundenschnelle verschicken konnte?

Lucy fiel mir ein, wie still sie war. Wie unglücklich. Ich dachte daran, wie sie suchend durch das Strandhaus gerannt und schluchzend zusammengesunken war, als sie die Zimmer leer vorfand. Ich dachte daran, wie abweisend Caroline ihre eigene Tochter behandelte, und an ihre Unfähigkeit, sich an ihre Vergangenheit zu erinnern.

Lange Zeit saß ich ganz still, wagte kaum, darüber nachzudenken, was das bedeuten mochte.

Ich steckte die Notiz und das Buch wieder in meine Tasche und lief hinüber zu Carolines und Dominics Schlafzimmer. Mitten im Raum blieb ich stehen und sah mich um. Was war mir hier seltsam vorgekommen? Ich trat an den Kaminsims und ließ den Blick darüber schweifen. Betrachtete die gerahmten Fotos an der Wand. Lucy war darauf zu sehen. Und Dominic. Ich blinzelte, als mich die Erkenntnis traf. Caroline nicht. So war es überall im Haus. Im Wohnzimmer. Im Esszimmer. Kein einziges Hochzeitsfoto. Es gab Bilder von Dominic mit der neugeborenen Lucy auf dem Arm, mit ihr als Kleinkind auf dem Victoria Peak. Aber kein Bild von Caroline. Nirgendwo.

Ich schluckte und versuchte, mich zu beruhigen, dann lief ich hinüber zum Schminktisch und fing an, die Schubladen zu durchwühlen. Ich wusste nicht, wonach ich suchte, aber ich würde es wissen, sobald ich es gefunden hätte. Ich musste mehr erfahren.

Die oberste war voller Parfüm und Bodylotion, angebrochener Cremedosen und -tuben. In der mittleren befand sich ein Durcheinander aus Kleinkram. Alte Münzen, Haarklammern, eine ramponierte Haarbürste. Ein neues Portemonnaie, noch in seiner Verpackung. Ein Päckchen Wattepads.

Die untere war voller Strümpfe und Strumpfhosen. Ich strich darüber. Fein, gute Qualität. Mit den Fingern kratzte ich über das raue Holz des Schubfachs. Darunter war nichts versteckt.

Ich schob alles wieder zurück und drehte mich um. Die Schublade ihres Nachtschränkchens ließ sich leicht öffnen. Ein Päckchen Taschentücher. Ein Handyladegerät und ein paar andere Kabel. Ein eselsohriges Frauenmagazin. Rückstände eines geschäftigen Lebens. Nichts, was mich interessierte. Nichts, was mir weiterhalf.

Ein Geräusch. Kamen sie nach Hause? Ich lief auf die Galerie hinaus und blieb still stehen. Das Blut rauschte mir in den Ohren. Kein Laut aus der Eingangshalle. Noch nicht. Aber bald.

Als Nächstes wandte ich mich den Einbauschränken zu. Carolines war voller schicker Kostüme und Anzüge. Hochhackige Stiefel und makellose Pumps. Die Garderobe einer Geschäftsfrau, nicht die bequemen Jeans und langen Strickjacken einer Hausfrau und Mutter. Ich schob die Kleidungsstücke beiseite. Auch dahinter verbarg sich nichts.

Ich musste auf einen Stuhl steigen, um an das oberste Brett heranzukommen. Darauf standen Aufbewahrungsboxen aus Plastik. Die erste war leicht, aber vollgepackt. Vielleicht Sommerkleider. Die zweite war viel schwerer. Ich taumelte, als ich sie herunterhob, und sie fiel mit einem *Rumms* auf den Teppich. Nachdem ich vom Stuhl gesprungen war, machte ich mich daran, den Inhalt zu durchwühlen.

Erinnerungsstücke. Alte Geburtstagskarten. Kritzeleien und hingekleckste Bilder, vermutlich von Lucy. Ein winziges Paar handgestrickte weiße Handschuhe und Babyschühchen, in weißes Seidenpapier eingeschlagen und in einer versiegelten Plastiktüte verwahrt. Am anderen Ende weitere Papiere. Rechnungen. Ein Stapel alter Karten. Ein Adressbuch, in dem so viele Haftnotizen und Zettel steckten, dass es sich kaum noch zuklappen ließ.

Ich holte es heraus. Unverkennbar Carolines Schrift. Die erwachsenere Version der Schrift, an die ich mich aus unserer Schulzeit erinnerte. Ich blätterte es durch. Meine Kontaktdaten waren darin, natürlich. Meine alte Londoner Adresse war durchgestrichen und die Adresse meiner Eltern daruntergeschrieben worden.

Viele der Namen kannte ich nicht. Vielleicht von

Kommilitoninnen. Adressen in New York und Chicago, in Hongkong und Singapur.

Ich kam zu ihrer Mutter, die nach der Hochzeit ihren Namen in Mrs Griffith geändert hatte. Ihre Adresse in Singapur war durchgestrichen und mit ordentlicher Schrift durch Adresse und Telefonnummer in Toronto ersetzt.

»Beeil dich, du lahme Ente. Wirf deine Jacke nicht auf den Boden. Hallo? Häng sie bitte auf.«

Ich zuckte zusammen. Carolines Stimme, unerwartet und schneidend, drang von der Eingangshalle zu mir herauf. Panisch sprang ich auf. Ich war so beschäftigt mit Herumschnüffeln gewesen, dass ich weder das Auto und ihre Schritte auf der Auffahrt noch den Schlüssel in der Haustür gehört hatte.

Ich schob mir das Adressbuch in die Hosentasche, schlug den Deckel wieder auf die Plastikbox. Danach hievte ich sie hoch, balancierte sie auf meinem Kopf, während ich auf den Stuhl kletterte, um sie zurück in das oberste Fach zu schieben.

»Dann zeig es mir. Was nimmst du normalerweise?«

Carolines Stimme, ungeduldig wie immer, klang jetzt gedämpft. Wahrscheinlich war sie in der Küche. Ich manövrierte die Box in die richtige Position und drückte sie mit meinem ganzen Gewicht nach hinten, dann schloss ich die Schranktür.

»Na los, hol es. Aber schnell.«

Ich blieb wie angewurzelt stehen und lauschte angestrengt. Schritte kamen eilig die Treppe herauf. Leicht und schnell. Ich packte den Stuhl an der Lehne und schob ihn zurück an seinen Platz auf der anderen Seite des Zimmers. Die Panik machte mich ungeschickt, und ein Stuhlbein krachte gegen die Fußleiste. In der Stille klang es wie eine Explosion. Ich fuhr herum.

Lucy stand im Türrahmen und starrte mich mit großen, verblüfften Augen an. Ich schüttelte den Kopf und legte mir einen Finger auf die Lippen. Einen Moment lang rührte sie sich nicht.

Ich winkte sie ins Schlafzimmer und schloss sie kurz in die Arme, dann ließ ich sie los und legte ihr die Hände auf die Wangen. Unsere Gesichter waren sich so nah, dass sich unsere Nasenspitzen beinahe berührten. Unsere Augen spiegelten sich ineinander. Sie wirkte skeptisch, hatte sich an diesen abgelegenen Ort zurückgezogen, an dem ich sie so oft gesehen hatte, seit ich sie kennengelernt hatte.

»Lucy, was ist passiert?«, flüsterte ich.

Sie riss die Augen auf – vor Schreck oder aus Angst? Ihre Lippen zitterten.

»Erzähl es mir. Schon gut. Vielleicht kann ich helfen.«

Tränen glitzerten in ihren Augen, dann riss sie sich von mir los, drehte sich um und floh aus dem Zimmer.

Von unten dröhnte Carolines Stimme herauf, bedrohlich und näher kommend.

»Wo bleibst du denn? Hast du es gefunden? Muss ich erst raufkommen?«

Lucys schnelle, leise Schritte auf der Treppe. Oben knallte die Kinderzimmertür, als sie hineinstürmte. Kurz darauf Carolines schwerere Schritte. Sie atmete heftig, als sie die Treppe heraufstieg. Es war zu spät, um mich zu verstecken, unter das Bett zu kriechen oder in den Erker zu huschen. Sie war so nah, dass sie die leiseste Bewegung wahrgenommen hätte. Ich hielt den Atem an und schloss die Augen.

Sie eilte an mir vorbei, die nächste Treppe hinauf. Wieder schlug die Kinderzimmertür.

Ich nutzte die Chance, rannte zur Tür und spähte hinaus. Die Luft war rein. Beide waren oben, die Tür geschlossen, aber nach Carolines Ungeduld zu urteilen sicher nicht lange. So schnell ich konnte, rannte ich die Treppe hinunter, das Adressbuch in meiner Tasche schlug gegen meine Hüfte. In meinem Zimmer schnappte ich mir meine Jacke und Tasche, dann lief ich, immer zwei Stufen auf einmal, nach unten in die Eingangshalle.

»Ich hab dir doch gesagt, du sollst dich beeilen. Du musst lernen, das zu tun, was man dir sagt«, hörte ich Caroline schimpfen, als ich vorsichtig die Haustür öffnete und wieder hinter mir zuzog. Dann rannte ich los.

Im Strandhaus war der Handyempfang schlecht. Ich tippte die Nummer von Carolines Mutter ein und ging nach draußen. Wenn ich mich mit dem Rücken zum Haus stellte und die Klippe und das wogende Meer darunter überblickte, war der Empfang vielleicht gerade stark genug für das Gespräch.

Ich zählte mit den Fingern rückwärts. Hier war es halb zwei. Dann war es halb neun in Toronto. Das könnte funktionieren, wenn sie eine Frühaufsteherin war. Ich drückte die grüne Taste und lauschte dem Wählton. Der Klingelton klang sehr weit weg. Ich starrte auf den Horizont und wartete. Der Wind pfiff ums Mikrofon, und ich presste mir das Handy ans Ohr.

»Hallo?« Eine Männerstimme. Ich stellte ihn mir in einer schicken, modernen Küche vor, in der kräftiger Kaffeeduft hing.

Mit meiner besten Telefonstimme sagte ich: »Guten Morgen, hier ist Sophie, eine alte Freundin von Caroline. Ist ihre Mutter zu sprechen, bitte?«

»Natürlich.«

Er sagte etwas, das ich nicht verstand, und reichte das

Telefon weiter. Stille, dann eine Frauenstimme, klar und höflich. Britischer Akzent. Carolines Mutter.

»Hallo, hier ist Jennifer. Wer spricht da?«

»Mrs Griffiths, hier ist Sophie.«

»Sophie?« Sie zögerte, als überlegte sie, wohin sie mich stecken sollte. Ich fragte mich, was sie vor sich sah. Eine ängstliche Zehnjährige vermutlich, einen Schatten im Hintergrund. Das schlichte Mädchen, das immer mit ihrer Tochter herumhing, aber weder deren Klasse noch deren Selbstvertrauen besaß. »Was ist los? Ist alles in Ordnung?«

Ich holte tief Luft. »Ich hoffe, ich störe Sie nicht. Caroline hat mir vor einer Weile Ihre Nummer gegeben. Herzlichen Glückwunsch zur Hochzeit. Ich habe mich so für Sie gefreut.« Ich war eine schlechte Lügnerin. Sie würde es merken, da war ich mir sicher. Sie würde merken, dass ich heuchelte.

»Von wo rufst du an? Es ist so laut im Hintergrund, ich kann dich kaum verstehen.«

Ich wölbte meine Hand um das Telefon, um den Lärm von Wind und See abzumildern.

»Ich habe mich bloß gefragt, ob Sie in letzter Zeit etwas von Caroline gehört haben.«

Pause. »Nun, nicht in allerletzter Zeit. Sie ist nicht besonders gut darin, Kontakt zu halten, weißt du? Immer so beschäftigt.«

Das sind Sie auch nicht, dachte ich. Ich erinnerte mich an Carolines E-Mails mit bissigen Bemerkungen über ihre Mutter. Kaum hatte sie ihren charmanten Kanadier kennengelernt, hatte sie offenbar das Interesse an ihrer Tochter und Enkeltochter verloren.

»Sie haben mir eine nette Geburtstagskarte geschickt. Dominic hat sie geschrieben, weil Caroline sich das

Handgelenk verstaucht hatte. Wieso? Versuchst du, sie zu erreichen? Ich habe ihre Adresse, wenn du sie haben möchtest. Sie wohnt jetzt wieder in England.«

Meine Gedanken rasten. »Wann haben Sie zuletzt mit ihr gesprochen? Wissen Sie das noch?«

»Gesprochen? Also, ich weiß nicht genau …«

Ihr Mann warf irgendetwas aus dem Hintergrund ein.

Sie fuhr fort, sowohl an ihn als auch an mich gerichtet. »Nein, da nicht, das war eine E-Mail. Sie hat definitiv an Weihnachten angerufen, weißt du noch? Da war sie noch in Hongkong und hat erzählt, dass sie packen müsse. Wir waren in Montreal, und aus irgendeinem Grund hat sie auf deinem Handy angerufen.«

»Dann haben Sie also seit Weihnachten nicht mehr mit ihr gesprochen?«

»Tja, jetzt wo ich darüber nachdenke, nein.« Ihr Tonfall veränderte sich. »Warum fragst du eigentlich? Was willst du?« In ihrer Stimme lag eine Schärfe, an die ich mich noch von früher erinnerte. Sie wies mich in meine Schranken, machte deutlich, dass sie die Türhüterin war, die Carolines Freundinnen einer eingehenden Prüfung unterzog und entschied, wer ihrer Tochter würdig war und wer nicht.

»Tut mir leid, dass ich Sie gestört habe. Vielen Dank. Ich hatte bloß versucht, mit ihr Kontakt aufzunehmen, das ist alles.«

»Warum schreibst du ihr keine E-Mail? Ich habe erst vor Kurzem eine von ihr bekommen. Wusstest du, dass sie eine Tochter hat? Ein süßes Mädchen. Lucy heißt sie.« Sie hielt inne. »Was ist mit dir, Sophie? Bist du verheiratet?«

Ich antwortete nicht, sondern beendete unvermittelt das Gespräch. Es war mir egal, sollte sie doch denken, die Verbindung sei unterbrochen worden. Anschließend stand ich lange da, an die Wand des Strandhauses gelehnt, und blickte hinaus auf den Horizont und den Lichtstreif, der sich unter der dichten Wolkendecke abzeichnete. Der Wind kühlte meine Wangen und wehte mir die Haare ins Gesicht.

Konnte das wirklich wahr sein? War diese Frau, die hier mit Dominic lebte, vielleicht überhaupt nicht Caroline? Aber wer war sie dann? Und wo war Caroline?

Ich dachte an die Polizistin, die meinen sogenannten Hinweis abgetan hatte. Es helfe nicht, hatte sie gesagt, selbst wenn es die Brosche war, die ich meiner Freundin geschenkt hatte. Das helfe ihr nicht, die Tote zu identifizieren.

Caroline konnte es nicht sein, das wussten wir. Ich wohnte schließlich bei ihr.

Aber was, wenn das nicht stimmte?

Ich dachte zurück an unsere erste Begegnung. Sie hatte sich verändert, das war mir aufgefallen, sobald sie hereingekommen war, trotz ihrer Sonnenbrille. Ich hatte bloß meine Zweifel beiseitegeschoben. Ich wollte nicht, dass es irgendjemand anders war als Caroline, meine alte Freundin, die mich retten kam. Ich wollte mir nicht vorstellen, dass eine der wenigen Freundinnen, die ich auf der Welt noch hatte, eine der wenigen, die sich bei mir gemeldet hatten, als es meinem Dad schlecht ging, in Wirklichkeit eine völlig Fremde war. Eine, der überhaupt nichts an mir lag.

Das gefällt mir nicht, hatte Dominic an jenem Abend gezischt. *Es ist gefährlich.*

Natürlich war es das. Es war ein irres Risiko, das nur jemand eingehen würde, der süchtig nach dem Kick war. Das war mir klar. Ich war eine der Wenigen, die vielleicht merken würde, dass sie gar nicht Caroline war. Dass sie

Caroline zwar frappierend ähnlich sah. Die Statur. Die blonden Haare. Die Gesichtszüge. Sie hatte sogar einige von Carolines Gesten kopiert. Das aufgeregte Quietschen, die Art, wie sie mit einem koketten Lächeln den Kopf schief legte. Sie musste mich als eine Herausforderung angesehen haben. Wenn sie mich täuschen konnte, dann würde sie alle täuschen können.

Meine Knie gaben nach, ich ließ mich schwer auf den Boden fallen und schlang die Arme fest um meinen Körper. Kein Wunder, dass sie nie von der Vergangenheit sprach. Sie war überhaupt nicht mit mir zur Schule gegangen. Kein Wunder, dass sie Lucy gegenüber so gleichgültig war. Sie war nicht ihre Mutter. *Aber wer war sie? Und was war mit Caroline geschehen?*

Ich schloss die Augen und dachte an meine beeindruckende Schulfreundin zurück, so hübsch mit ihren großen Augen und den langen blonden Haaren. Immer cool. Immer lustig und schlau. Die ständig las oder zeichnete.

Die junge Frau, die in die Welt hinausgezogen war, stets auf der Suche nach Abenteuern. All die langen, unterhaltsamen E-Mails, die sie mir von exotischen Orten geschrieben hatte, die Licht und Farbe in mein Leben gebracht hatten, als es so trist und dunkel war.

Die wunderschöne Braut in ihrem Satinkleid mit den winzigen Saatperlen, die in der St. Johns Cathedral auf den Altar zuschreitet, um ihren gut aussehenden Verlobten zu heiraten.

Was war mit ihr geschehen? Was hatten sie ihr angetan?

Ich konnte sie spüren, hier, viel lebendiger denn je, seit ich hier angekommen war. Meine Freundin, die echte Caroline, die hier neben mir vor dem Strandhaus saß, diesem Zufluchtsort, den sie mit Lucy aufgesucht haben musste, um dem Haus zu entkommen, sich selbst zu finden, zu malen.

Sie war hier und doch außer Reichweite. Was immer sie mir sagen, erklären wollte, ich konnte die Worte nicht verstehen. Aber sie hatte mich aus einem bestimmten Grund hierherbestellt. Das spürte ich jetzt. Sie hatte sie nicht nur aus Mitleid geschrieben, die E-Mail, in der sie mich so beharrlich aufgefordert hatte, sie hier zu besuchen, sobald ich konnte. Sie hatte mich gebraucht. Sie wollte meine Hilfe.

Ich drehte mich um, und die Schatten um mich herum verblassten und verschwanden.

Drinnen war das Heulen des Windes nur noch ein Flüstern, Wärme kroch wieder in meine Nase und Wangen. Auf einmal war ich sehr erschöpft. Ich setzte mich auf den Boden, elend und ziellos, und starrte hinaus aufs Meer. Ich versuchte, mir Caroline hier vorzustellen, strengte mich so sehr an zu hören, was sie mir mitteilen wollte. Aber da war nichts als Schweigen.

Ich dachte an das Päckchen Samuel's Weingummi, diese Reminiszenz an unsere Schulzeit, die mich hier an ihrem ganz privaten Ort begrüßt hatte. An das gequälte Selbstporträt, das halb fertig auf der Staffelei zurückgelassen worden war. Ich kramte in meiner Tasche, holte ihren Krimi heraus und legte ihn vor mir auf den Boden, als könnte er mir helfen zu verstehen, was sie mir sagen wollte. Ich dachte an all die Dinge, die ihr Spaß machten. *Abenteuer. Agatha Christie. Rätsel. Malerei.*

Ihre drängende Stimme kam mir in den Sinn. »Na *los*«, sagte sie immer, wenn sie im Schulbus den Blick von ihrem Buch hob. »Rate mal, was gerade passiert ist. Verstehst du? Das ist bestimmt ein Hinweis, da bin ich mir sicher.«

Sie freute sich, wenn sie mir ein paar Schritte voraus war. Das war mein Platz in ihrem Leben. Ihre treue Begleiterin. Ihre Schülerin.

Ich blinzelte, lauschte auf die Stille und das ferne Rauschen der Wellen. Warum hatte sie mich hierherbestellt? Was wollte sie von mir?

Wie sollte ich diesmal den Hinweisen folgen?

Ich sah mich um, und mein Blick fiel auf das Gemälde an der Wand. Das kleine Mädchen in dem pinken Mantel, das sich vornüberbeugte und vor dem Betrachter verbarg, was sie in der Erde entdeckt hatte. Das musste Lucy sein. Das Kind hatte genau ihre Größe. Es war das einzige Gemälde, welches ich gefunden hatte, das sie zeigte.

Kannte Caroline mich so gut, dass sie vorausgesehen hatte, dass ich hierherkommen würde? Hatte sie gewusst, dass ich im Strandhaus Zuflucht suchen würde, ebenso wie sie, und genau dieses Bild auswählen würde, das Bild, das ihre kleine Tochter zeigte? Sie wusste, wie sehr ich Kinder liebte. Wie sehr ich mir immer gewünscht hatte, eine eigene Familie zu haben, eine freundliche, liebende Mutter zu werden wie meine.

Ich schaute genauer hin. Es war ein seltsames Porträt, nun, da ich es genauer betrachtete. Was machte das Kind da überhaupt? Warum stocherte es so komisch mit seinem Stock herum, tief im Boden, an der Ecke des Strandhauses?

Ich stand auf und ging näher ran. Mein Herz raste. Fast konnte ich Carolines Stimme hören, wie sie sich über mich lustig machte. *Na los, Sophie. Mach schon.*

Ich zog meinen Mantel an und stürzte wieder hinaus in die Kälte. Es war nicht schwer, die Ecke zu finden, vor der sie das kleine Mädchen platziert hatte. Das Kind auf dem Bild hatte eine Schulter der Klippe und dem Meer dahinter zugewandt und die andere der Holzwand. An der Seite der Hütte türmten sich totes Laub und bemooste Erde auf.

Ich kniete mich auf den Boden und begann zu graben, genau an der Stelle, an der das Kind stocherte. Die verrottenden Blätter und Erdklumpen ließen sich leicht entfernen, das Moos, das dicht darauf wuchs, war nicht tief verwurzelt. Ich schaufelte alles mit bloßen Händen beiseite, unter meinen Fingernägeln bildeten sich schwarze Ränder. Schwerer, torfiger Geruch stieg von der Erde auf.

In etwa dreißig Zentimetern Tiefe unter den hölzernen Streben spürte ich auf einmal Plastik. Mit einiger Mühe bekam ich es zu fassen, zog es hervor und schüttelte den Dreck ab. Eine kleine versiegelte Plastiktüte, in der sich etwas Raschelndes befand. Ich riss sie auf und holte ein Stück Papier heraus.

Danke, dass du gekommen bist, stand darauf gedruckt. Es war ein Stück, das von einer Karte abgerissen war, vermutlich hatte dort ursprünglich noch mehr gestanden. Vielleicht: *zu meiner Party.* Oder: *zu unserer Hochzeit.*

Ich drehte es um. Auf der Rückseite stand eine kurze Nachricht in Carolines Handschrift: *Schau mal in den Tresor, Sophie. Happy Birthday.*

Ich ging wieder hinein, rollte den Teppich auf und hob die Dielenbretter heraus. *Happy Birthday?* Was sollte das heißen? War da ein Geschenk für mich drin? Ich fuhr mit den Fingern über das Tastenfeld. Wollte sie mich aufziehen? Wie sollte ich den aufbekommen? Ich wusste die Kombination doch gar nicht.

Ich hockte mich auf die Fersen, verärgert. Was hatte das alles zu bedeuten? Wieso spielte sie solche Spielchen mit mir? Mein Geburtstag war erst im Januar. Doch dann fiel es mir wie Schuppen von den Augen, und ich stöhnte auf. Ich konnte sie förmlich lachen hören, ihre Stimme, wie sie mich aufzog: »Na endlich, Sophie. Also bitte.«

Ach, Caroline, kann das wirklich sein?

Ich beugte mich über das Ziffernfeld und gab langsam und vorsichtig mein Geburtsdatum ein. Bei der letzten Zahl gab der Tresor ein befriedigendes Klicken von sich, und als ich den Griff drehte, schwang die Tür auf.

Ich spähte hinein. Ein Päckchen, eingewickelt in durchsichtiges Plastik. Ich hob es vorsichtig heraus und öffnete die Plastiktüte. Es war ein gebundenes Notizbuch, zur Hälfte gefüllt mit eng beschriebenen Seiten. Ein Stoß bedruckten Papieres fiel heraus. Die Kopie eines amtlichen Dokuments.

Letzter Wille von Caroline North.

Und da, direkt hinter den Buchdeckel geklemmt, ragte ein Stück Papier hervor, ein Zettel, der darauf wartete, gefunden zu werden.

Hey, Sophie. Na endlich!

KAPITEL 12

CAROLINE

Während der ersten Wochen zurück in England glaubte ich, das Blatt hätte sich gewendet.

Nachdem Dominic nachgekommen war, gewöhnte er sich offenbar bereitwilliger an unser neues, fragmentarisches Leben, als ich für möglich gehalten hatte. Jeden Sonntagabend brach er nach London auf, ohne sich zu beklagen. Ich bemühte mich, ihn nicht zu viel nach seiner Arbeit zu fragen, aber hin und wieder erzählte er von neuen Kontakten. Von Lunches oder Abendessen oder Umtrunken. Es war ein vielversprechender Anfang.

Unter der Woche lebte er in meiner frisch renovierten und neu eingerichteten Eigentumswohnung. Lucy und ich freuten uns jeden Freitag darauf, das Knirschen der Autoreifen auf der Auffahrt vor The Conifers zu hören, oft noch rechtzeitig für die Gutenachtgeschichte. Er kam fast jedes Wochenende zurück, blieb nur in London, wenn er eine Videokonferenz mit Hongkong oder Singapur hatte. Der Empfang hier draußen sei zu schlecht, wie er sagte.

Wir rissen uns zusammen, spielten unsere Rollen. Keiner von uns sprach jemals darüber, was in Hongkong vorgefallen war. Es hatte ihn gedemütigt, das wusste ich. Ich hatte ihn gezwungen, mit mir nach England zurückzugehen, weil ich ihn in der Hand hatte: Er vergötterte Lucy, und er war auf mein Geld angewiesen.

Tat es mir weh, dass er nur unter Druck mitgekommen war? Ja. Sehr sogar. Dennoch bereute ich es nicht.

Ich hatte getan, was ich tun musste, um unserer Ehe und um Lucys willen. Hier in England hatten wir die Chance auf einen Neuanfang.

Er war ein Narr gewesen, hatte mich betrogen und angelogen. Nicht einmal jetzt hatte er den Anstand, es zuzugeben, mich um Verzeihung zu bitten. Und ich hatte ihm nicht verziehen. Noch nicht. Aber Lucy brauchte ihren Vater. Er war mein Mann. Wir waren schon so lange zusammen. Ich konnte einfach nicht anders.

Unter der Woche verbrachte ich jede Minute mit Lucy. Ich räumte das alte Strandhaus an der Küste aus und ließ es mit einer Küchenzeile und einem kleinen Bad ausstatten. Dominic verzog das Gesicht, als er die Handwerker anrücken sah, aber was sollte er machen? Es war mein Geld.

Das Strandhaus war mein Rückzugsort. Darauf hatte ich von Anfang an bestanden. Ich wollte einen Ort für mich allein, an dem ich mich erholen und selbst wiederentdecken konnte. Außer mir durfte es nur Lucy betreten. Falls es Dominic etwas ausmachte, so ließ er es sich nicht anmerken.

Lucy und ich gaben dem Haus verschiedene Namen, je nachdem, welches Spiel wir spielten. *Die Höhle* oder *Der Stall* oder *Der Bau*, wenn sie ein Häschen sein wollte. Was wir auch spielten, egal, was sie sein wollte, ich war immer ihre Mummy. Darauf bestand ich. Ihre Mutter zu sein, war der wichtigste Teil meiner Identität, den ich für keinen Augenblick verlieren wollte.

Sie kleckste beim Malen, aber das machte mir nichts aus. Sie saß neben mir an ihrem Kindertisch und malte mit ihren Wasserfarben, während ich in Öl auf meiner Staffelei einzufangen versuchte, was ich nur konnte.

Meeresansichten meistens. Ein aufziehender Sturm. Das passte zu meiner Stimmung.

An schönen Tagen warteten wir auf die Ebbe und liefen mit Lucys Plastikeimer hinunter zum Strand, um Muscheln, interessant geformte Kieselsteine oder einen Schatz zu finden. Die Wellen schnappten nach unseren Knöcheln, versuchten, uns mit sich in die Tiefen, ins Nichts zu ziehen. Ich ließ sie nie zu nah ans Wasser gehen. Nicht nur, weil ich keine gute Schwimmerin und die Strömung hier gefährlich war. Es war meine Angst, dass ich trotz der Medikamente und der Ruhe, die ich hier bekam, nie sicher sein konnte, dass mein Körper mich nicht im Stich ließ. Meine größte Sorge war, dass Lucy hinaus aufs Meer gerissen werden würde, während ich, eingeschlossen in mir selbst, nur hilflos zusehen und ihr nicht helfen könnte.

Nachmittags waren wir beide erschöpft. Zuerst schob ich es auf die frische Seeluft. Oft schaltete ich für Lucy einen Kinderfilm an und legte mich mit ihr aufs Sofa, döste, während sie schaute. Ich gab den Tabletten die Schuld, aber ich konnte einfach nicht genug Schlaf bekommen. Diese entspannten Stunden auf dem Sofa waren kostbar für mich. Das Gefühl ihres kleinen, kompakten Körpers an meinem, wie sie sich manchmal in meinen Armen wand. Ihr hohes Kichern dann und wann. Wie sie mit geradem Rücken und gerecktem Hals dasaß und mit den Händen wedelte, wenn die Spannung im Film stieg.

Doch gerade, als in mir die Hoffnung aufkeimte, dass wir vielleicht doch noch glücklich werden würden, kamen die Kopfschmerzen zurück. Diesmal waren sie lähmend. Ich meldete mich bei einer Notfall-Kinderbetreuungsagentur in der Stadt an, und irgendwann kannte ich die Telefonnummer auswendig.

Die schlimmsten Attacken dauerten mehrere Tage an und brachten einen Druck in meinem Schädel mit sich, dem kein Schmerzmittel beikam. Häufig musste ich mich übergeben.

Am Ende blieb mir nichts anderes übrig, als das Faltblatt herauszukramen, das mir die Ärztin in der Harley Street gegeben hatte. Ich vereinbarte einen Termin bei einem weiteren Arzt, Dr. Braithwaite, und begann mit einer Serie von Tagestrips nach London, die selbst mit Wagen und Fahrer aufreibend waren. Im Krankenhaus wurden endlose Tests durchgeführt, und man verabreichte mir Medikamente, die meinen Verstand vernebelten und dafür sorgten, dass ich mir selbst fremd wurde. Zum Glück federte mein Geld alles ab. Ich kaufte mir Expertise, professionelle Freundlichkeit und Trost.

Aber irgendwie war ich in eine medizinische Endlosschleife hineingeraten, aus der es keinen Ausweg gab. Ich ärgerte mich über alles. Die Schmerzen. Nicht bei Lucy zu sein, die ich Tag für Tag in der Obhut gut gelaunter Fremder zurückließ. Selbst wenn ich zu Hause war, fühlte ich mich häufig zu nichts anderem in der Lage, als mit pochendem Schädel im Bett zu liegen, während der Wind von draußen ihr hohes Lachen hereintrug.

Nachts war es am schlimmsten. Nichts gleicht den Schrecken der frühen Morgenstunden. Die Schatten griffen nach mir. Manchmal setzte ich mich auf und versuchte zu lesen, doch meistens schob ich einfach die Füße in die Pantoffeln, zog einen Morgenmantel über und schlich die Treppe hinauf zu Lucys Zimmer, wo ich mich neben sie legte. Der gleichmäßige Rhythmus ihres Atems beruhigte mich. Ihr friedliches, schlafendes Gesicht. Die Haare, die über das Kissen ausgebreitet waren. Der Herzschlag der Wellen draußen, die die Steine durchrüttelten. Gott, der dort draußen in der Dunkelheit mit Würfeln spielte.

Während der Kopfschmerzattacken glaubte ich, meine Welt läge in Trümmern, doch ich ahnte nicht, dass sie bald zu nicht mehr als Staub zerfallen würde.

Ich unternahm eine weitere Reise nach London zu Dr. Braithwaite, um meine Medikation einstellen zu lassen. Als ich aus der Praxis kam, sah ich mich selbst in dem vergoldeten Spiegel in der Eingangshalle. Meine Augen wirkten unnatürlich groß in meinem Gesicht, schienen hervorzutreten, während das Fleisch um sie herum schrumpfte. Meine Haut war wächsern und fahl.

Ich wollte zurück nach The Conifers, aber ich wollte auch noch etwas erledigen. Schon vor einer Weile hatte ich mir vorgenommen, bei einem Juwelier in Covent Garden ein Bettelarmband für Lucy in Auftrag zu geben. Ich würde zuerst das Goldarmband aussuchen und dann ein paar Anhänger. Für den Anfang vielleicht eine Fee oder eine Elfe, und dann mit der Zeit immer erwachsenere. Der Fahrer brachte mich zu dem Juwelier, und ich saß eine halbe Stunde mit einer Tasse Tee im Hinterzimmer vor dem Setzkasten mit Anhängern, während ich meine Auswahl traf.

Ich hatte dem Fahrer gesagt, er brauche nicht auf mich zu warten, sondern solle irgendwo außerhalb parken, da das im Zentrum von London nicht einfach war. Ich würde ein Taxi nach Kensington nehmen, um dort ein wenig zu shoppen, und ihn später anrufen, damit er mich abholen könne. Doch als ich das Schmuckatelier verließ, bereute ich schon wieder, dass ich mir so viel vorgenommen hatte. Ich fand kein Taxi, also stolperte ich schließlich vorbei an den Obdachlosen mit ihren Decken und Schlafsäcken zur U-Bahn-Station Embankment.

Ich hielt mich an dem klebrigen Geländer fest und stieg die steile Treppe zum Bahnsteig hinunter. Alle um mich herum wirkten rücksichtslos, drängelten und schubsten, als sie an mir vorbeieilten. In dieser Welt voller Farben und Lärm kam ich mir zerbrechlich vor.

Der Bahnsteig war so gut wie leer. Ein Echo verhallte im Tunnel, und Stille legte sich wieder über die muffige, abgestandene Luft. Ein Zug war gerade abgefahren. Ich ging den Bahnsteig entlang, bemerkte den Schmutz und die Feuchtigkeit unter mir und die Menschenmenge, die um mich herum bereits wieder anwuchs. Menschen strömten zu den Eingängen herein, füllten die Leere entlang der Gleise.

Mein Herz pochte. Plötzlich fühlte ich mich wie in einer Falle, ohne zu wissen, warum. Die langen, gewölbten Tunnelwände schienen zu pulsieren wie die Gedärme einer riesigen Kreatur, und mich überkam das unerträgliche Gefühl, die kühlen Kacheln würden uns alle zu Tode quetschen. Ich blieb mitten im Strom stehen, um nicht das Gleichgewicht zu verlieren. Ein Mann mittleren Alters in einem weiten Mantel überholte mich, starrte mich feindselig an und schnalzte mit der Zunge. Ich bekam keine Luft.

Eine Stimme in meinem Kopf schrie: *Kann mir jemand helfen? Um Himmels willen, bitte helfen Sie mir!*

Mein Kopf pochte so heftig, dass ich mir die Finger an die Schläfen presste.

Ein Rumpeln ertönte, zunächst in der Ferne, dann immer lauter. Aus dem Tunnel wehte eine abgestandene Brise, schwer von Schimmelsporen, heran. Der nächste

Zug fuhr ein. Die Menschenmenge verdichtete sich um mich herum und bugsierte mich nach vorn an die Bahnsteigkante.

Auf den Anzeigetafeln blinkten orangefarbene Warnungen auf. Eine junge Frau mit einem Kinderwagen schob mich noch weiter an die Spitze des Gewimmels, während sie sich selbst in Position brachte. Mein Körper fühlte sich schlaff an, nur aufrecht gehalten von den drängenden Umstehenden. Ich schloss die Augen, fast blind vor Kopfschmerzen. Der Rucksack eines jungen Mannes traf mich an der Schulter und warf mich zur Seite. Ich war eingeklemmt zwischen dem Rucksack und dem stämmigen Mann mittleren Alters mit dem schweren Mantel, direkt am Rande des Bahnsteigs.

Das Dröhnen hallte durch den Tunnel. Der Zug war fast da. Ich war so nah an der Kante, dass ich Funken auf den Schienen aufblitzen sah, den grauen Schatten einer fliehenden Ratte, die Räder kreischten auf dem Gleis.

Als der Zug in den Bahnhof einfuhr, sackte mein Körper nach vorn. Die Luft knisterte, als der vordere Teil des Zuges nur Zentimeter von meinem Gesicht entfernt vorbeirauschte. Der Mann neben mir hatte im letzten Moment sein Gewicht verlagert und mich mit der Schulter von der Kante zurückgestoßen. Er funkelte mich an, sein Kiefer war angespannt. Er hatte nicht vorgehabt, mich zu retten, er wollte einfach nur seine Position verteidigen.

Der Augenblick war vergangen. Der Zug kam zum Stehen, die Türen glitten auf, die aussteigenden Fahrgäste schlängelten sich durch die Menschenmenge in Richtung Ausgang, während sich die Wartenden bereits hineindrängten. Der stämmige Mann stieg ein, und die junge Frau war genervt, dass sie ihren Buggy über die

Lücke zwischen Tür und Bahnsteigkante heben musste, während der Rest der Menge mir ausweichen musste.

Ich konnte mich nicht bewegen. Zitternd stand ich einfach da, während der Bahnsteig sich erneut leerte, die Türen sich wieder schlossen und der Zug sich in Bewegung setzte. Ich blieb stehen, bis er den Bahnhof verlassen hatte, erst dann fand ich die Kraft, über den leeren Bahnsteig zu den metallenen Sitzen zu schlurfen und mich darauf fallen zu lassen. Ich schloss die Augen und lauschte auf meinen abgehackten Atem, das laute Rauschen des Bluts in meinen Ohren. *Was ist da gerade passiert?* Ich dachte an Lucy. Wie konnte es sein, dass ich so kurz davor gewesen war, sie zu verlassen?

Ich wischte mir über die Wangen und putzte mir die Nase. Mein Kopf pochte. Ich musste mich ausruhen, wieder zu Kräften kommen und die Kontrolle zurückgewinnen. Ich taumelte in die nächste Bahn und stieg am Notting Hill Gate aus, dann legte ich den kurzen Fußweg zu der Eigentumswohnung zurück, die mein Vater mir in aller Stille überschrieben hatte, als ich noch ein Teenager gewesen war, und die Dominic jetzt unter der Woche nutzte.

Sie lag im zweiten Stock eines edlen viktorianischen Stadthauses in einer breiten, von Bäumen gesäumten Straße nicht weit von der Portobello Road. Ich war nicht mehr dort gewesen, seit wir aus Hongkong zurückgekommen waren und ich die Renovierungsarbeiten und Neuausstattung überwacht hatte, durch die wir uns die Wohnung zu eigen gemacht hatten, nachdem sie jahrelang vermietet gewesen war. Die meisten Anwohner waren berufstätig, daher war die Straße jetzt, am frühen Nachmittag, menschenleer. Ich öffnete die

Haustür mit meinem Schlüssel und trat ein. Der Teppich im Treppenhaus dämpfte meine Schritte, es roch nach Lufterfrischer.

Auch im ersten Stock war alles still. Als ich unsere Wohnung betrat, schlug mir der Geruch von altem Essen entgegen. Irgendetwas Fettiges und natürlich der anhaltende Geruch von Zigarrenrauch.

Ich ließ mich schwer auf das Ledersofa im Wohnzimmer fallen und spürte, wie ich mich entspannte. Jetzt war ich in Sicherheit, konnte mich ausruhen. Wenn es sein musste, könnte ich sogar die Nacht hier verbringen. Vorsichtig massierte ich mir mit den Fingerspitzen die Schläfen.

Nach einer Weile ließen auch die Kopfschmerzen ein wenig nach, also stand ich auf und ging in die Küche, um ein Glas Wasser zu trinken. Ein benutzter Teller stand auf der Anrichte, angetrocknete Tomatensoßenreste klebten darauf. Zwei Weingläser mit Rotweinresten standen zusammen neben der Spüle. Mir drehte sich der Magen um. *Das muss gar nichts heißen,* versuchte ich mich zu beruhigen. *Vielleicht ist ein Kollege vorbeigekommen. Oder sogar ein Kunde.*

Ich schaffte es so eben zur Toilette, bevor ich mich übergab. Ich kniete auf den schwarzen und weißen Fliesen, den Kopf über die Schüssel gebeugt. Als mein Magen nichts mehr hergab, spülte ich mir den Mund aus. Das Gesicht im Spiegel war bleich und schwitzte.

Ich wollte hier nicht bleiben. Ich wollte nach Hause. Zurück zu Lucy.

Dem Fahrer schickte ich eine Nachricht mit der Adresse, wo er mich abholen sollte, dann klappte ich den Toilettendeckel zu und blieb eine Weile darauf sitzen, während ich versuchte, mich zu beruhigen. Ich hoffte, ich würde es bis nach Hause schaffen. Die Kopfschmerzen nahmen wieder zu. Ich brauchte eine Tablette.

Nacheinander durchwühlte ich die Badezimmerschränkchen, suchte zwischen Schachteln und Tuben, Toilettenpapierrollen und Seifenstücken. Nichts, was mir helfen würde. Ich wollte gerade die letzte Schranktür schließen, da blieb mein Blick an etwas hängen. Leuchtend bunter Stoff, der hinter ein paar Shampooflaschen hervorlugte. Ich griff danach und zog ein kleines besticktes Schmucktäschchen hervor.

Es war mit roter Seide gefüttert und mit einem bedruckten Markenlabel versehen. Ich schaute genauer hin. Den Laden kannte ich nicht, aber die Adresse. The Landmark, Hongkong. Eines der exklusivsten Einkaufszentren in Central.

Ich leerte das Täschchen auf der Ablage aus und durchstöberte den Inhalt. Ein Paar Jadeohrringe. Ein schmales Goldkettchen. Wieder nahm ich die Tasche in die Hand. Sie fühlte sich immer noch schwer an. Da war noch irgendetwas anderes darin, etwas Schweres, Massives, das sich im Futter verfangen hatte. Ich drehte die Tasche auf links und betastete sie, untersuchte das Futter, bis ich einen kleinen Riss in einer Ecke fand, dann fädelte ich das Metall durch die Stofffalten hin zu dem Loch. Ein Kettenglied aus Gold erschien, und ich packte es, zog daran, und als die Kette schließlich in meiner Hand lag, konnte ich sie nur anstarren.

Es war ein unverwechselbares Goldarmband, das ich nur zu gut kannte. Ein klobiges Stück aus der Zeit Edwards VII. mit dicken Gliedern, drei Saphiren und zwei Perlen. Das Vintage-Armband, über dessen Verlust Dominic in Hongkong so wütend gewesen war.

Als ich es näher an mein Gesicht führte, nahm ich

noch etwas anderes wahr. Einen Duft. Ich erkannte ihn sofort. Ein würziger Zimtduft. Dieses unverkennbare, schwere Parfüm, das nach Fis Party an Dominics Jacke gehaftet hatte.

Als der Fahrer kam, trug ich ihm auf, mich direkt in die Innenstadt zu bringen, zum Londoner Hauptsitz der Bank.

Ich bat ihn, zu warten, und betrat die Lobby durch die große Drehtür. Das Armband baumelte in meiner Hand. Meine Absätze klapperten, als ich mich der Rezeption näherte. Es war ein helles, modernes Gebäude, das aus mehreren Etagen bestand. Jede Etage war vollständig verglast und um ein zentrales, quadratisches Atrium herum gebaut. Von einer Reihe von Galerien, eine über der anderen, konnte man hinunter in die Lobby blicken.

Die Rezeptionistin tippte auf einem Display herum. Sie sprach wie ein Roboter, ohne aufzublicken. »Guten Tag, willkommen bei der Hongkong Pacific Bank. Wie kann ich Ihnen helfen?«

»Ich möchte mit Fi Hawker sprechen. Sofort.«

Misstrauisch blickte sie auf. »Haben Sie einen Termin?«

»Ich brauche keinen Scheißtermin. Sagen Sie ihr, Caroline ist da, Dominics Frau.«

Sie sah sich um, als wäre sie auf der Suche nach Verstärkung.

»Wie schreibt man das, bitte?«

»Genau wie man spricht, Hawker.«

Sie beugte sich über ihre Tastatur und tippte eine Weile darauf herum, dann runzelte sie die Stirn. »Wir haben hier leider niemanden mit diesem Namen.«

Meine Stimme überschlug sich. »H-A-W-K-E-R.«

Angespanntes Schweigen. »Wir haben hier leider niemanden …«

Ich machte den Mund auf, um zu schreien, riss mich aber mühevoll zusammen und atmete tief ein. Dann beugte ich mich vor, legte die Hände, in denen ich immer noch fest das Armband hielt, auf den glänzenden Tresen. »Könnten Sie mich bitte in ihre Abteilung durchstellen? Global Markets.«

Sie zögerte, dann wählte sie eine Nummer und flüsterte hinter vorgehaltener Hand.

Einen Augenblick später erschien wie aus dem Nichts ein bulliger Wachmann. Er sah aus, als hätte er eine schusssichere Weste an. Am Ohr trug er ein Headset.

Er sah mich durchdringend an, während er von der Seite mit der jungen Frau sprach. »Gibt es hier ein Problem?«

Sie nickte vielsagend in meine Richtung.

Er baute sich vor mir auf. Seine Stimme war tief. »Kann ich Ihnen helfen?«

»Ich muss mit Fi Hawker sprechen. Ich weiß, dass sie hier ist. Diese Frau hier deckt sie.«

Er warf der Rezeptionistin einen Blick zu, und sie breitete in einer eindeutigen Geste die Hände aus: *Sehen Sie?*

Er trat einen Schritt vor. »Bitte beruhigen Sie sich, Madam. Es gibt keinen Grund …«

»Sie ist ihm hierher gefolgt, stimmt's? Nach London. Warum lässt sie uns nicht einfach in Ruhe?« Ich wedelte mit dem Armband. »Ich kann es beweisen. Hat sie Ihnen aufgetragen, mich abzuwimmeln?« Meine Stimme war lauter, als ich beabsichtigt hatte, und hallte in dem hohen Raum.

»Bitte, Madam. Ich muss Sie warnen. Wenn Sie sich nicht beruhigen …«

»Was dann?« Ich funkelte ihn an und bemerkte, dass die Empfangsdame uns beide mit wachsendem Interesse beobachtete. »Was haben Sie dann vor?«

Er ließ mich nicht aus den Augen, hob aber eine Schulter an, um in sein Funkgerät zu sprechen, und legte seine Hand darüber. Er murmelte etwas, irgendeinen Code. Im nächsten Moment packte er mich am Oberarm und versuchte, mich umzudrehen und in Richtung der Eingangstüren zu schieben.

»Hören Sie auf!« Ich wollte mich ihm entwinden, aber sein Griff war zu fest. »Warum tun Sie das? Sie ist hier. Sie muss es sein.«

Zwei weitere Männer in den gleichen Uniformen traten aus den Schatten und kamen auf uns zu.

»Er ist mein Mann. Verstehen Sie das nicht? Sie will ihn mir wegnehmen.«

Seine Finger gruben sich in mein Fleisch, als er mich durch die Lobby schob. Ich wehrte mich instinktiv, neigte den Kopf und biss ihm in den Handrücken. Er schrie auf und fluchte, ließ aber nicht los. Die anderen Wachmänner setzten sich in Bewegung, kamen zu uns gerannt, um zu helfen.

»Lassen Sie mich los!«

Ich weinte, wütend und hilflos und verzweifelt. Um uns herum blieben Menschen stehen und starrten uns an. Dunkle Gestalten, stumm hinter Glas, erschienen auf den Galerien über uns und blickten hinunter auf den Aufruhr.

»Da!«, kreischte ich. Die Wachen hatten mir die Arme auf den Rücken gedreht, und ich kämpfte darum, einen Arm freizubekommen, um nach oben zu deuten. »Schauen Sie doch!«

Der blonde Haarschopf in der Menge, die Silhouette

dort oben im dritten Stock, das war sie, Fi, die ruhig zu uns herunterschaute.

Ich schrie noch lauter, selbst als sie mich hinaustrugen. »Sie ist es! Da oben! Sehen Sie nicht?«

Die Wachen setzten mich am Fuße der Treppe ab und bauten sich drohend vor mir auf, ehe ich wieder aufstehen konnte.

»Sie haben Glück. Ich bin heute großherzig.« Der erste Wächter rieb sich den Handrücken. Auf der Haut zeichnete sich ein gezackter Bissabdruck ab.

Ein anderer beugte sich herab und stieß mir einen Finger ins Gesicht. »Wenn Sie noch einmal hierherkommen, holen wir die Polizei. Verstanden?«

Irgendwie schaffte ich es bis zum Auto. Mit ausdrucksloser Miene half mir der Fahrer auf den Rücksitz und kutschierte mich mit gestrecktem Rücken durch London und hinaus aufs Land, als ob er das Schluchzen auf dem Rücksitz gar nicht bemerkte.

»Du hast es gefunden!«

Ich wusste nicht, was ich erwartet hatte. Dominic war erst seit fünf Minuten zu Hause, aber ich hatte nicht länger warten können. Das Armband hatte wie eine ungesicherte Granate in meiner Tasche gelegen, seit ich aus London zurückgekommen war, bis jetzt, am späten Freitagabend.

Ich musterte ihn, als er sich vorbeugte und es vom Küchentisch nahm, um es zu begutachten. Er schien sich ehrlich zu freuen und sah mich mit großen, fragenden Augen an.

Ich funkelte ihn an. »Willst du gar nicht wissen, wo ich es gefunden habe?«

Sein Gesichtsausdruck veränderte sich, als er meinen Zorn bemerkte. »Nun?«

»Im Badezimmer. In der Wohnung.«

Er blinzelte. »In London?«

»Wo sonst?«

»Was hast du da gemacht?«

»Ich habe dort vorbeigeschaut. Du warst bei der Arbeit.«

Ein verärgerter Ausdruck huschte über sein Gesicht. »Na ja, es ist deine Wohnung. Es ist dein gutes Recht.« Er zögerte. »Ich freue mich, dass es wieder aufgetaucht ist, aber nur aus Interesse, was hast du im Badezimmerschränkchen gesucht?«

Ich zögerte. »Ich brauchte ein Aspirin.«

Er wandte sich zur Küchentür um. »Für mich hört es sich eher so an, als hättest du herumgeschnüffelt. Ich verstehe nicht, wieso.«

Ich lief ihm nach und packte ihn am Arm. »Ich habe tatsächlich etwas gefunden. Etwas, das Fi gehört.«

Er schob meine Hand von seinem Arm und starrte mich an. »Nicht schon wieder. Bitte.«

»Komm und schau selbst.«

Ich zog ihn zurück in die Küche, holte das Schmucktäschchen aus der Tasche und schüttete seinen Inhalt auf dem Tisch aus.

Er beugte sich vor und betrachtete die Jade-Ohrringe, die schmale Halskette. »Was ist damit?«

»Sie gehören ihr. Das weißt du auch.« Ich griff nach der Tasche und hielt sie ihm unter die Nase. »Es riecht sogar nach ihr. Hier.«

Er wich zurück. »Um Himmels willen.«

Eine Weile standen wir da und starrten einander an. Ich war ihm so nah, dass ich mein winziges Spiegelbild in seinen Augen sehen konnte.

Ich fuhr fort: »Das Armband steckte im Futter. Ich

weiß nicht wieso, aber sie hat mich reingelegt. Und jetzt ist sie uns nach London gefolgt. Hast du deswegen noch so viel Zeit gebraucht, als ich gesagt habe, wir würden gehen? Habt ihr Pläne geschmiedet?«

Er schüttelte den Kopf und antwortete nicht sofort. Stattdessen zog er einen Stuhl hervor und ließ sich schwerfällig darauf fallen.

»Keine Ahnung, was ich dazu sagen soll. Ich weiß es wirklich nicht.«

Ich stellte mich auf einen Streit ein, auf zornige Beteuerungen oder vielleicht sogar schlimmer noch, ein Geständnis. Der Mann vor mir wirkte einfach erschöpft.

»Streitest du es ab?«

»Hat es einen Sinn?« Er seufzte. »Ja, ich streite es ab. Ich habe keine Affäre mit Fi aus der Bank. Hatte ich nie. Ich habe in Hongkong alles hinter mir gelassen, meine Arbeit, meine Freunde, um dir hierher zu folgen und es dir zu beweisen. Aber es hat nicht funktioniert, stimmt's? Es hat einfach nicht funktioniert.«

Ich ließ mich auf den Stuhl ihm gegenüber fallen. Tränen brannten mir in den Augen, und ich blinzelte, um sie zurückzudrängen. Ich war versucht, ihm zu glauben, ich wollte die Arme um ihn schlingen und sagen, dass es mir leidtue, dass ich mich geirrt habe. *Und dennoch.*

»Was ist damit?«, fragte ich und deutete auf den Schmuck auf dem Tisch.

Schweigen.

Als er schließlich sprach, war seine Stimme sanft. Seine Freundlichkeit beunruhigte mich mehr, als es sein Zorn gekonnt hätte. »Ich weiß, wie schwer es dir fällt, dich an manche Dinge zu erinnern«, sagte er und wählte seine Worte mit Bedacht. »Ich versuche, das zu verstehen. Wirklich. Aber wie kannst du dich daran nicht erinnern?«

Er nahm die Ohrringe in die Hand. »Die habe ich dir geschenkt, als Lucy noch ein Baby war. Zum Muttertag. Weißt du nicht mehr?« Er griff nach der Kette. Sie glitt ihm durch die Finger und funkelte im elektrischen Licht. »Das war ein Geburtstagsgeschenk. Du hattest dir eine schmale Kette gewünscht, an die du einen Anhänger hängen konntest. Ich kann mich nicht erinnern, dass du sie je getragen hast.« Er schüttelte den Kopf. »Das Täschchen sagt mir nichts, das ist nicht von mir.«

Ich fuhr mir mit den Fingern durch die Haare, versuchte, zu entscheiden, ob ich ihm glauben konnte.

»Aber was ist damit? Mit dem Armband?«

»Ich weiß nicht. Du hast gesagt, es steckte im Futter. Vielleicht war es da die ganze Zeit.« Er zuckte mit den Achseln. »Was soll ich sagen?«

Ich starrte ihn ungläubig an. Es konnte nicht sein. Ich hätte es ganz sicher gefunden. Und ich hatte keinerlei Erinnerung an die anderen Schmuckstücke. Aber er klang so überzeugend, so sicher, und ich hatte schon so viel vergessen. Vielleicht hatte er ja recht. Es war tatsächlich möglich.

»Warum standen da zwei benutzte Weingläser?«, fragte ich. »Wer war bei dir in der Wohnung?«

»Wie bitte?«

»Zwei Weingläser. Neben der Spüle.«

»Ach Caroline. Ich weiß nicht. Wahrscheinlich hatte ich einfach zwei Tage nicht abgewaschen. Ich komme spät nach Hause und trinke ein Glas Wein zum Runterkommen. Willst du dich wirklich auf dieses Niveau herablassen?«

Er legte die Hände auf die Oberschenkel und stand auf. »Also, wenn du mich entschuldigen würdest, ich habe eine anstrengende Woche hinter mir. Ich gehe ins Bett.«

Allein blieb ich in der Küche sitzen, lauschte seinen Schritten auf der Treppe, dem leichten Knarzen der Bodendielen, als er ins Schlafzimmer ging. Ich war verzweifelt. Dachte an die Bank und daran, wie schrecklich gedemütigt ich mich gefühlt hatte, als die Wachmänner mich hinaus auf die Straße befördert hatten. Dann wanderte meine Erinnerung weiter zu der Menschenmenge, die sich auf den umliegenden Galerien versammelt und das Drama beobachtet hatte, und an die schlanke blonde Frau, die mich so sehr an Fi erinnert hatte.

Irgendwie brachten wir das Wochenende hinter uns, gingen uns im Haus so weit wie möglich aus dem Weg. Dominic verbrachte den Samstagvormittag mit Lucy, sie kletterten auf Bäume und bauten eine Höhle. Am Nachmittag ging er mit ihr in der Stadt ins Kino, um den neuesten Disneyfilm anzuschauen.

Ich schlief viel und versuchte, Kraft für die kommende Woche zu sammeln. Abends aßen wir hastig und schweigend. Keiner von uns beiden schien zu wissen, was wir miteinander reden sollten. Keiner von uns schien zu wissen, was nun kommen würde.

Als Dominic am Sonntagabend nach London aufbrach, packte er eine größere Tasche als sonst, und als ich ihn fragte, wieso, reagierte er ausweichend.

»Ich bin noch nicht sicher, wie es nächstes Wochenende aussieht, vielleicht muss ich arbeiten.«

Er fuhr davon, ohne sich zu verabschieden.

Für ein paar Tage danach schien das Leben beinahe wieder normal. Lucy und ich verfielen in unsere alte Routine aus Spielen und Snacks, kletterten bei Ebbe zu den Gezeitentümpeln hinunter und machten bei Flut windgepeitschte Spaziergänge an der Klippe entlang.

Die neuen Medikamente, die Dr. Braithwaite mir verschrieben hatte, linderten die Kopfschmerzen und hatten weniger Nebenwirkungen, und ich fühlte mich zunehmend stärker und beinahe zuversichtlich.

Abends nach dem Baden rollte ich mich neben Lucy in ihrem winzigen Bettchen zusammen und streichelte sie in den Schlaf, wobei ich oft selbst einschlief und später mit steifem Nacken und trockenem Mund aufwachte. Das war ein schlechtes Einschlaftraining, das war mir klar. Aber ich spürte so gern ihren warmen Körper an meinem, lauschte ihrem Atem, der langsamer und ruhiger wurde, wenn sie einschlief, roch ihren sauberen Duft – nach Shampoo und Seife und frisch gewaschenen Schlafanzügen. Und außerdem gab es sowieso nichts Besseres, als meine Zeit mit ihr zu verbringen.

In der dritten oder vierten Nacht schreckte ich in meinem eigenen Bett aus dem Schlaf. Ruckartig setzte ich mich auf und lauschte in die Dunkelheit. Hatte ich geträumt oder waren da wirklich Geräusche gewesen?

Ein Automotor, ganz nah am Haus. Eine zuschlagende Autotür. Schritte auf der Kiesauffahrt.

Ich schwang die Füße aus dem Bett und griff nach dem Morgenmantel, dann tappte ich zum Erker am anderen Ende des Schlafzimmers und schob den Vorhang einen Spalt zur Seite, um hinauszuspähen. Sofort schlug mir kalte Luft entgegen. Draußen war es dunkel. Das Wäldchen zu meiner Rechten bildete eine schwarze Masse, einzelne Äste reckten sich dem Himmel entgegen und wurden vom Wind gerüttelt. Unten vor dem Haus schimmerte der Kies weiß im Mondlicht.

Ich kniff die Augen zusammen, konnte nichts Genaues erkennen, aber ich spürte, dass sich dort unten in der Dunkelheit jemand versteckte und zu mir heraufschaute. Ich ließ den Vorhang los und stand einen Moment lang zitternd da.

Meine Gedanken wanderten zu Lucy, oben in ihrem Zimmer. Wenn jemand hier war und sich im Haus herumtrieb, musste ich etwas tun. Ich musste sie beschützen.

Ich zog Jeans und einen Pullover an und schlich mit klopfendem Herzen die Treppe hinunter. Im schwachen Lichtschein der Handytaschenlampe zog ich mir Stiefel und meinen dicken Wollmantel aus Hongkong an.

Als ich die Haustür öffnete und nach draußen trat, drang mir die Kälte sofort bis auf die Haut. Ich schloss die Tür hinter mir, lehnte mich dagegen und lauschte.

Der Wind heulte durch die Bäume und trug das leise Ächzen von knarrendem Holz zu mir herüber. Ansonsten herrschte Stille. Hatte ich überhaupt etwas gehört? Ich kam mir dumm vor und fühlte mich schrecklich ausgeliefert, allein hier draußen. Vielleicht hatte ich mir das alles nur eingebildet. Vielleicht sollte ich einfach wieder hineingehen und mich ins Bett legen …

Ein scharfes Knacken zerriss die Stille, und ich zuckte zusammen. Ein Stock, der unter einem Fuß zerbrach. Links von mir. Ich ging darauf zu, tastete mich mit einer Hand an der Hauswand entlang. An der Ecke angekommen, raubte mir der Wind, der vom Meer herüberwehte, den Atem und trieb mir Tränen in die Augen. Ich blinzelte und versuchte, in der Schwärze irgendwelche Formen zu erkennen. Ein Geräusch drang zu mir herüber. Schnelle Schritte.

Ich schaltete die Handytaschenlampe ein und rannte los. Der schwache Lichtstrahl durchdrang kaum die

Dunkelheit und erhellte kaum mehr als den Boden vor meinen Füßen. Als ich mich der hinteren Hausecke näherte, nun völlig dem Wind vom Meer ausgesetzt, schaltete ich die Taschenlampe aus, um mich nicht zu verraten, und lauschte angestrengt.

Der Geruch. Hier, auf den letzten Metern, windgeschützt durch die Büsche, hing ein Duft. Ein würziger Zimtduft. Sie war hier. Fi. Sie musste direkt vor mir sein.

Etwas außerhalb von mir schien die Kontrolle zu übernehmen. Vom Adrenalin beflügelt, rannte ich geduckt hinaus in den Wind. Seine Wucht warf mich fast zu Boden. Der schmale Grasstreifen zwischen dem Haus und dem Rand der Klippe schimmerte im schwachen Mondlicht. Niemand zu sehen.

Sie konnte nur eine Richtung eingeschlagen haben, um so rasch aus dem Blickfeld zu verschwinden. So schnell ich mich traute, nahm ich den steilen Pfad hinunter zum Strandhaus. Beim Laufen wirbelte ich die Steine auf. Ich wollte sie einholen, wollte sie zu einer unbedachten Bewegung zwingen, damit sie mir ihre Position verriet. Wollte sie zur Rede stellen, ihr zeigen, dass ich keine Angst hatte. Ich würde sie nicht gewinnen lassen.

Das Strandhaus funkelte im Halbdunkel wie ein Juwel. Ich bog um die Ecke und starrte auf das große Panoramafenster, das flackerte, als würde es brennen. Der Puls rauschte laut in meinen Ohren. Irgendetwas Dunkles rann an der Scheibe hinunter. Ich trat einen Schritt näher. Nasse Schlieren, die nach unten tropften. Zähflüssig und langsam. Ich holte mein Handy hervor und schaltete die Taschenlampe wieder an. Die Flüssigkeit war blutrot.

Eine plötzliche Bewegung ließ mich herumfahren. Eine schlanke Gestalt, eine Frau, stürzte von der gegenüberliegenden Seite des Strandhauses in die Büsche am Rand der Klippe. Ihr Kopf war bedeckt, das Gesicht von mir abgewandt, über ihrer dunklen Kleidung trug sie einen weißen Mantel, der beim Rennen schimmerte.

Zu erschrocken, um zu schreien, ließ ich mein Handy fallen. Ich hob es auf und setzte ihr nach, bahnte mir vorsichtig einen Weg durch die Sträucher, diese schmale Linie der Deckung, bevor die Klippe dem Meer wich.

Mit der Taschenlampe suchte ich alles ab. Es gab nur wenige Versteckmöglichkeiten. Die Büsche. Flächen mit rauem, wildem Gras, die in bröckelnden Fels übergingen. Nichts. Ich krabbelte vorwärts, bis ich fast am Rand war, dann ließ ich mich auf den Bauch fallen und robbte weiter, bis mein Kopf über den Abgrund ragte.

Es war Flut. Weit, weit unten wogte das Wasser. Der Wind, der Geruch des Stechginsters und des salzigen Meeres raubten mir die Sinne. Meine Taschenlampe konnte auf diese Entfernung nichts ausrichten. Doch als sich die Wolken verzogen und Strahlen von Mondlicht auf das Wasser fielen, sah ich dort unten etwas. Einen schimmernden weißen Mantel mit ausgebreiteten Ärmeln, der auf dem aufgepeitschten Wasser trieb und sich mit jeder Welle hob und senkte.

Als die Polizei eintraf, saß ich im Wohnzimmer, immer noch in den Mantel gehüllt, die Füße angezogen. Ich war so müde. Am liebsten wollte ich wieder ins Bett und einfach nur schlafen.

Wenigstens war es vorbei. Ich wusste nicht, warum Fi mitten in der Nacht hierhergekommen war, um mich zu erschrecken, ob Dominic davon wusste oder ob sie allein gehandelt hatte. Weshalb auch immer sie den Abstand zur Klippe falsch eingeschätzt hatte und in den Tod gestürzt war, es tat mir leid. Ich war froh, dass sie den Kampf um das, was mir gehörte, verloren hatte. Aber sie hatte einen hohen Preis bezahlt.

Der Polizist, ein schmächtiger Mann kurz vor der Pensionierung, gab sich keine Mühe, seine Abscheu darüber zu verbergen, dass man ihn mitten in der Nacht aus dem Bett geholt hatte. Er lehnte eine Tasse Tee ab, trampelte über den Teppich, ohne sich die Stiefel auszuziehen, schlug sein Notizbuch auf und löcherte mich mit Fragen über den Vorfall.

»Sie sagten, ein Geräusch habe Sie aufgeweckt? Was für ein Geräusch? Lagen Sie im Bett? Haben Sie normalerweise einen leichten Schlaf?«

Ich versuchte, mich von seinem Tonfall nicht irritieren zu lassen. Er hängte sich an Einzelheiten auf und schien mir eine Falle stellen zu wollen, dabei ging es doch um so viel mehr als um meine Schlafstörungen.

Ich antwortete ihm nach bestem Wissen und Gewissen, dann fragte ich: »Hat man sie gefunden?«

Er sah müde aus. »Die Küstenwache hat ein Boot geschickt, als Ihr Anruf kam. Das ist die Standardprozedur bei mutmaßlichen Unfällen.« Er deutete auf sein Polizeifunkgerät. »Wir werden es erfahren, wenn es Neuigkeiten gibt.«

Anschließend bat er mich um Erlaubnis, nach oben gehen zu dürfen. Wortlos schaute er sich im Schlafzimmer um, betrachtete alles. Die Position meines Bettes, das Fenster, wo ich, wie ich ihm demonstrierte, den Vorhang zurückgezogen hatte. Als wir uns zum Gehen wandten, fragte er: »Haben Sie gestern Abend Medikamente genommen, Mrs North?«

Ich stutzte, dann erinnerte ich mich an die Packung verschreibungspflichtiger Schmerzmittel neben meinem

Bett. Ein paar hatte ich genommen, bevor ich schlafen gegangen war.

»Ich hatte schlimme Kopfschmerzen.« Meine Krankheitsgeschichte würde ich ihm nicht erzählen. »Dagegen habe ich etwas eingenommen. Das ist alles.«

Sein Funkgerät knackte. Er neigte den Kopf, hörte zu, dann wandte er sich ab, um zu antworten. Die Mühe hätte er sich sparen können. Ich konnte kein Wort verstehen.

Mit ernstem Blick drehte er sich wieder zu mir um. »Man hat einen Mantel gefunden.«

»Sie haben sie gefunden? Ist sie …«

Er kniff die Augen zusammen. »Es ist bloß ein alter Mantel, Mrs North. Auf den Felsen. So wie der aussieht, lag der schon eine Weile dort.«

In der Stille, die folgte, sah er mich lange an.

Schließlich schüttelte ich den Kopf. »Aber ich habe sie gesehen. Ich habe sie gehört.«

»Bei dem Wind?«

»Und das Blut. Am Fenster.«

»Das haben wir überprüft. Farbe. Sie benutzen das Haus als Atelier, richtig?«

Ich runzelte die Stirn. Sein feindseliger Ton machte mich nervös. »Und ihr Parfüm. Ich habe es gerochen. Sie war hier.«

Er klappte entschieden sein Notizbuch zu und führte mich nach unten.

In der Eingangshalle sagte ich: »Entschuldigung, aber ich weiß, was passiert ist. Da gibt es diese Frau, Fi Hawker. Sie stellt meinem Mann nach. Will unsere Ehe zerstören. Sie war es, da bin ich mir sicher.«

Auf der Türschwelle drehte er sich noch einmal um. »Verschwenden Sie nicht länger unsere Zeit, Mrs North.

Wissen Sie, was es kostet, mitten in der Nacht cin Boot der Küstenwache auszuschicken? Wissen Sie, wie viele Familien heute Nacht in ihrer Ruhe gestört worden sind?«

Er stieg abrupt ins Auto, knallte die Tür zu und fuhr auf dem knirschenden Kies davon.

Schweigend saß ich da. Mir dröhnte der Schädel, ich wollte wieder ins Bett, mich zusammenrollen und unter der Decke verkriechen, aber ich fühlte mich zu elend und schrecklich erschöpft.

Am Ende ging ich nach Lucy schauen, die friedlich in ihrem Zimmer unter dem Dach schlief, dann zog ich mir wieder den Mantel an, ging hinaus und ums Haus herum Richtung Klippe. Alles war verlassen. Welche Rettungskräfte auch immer meinetwegen in ihrer Nachtruhe gestört worden waren, sie waren fort, zogen ihre Uniformen aus und schrieben ihren Bericht, bevor sie wieder fuhren und mich verfluchten.

Haben Sie Medikamente genommen?, hatte er mich gefragt. Ich wusste, was das bedeutete. *Hysterische Frau. Unzuverlässige Zeugin. Wahrscheinlich Einbildung.*

Der Wind hatte ein wenig nachgelassen. Ich näherte mich der Felskante, schob mich kriechend auf dem nassen Gras nach vorn, bis mein Kopf über die Klippe ragte. Der donnernde Herzschlag der See grüßte mich. Das Wasser unten war so schwarz, fast unsichtbar. Eine Leere. Ein ewiges Nichts. Nur hin und wieder blitzte ein Schimmer Mondlicht auf den Wellen auf. Es war wie der Tod selbst. Ich wusste, dass er dort auf mich wartete. Aber mein Körper und meine Seele konnten es nicht recht glauben.

Ich verstand nicht, was gerade passiert war. Aber ich wusste, was ich gehört hatte. Sie hatte mich zum Strandhaus gelockt und dann zur Klippe. Entweder wollte sie mich umbringen oder mich dazu bringen, an meinem eigenen Verstand zu zweifeln, mich in den Wahnsinn treiben.

Fi. Sie war also nicht tot, sondern sehr lebendig. Sie wollte meinen Mann, mein Leben. Wollte alles stehlen, was ich besaß. Sie wollte mich aus dem Weg räumen, und ich war zu kraftlos, um mich gegen die beiden zur Wehr zu setzen.

Ich brüllte gegen den Wind an, eine Verrückte, erschöpft von Zorn und Verzweiflung. Der Laut verschwand im Nichts. Ich packte büschelweise Gras, riss die Halme an den Wurzeln aus, schnitt mir in die Handflächen.

In dieser Nacht stand ich kurz davor, mich von der Klippe zu stürzen. Es schien mir eine einfache Lösung. Die Möglichkeit, die Kontrolle zurückzugewinnen. Meinem Körper, den Schmerzen zu entkommen, die mich mit jedem Tag mehr quälten. Ich war so kurz davor.

Aber da war immer noch Lucy, verstehst du? Wenn ich aufgab, was würde dann aus ihr?

Fi wollte meinen Platz in Dominics Bett, und dafür hätte sie alles getan, sogar meiner kostbaren Tochter wehzutun. Das konnte ich nicht zulassen. Ich konnte Lucy nicht in der Gewalt dieser selbstsüchtigen, berechnenden Frau zurücklassen.

Ich vergrub das Gesicht im feuchten Gras, atmete den Geruch der Erde ein, schrie in den Boden und weinte, bis mich alle Kraft verließ und ich nur noch zitternd dalag. In diesem Moment wurde mir klar, was ich tun musste. Der ganze Plan stand mir auf einmal vor Augen.

Zuerst würde ich dir schreiben, Sophie, meiner Freundin, und dich anflehen, hierherzukommen, so schnell du kannst.

Dann würde ich einen Notar kontaktieren und Papiere aufsetzen lassen.

Sophie, bist du jetzt da?

Hast du diese Seiten gefunden?

Liest du sie?

Sophie, ich habe Angst.

Das sind die Worte, die ich nicht in einer E-Mail schreiben konnte. Er überwacht mich, verstehst du? Ich kann ihm nicht trauen. Deshalb habe ich solche Mühen auf mich genommen und im Strandhaus heimlich einen Tresor eingebaut. Hierher kommt er nur selten.

Sophie, hör zu. Ich glaube, sie wollen mich loswerden, Dominic und Fi. Sie wollen zusammen sein, aber er braucht mein Geld, die Wohnung, dieses Haus, mein Einkommen aus meinen Aktien, das sein schwächelndes Geschäft am Leben hält.

Und er will Lucy. Er vergöttert sie. Hast du die beiden zusammen gesehen? Niemand, der sieht, wie Dominic mit Lucy spielt, wie er sie in die Arme nimmt, würde ihn für fähig halten, ihrer Mutter etwas anzutun. Aber das ist er.

Sophie, sie sind clever und manipulativ. Ich kann mir nur ausmalen, was sie vorhaben. Vielleicht ein Autounfall. Oder ein Sturz von der Klippe. Oder ein gekentertes Boot.

Wenn sie mich umbringen, könnte diese Frau, Fi, ganz einfach meinen Platz einnehmen. Wir sehen uns einigermaßen ähnlich, vielleicht würden sie damit durchkommen. Solange meine Leiche nicht gefunden wird, würde es niemand erfahren.

Niemand hier kennt mich wirklich. Die einzigen Menschen, die ich kennengelernt habe, seitdem wir hierhergezogen sind, sind Handwerker und Nannys, und die Agentur schickt jedes Mal eine andere.

Nicht einmal meine Mutter würde etwas merken. In letzter Zeit haben wir kaum noch Kontakt. Nachdem sie wieder geheiratet hat, hat sie das Interesse an uns verloren. Sie selbst war sich schon immer am wichtigsten.

Und Lucy, die Einzige, die die Wahrheit wissen würde, die mich vermissen würde, ist noch so jung. Eine Dreijährige lässt sich leicht einschüchtern. Und wenn sie ihr ihre Lügen lange genug eintrichtern, wird sie mich schon bald vergessen haben. Sie wird glauben, dass diese schreckliche Person tatsächlich ihre Mutter ist. Ich weiß nicht, ob ich es ertrage, mit diesem Wissen zu sterben.

Ich habe keine Ahnung, was Dominic dir auftischen wird, Sophie. Vielleicht erzählt er dir, dass ich paranoid war, als ich das hier geschrieben habe. Dass ich eindeutig krank war. Dass meine Erinnerung – Dr. Braithwaite wird es bestätigen – völlig zerschossen ist.

Ich bin krank, Sophie. Das stimmt. Aber ich bin nicht verrückt. Das musst du mir glauben. Ich bilde mir das nicht ein.

Sophie, meine alte gute Freundin, ich spreche aus dem Grab zu dir. Wenn du das hier liest, ist es bereits zu spät.

Du bist eine der wenigen in meinem Leben, die mir über all die Jahre immer nahestand.

Ich glaube, du bist die Einzige auf der Welt, die für mich kämpfen und mir Gerechtigkeit widerfahren lassen kann.

Tu es für mich.

Tu es für Lucy.

KAPITEL 13

SOPHIE

Nachdem ich den Safe geöffnet hatte, nahm ich Carolines Notizbuch mit in das winzige Badezimmer und schloss die Tür ab. Ich kauerte mich auf den Boden, versteckte mich wie ein Kind, den Rücken an die Wand gelehnt, die Knie angezogen. Das hier ging nur mich etwas an. Was immer es war, sie hatte es allein mir anvertraut, so viel war klar.

Als ich es aufschlug, kamen mir beinahe die Tränen. Ihre krakelige Handschrift auf den eng beschrifteten Seiten war mir so vertraut. Es war wirklich ihre. Es war dieselbe Schrift wie in ihren Agatha-Christie-Büchern, die gleiche wie auf den Postkarten, die sie mir vor so vielen Jahren hin und wieder geschrieben hatte.

Sie begann ihre Geschichte in medias res, fing gleich mit dem Höhepunkt des Dramas an, so wie früher immer, wenn sie sich atemlos neben mich gesetzt und mir von ihrem Tag erzählt hatte. Lustig, derb, tragisch. Niemals langweilig.

Ich verliebte mich in Dominic, als ich ihn zum ersten Mal sah. So ein Mann war er.

Es war nicht nur ihre Schrift, es war ihre Stimme. Ich hörte sie förmlich beim Lesen, wie sie mir alles erzählte.

Ich setzte mich, so gut ich konnte, und verlor mich in ihrer Geschichte.

Als ich zu Ende gelesen hatte, schluchzte ich. Ich ließ das Notizbuch neben mich fallen, vergrub das Gesicht in den Händen und weinte. Es war unerträglich. Warum hatte sie nicht um Hilfe gebeten, solange sie noch konnte?

Ich habe Angst.

Ich bekam kaum Luft, ich schluckte, meine Hände waren nass von Tränen und Rotz. Mein Gesicht glühte.

Warum hatte sie nicht angerufen? Ich dachte an all die E-Mails, die sie mir aus Singapur, New York und Hongkong geschrieben hatte. Amüsant, lebhaft, manchmal angeberisch. Die Beschreibungen von Partys und Konzerten. Der Ausblick aus ihrer Wohnung in Manhattan und vom Victoria Peak. Die Straßenhändler in den Seitenstraßen und das schlüpfrige Kopfsteinpflaster nach dem Wochenmarkt, glitschig von Eingeweiden und Fischresten und faulendem Obst. Die Kakerlaken in der Gosse und die wuselnden Ratten, groß wie Katzenjunge, in der Kanalisation.

Wie sehr ich sie beneidet hatte. Ich lebte durch sie. Wie armselig und langweilig war mir mein Leben verglichen mit ihrem vorgekommen. Sie hatte mich mitgenommen und ihr glamouröses Leben mit mir geteilt, hatte mich hineingelassen, mich, ihre alte treue Freundin Sophie.

Und jetzt das.

Ich griff nach einem Taschentuch und putzte mir elend die Nase. Ich war am Boden zerstört, und mir war übel.

Konnte das wahr sein? War ihre Ehe ein solches Schlachtfeld gewesen?

Konnte Dominic, dieser attraktive Mann, den ich als so hingebungsvoll kennengelernt hatte, wirklich das sein, als was sie ihn beschrieb? Ein manipulativer Ehebrecher?

Wenn du das hier liest, ist es bereits zu spät.

Aber ein Mörder? Wie konnte man so etwas überhaupt nur denken?

»Sophie!«

Eine Stimme drang zu mir herein. Ich erstarrte. Die Stimme der Frau, die ich für Caroline gehalten hatte.

»Bist du da drin, Sophie?«

Ich schlang die Arme um die angezogenen Knie und schloss die Augen, als würde mich das unsichtbar machen. Das Blut pulsierte mir in den Schläfen.

Schwere Schritte stampften am Strandhaus entlang und darum herum. Stille. Ich stellte mir vor, wie sie ans Fenster trat, die Hände an die Scheiben legte und hineinspähte. Ich überlegte fieberhaft, wie ich das Atelier hinterlassen hatte. Hatte ich den Tresor verschlossen und wieder unter den Dielenbrettern versteckt? Ich glaubte schon. Oder nicht?

Und die Tür? War sie abgeschlossen? Ich hielt den Atem an. Ich konnte mir alles so lebhaft vorstellen, dass ich förmlich ihre Schritte auf dem Holzboden hörte. Ihre Hand, die nach der Toilettentür griff, die starken, muskulösen Arme, die so heftig daran zogen, dass der zarte Riegel nachgab.

Klopfen. Fingerknöchel auf Glas.

»Sophie?«

Gott sei Dank, sie war noch draußen. Dann war die Tür also abgeschlossen. Ich war in Sicherheit, zumindest fürs Erste. So lange, bis sie den zweiten Schlüssel gefunden hätte.

»Bist du da drin?« Näher jetzt, aber immer noch draußen. Ihre Stimme wurde von der Brise fortgerissen.

Nach einer Weile ein letzter Ruf: »Falls du mich hörst, ich wollte nur sagen, wir sind wieder zu Hause. Lucy schaut Fernsehen, dann muss sie ins Bett. Du kannst ihr eine Geschichte vorlesen, wenn du magst.«

Ich rührte mich nicht.

»Dominic kommt heute Abend zurück. Ich mache Hühnchen. Du kannst gern mitessen.«

Ich saß starr da, stemmte die Füße gegen die gegenüberliegende Wand, lauschte angestrengt darauf, dass sie endlich ging.

Als ich nichts mehr hörte, richtete ich mich leise auf. Po und Oberschenkel waren eingeschlafen. Ich massierte meine Muskeln, um die Durchblutung anzuregen, während ich darüber nachdachte, was ich jetzt tun sollte.

Dominic hatte mich hier nie gewollt. Das hatte ich mit eigenen Ohren gehört. Er wusste, dass Caroline und ich uns einmal nahegestanden hatten. Er konnte mir nicht trauen. Wie sollte er sicher sein, dass sie mir nichts über ihn und den Zustand ihrer Ehe erzählt hatte?

Wieso kam er heute Abend schon zurück? Ich rieb mir übers Gesicht, zwang mich zum Nachdenken. Hatte er von der unidentifizierten Leiche gehört, die an der Küste angespült worden war? Was, wenn er herausgefunden hatte, dass ich bei der Polizei gewesen war, Hinweise gegeben und ihnen von der Brosche erzählt hatte, dass ich annahm, so abwegig es auch war, dass es zwischen Caroline und der stark verwesten Leiche eine Verbindung geben könnte?

DNA kann nur eine Identität bestätigen, hatte Detective Inspector Williams erklärt, *wenn wir schon eine passende Probe in unserem System haben. Sie könnte aber trotzdem helfen. Falls jemand eine Verwandte als vermisst meldet, können wir deren DNA mit der der Unbekannten abgleichen.*

Ich schluckte schwer.

Vorsichtig öffnete ich die Toilettentür einen Spalt und spähte hindurch. Ich musste vom Schlimmsten ausgehen. Die beiden waren zu allem fähig.

Das Atelier war menschenleer. Durch die großen Panoramafenster sah ich niemanden. Ich schaute mich um. Die Tür war von innen verriegelt, genau wie ich sie zurückgelassen hatte. Ja, ich hatte das Dielenbrett zurück an seinen Platz gelegt, so dass der Tresor verborgen war.

Ich sah auf die Uhr, meine Gedanken rasten, während ich überlegte, was zu tun war.

Ich musste noch einmal zur Polizei gehen, erzählen, was ich gefunden hatte. Auch wenn ich keine eindeutigen Beweise hatte – es war immerhin etwas. Jetzt hatte ich Carolines Notizbuch, in dem sie von ihrer Krankheit und Dominics Affäre berichtete, und ihren verzweifelten Hilferuf aus ihren letzten Tagen, als sie um ihr Leben fürchtete.

Es war eine Spur. Die Polizei würde ermitteln können, ob es sich bei der Toten um Caroline handelte. Ihre Mutter in Kanada könnte eine DNA-Probe abgeben, um herauszufinden, ob es eine Übereinstimmung gab. Oder vielleicht Lucy, falls die Polizei eine richterliche Anordnung bekam. Ich konnte mir nicht vorstellen, dass Dominic seine Zustimmung geben würde, wenn das Ergebnis ihn belasten würde.

Aber das alles bräuchte Zeit. Detective Inspector Williams schien ohnehin schon an mir zu zweifeln. Was, wenn sie mich nicht ernst nahm, zumindest bis Carolines Identität zweifelsfrei festgestellt worden war? Hier ging es nicht nur um Gerechtigkeit für die Toten. Es ging auch darum, die Lebenden zu beschützen. Wie konnte ich zur Polizei gehen und meinen Verdacht gegenüber Dominic und Fi äußern, solange sie Lucy hatten? Falls Fi auch nur für eine Sekunde befürchtete, dass Lucy sie verraten haben könnte, was würde sie ihr antun?

Ich schloss von außen ab und versteckte mich hinter dem Strandhaus. Hier war ich vom Haupthaus aus nicht zu sehen, hatte aber einen eingeschränkten Blick auf den Pfad, der von dort hierherführte. Ich war auf der Hut, hielt Ausschau, für den Fall, dass die falsche Caroline – Fi – zurückkäme und nach mir suchte. Carolines Notizbuch beulte meine Jacke aus.

Ich wartete. In der Abenddämmerung wurde das Licht sanfter und schwächer. Je tiefer die Sonne sank, umso stärker und kühler wurde die Brise vom Meer, und ich kauerte mich auf der Suche nach Schutz an die Wand des Strandhauses. Ein Sturm zog auf.

Lucy war wahrscheinlich schon auf dem Weg ins Bett. Ich dachte an diese Frau und wie sie Lucy behandelte, an ihren Jähzorn, wenn sie glaubte, ich könne sie nicht hören. Es hätte mir sofort auffallen müssen – direkt am ersten Tag, als Lucy mit der Nanny ins Wohnzimmer gekommen war und nicht quer durchs Zimmer gerannt war, um sie zu umarmen, wie es eine glückliche Dreijährige tun würde. Sie hatte sich von uns beiden ferngehalten, das Gesicht verschlossen und elend.

Ich dachte an ihre nächtlichen Alpträume und ihre Angst, als sie sich an die Gitterstäbe am Kinderzimmerfenster geklammert hatte, wie sie geschrien hatte beim Anblick der gegen die Wellen ankämpfenden Frau.

Mrs Minns in der Kita hatte recht gehabt. Lucys Schweigen war nicht normal. Es ging um etwas Tiefergreifendes als ein Umzug von Hongkong nach England. Sie war traumatisiert. Was immer sie erlebt hatte, es war mehr, als ein Kind in ihrem Alter durchmachen sollte.

Es wurde dunkel, Regen setzte ein, dicke schwere Tropfen, die den Boden innerhalb von wenigen Augenblicken in Schlamm verwandelten. Ich rannte den Pfad hinauf zurück zum Haus. Die Lichter blendeten. Im Erdgeschoss standen die Vorhänge noch offen. Als ich mich dem Haus näherte, hatte ich einen deutlichen Blick auf die leere, erleuchtete Küche und durch die geöffnete Küchentür einen Blick auf die Eingangshalle dahinter. Verlassen. Hoch oben lagen die Fenster des Kinderzimmers im Dunklen.

Mein Herz pochte. Ich stieg die Stufen hinauf und lauschte. Nichts. Ich steckte den Schlüssel ins Schloss und drehte ihn, so leise ich konnte. Vorsichtig schob ich die Tür auf und schloss sie lautlos wieder hinter mir. Ich hielt den Atem an. Stille.

Nach der Dunkelheit draußen war das elektrische Licht blendend, die Wärme tröstlich. In der Eingangshalle brannte das Licht und erhellte den Weg die Haupttreppe hinauf ins dämmrige Obergeschoss. Die Wohnzimmertür und die Küchentür waren jetzt beide geschlossen, nur ein schmaler Lichtstreif drang darunter hervor. In welchem Zimmer sie wohl gerade war? Jeden Moment konnte die Tür auffliegen.

Ich versteckte mich im dunklen Türrahmen zum Esszimmer und lauschte. Nach ein paar Atemzügen hörte ich Wasser ins Spülbecken laufen. Kurz darauf ertönte eine Männerstimme im Radio, ein leises, abgehacktes Murmeln, unterbrochen vom Lachen des Publikums.

Ich holte tief Luft, durchquerte die Eingangshalle und lief die Treppe hinauf ins Dachgeschoss. Alle meine Muskeln waren angespannt, während ich versuchte, die Stille zu deuten. Ich wollte so schnell wie möglich weg hier, aber ich konnte Lucy nicht zurücklassen. Das konnte ich einfach nicht.

Auf der Treppe vom zweiten Stock zum Kinderzimmer nahm ich immer zwei Stufen auf einmal, huschte in die Dunkelheit, schloss die Tür hinter mir und lehnte mich dagegen.

Eine Bewegung. Das Rascheln von Bettwäsche.

»Lucy?«

Keine Antwort. Ich blinzelte, versuchte, meine Augen an die Dunkelheit zu gewöhnen.

»Ich bin's, Sophie. Ist alles in Ordnung?«

Sie saß aufgerichtet im Bett, die Augen weit aufgerissen, die kurzen Haare standen stachelig vom Kopf ab. Ein Einhorn aus silbernen Pailletten glitzerte auf ihrem Schlafanzug.

Sofort lief ich zu ihr hinüber und breitete die Arme aus. Sie warf sich hinein, und ich saß eine Weile neben ihr, wiegte sie hin und her, froh, sie trösten zu können.

»Sie ist gar nicht deine Mummy, stimmt's?«, flüsterte ich ihr ins Ohr.

Sie antwortete nicht.

»Ist schon in Ordnung«, fuhr ich fort. »Deine richtige Mummy hat mir einen langen, ganz besonderen Brief geschrieben, schau mal.«

Ich holte das Notizbuch aus meiner Tasche und hielt es ihr hin.

Sie konnte es nicht lesen, selbst wenn es hell genug gewesen wäre, um die Wörter zu erkennen, aber ihr Gesicht strahlte, als sie die Seiten umblätterte. Sie klappte es weit auf und hielt sich das Buch ans Gesicht, und einen Augenblick lang glaubte ich, sie wollte es ablecken. Doch in Wirklichkeit fuhr sie mit der Nase über das Papier und nahm den schwachen Hauch ihrer Mutter in sich auf. Dann hob sie lächelnd den Kopf.

»Mummy«, flüsterte sie.

Ich rückte näher, flüsterte auch, besorgt, dass das Babyphon unsere Stimmen auffangen würde.

»Was ist passiert, Lucy? Kannst du es mir erzählen?«

Das Lächeln erlosch so plötzlich, wie es gekommen

war. Mit aufmerksamen, wachsamen Augen sah sie mich an. Einen Moment später schob sie die Bettdecke zurück, stieg leise aus dem Bett und stolperte mit blassen, nackten Füßen durch den Raum zum Erkerfenster. Sie zog den Vorhang hoch, hinter dem die Aussicht auf die Klippen und das Meer erschien, und hüllte sich in die Falten, so dass ihr der Stoff wie ein weiter Umhang um die Schultern fiel.

Ich folgte ihr.

Es war kalt und zugig am Fenster. Der Wind drückte den Regen gegen die Scheiben, und das Wasser floss in Rinnsalen daran herunter. Dahinter das massive Schwarz der Klippen unter uns, in der pulsierenden Dunkelheit des zu hohen Wellen aufgepeitschten Meeres.

Ich versuchte, Lucy ins Gesicht zu blicken. Es war verkniffen und angespannt.

»Hast du etwas gesehen?«

Sie nickte.

»Du bist nachts aufgestanden und hast da unten etwas gesehen? Was, Lucy, was hast du gesehen?«

Mit zitternden Lippen schüttelte sie den Kopf, dann fing sie an zu weinen, schmiegte sich an mich und hinterließ einen nassen Fleck auf meiner Jacke. Ich schlang die Arme um sie.

»Alles wird gut, Lucy. Ganz ruhig. Du brauchst nicht zu weinen. Du brauchst nicht zu reden, jetzt nicht.«

Ich legte mir einen Finger auf die Lippen und flüsterte ihr ins Ohr. »Lass uns ein Abenteuer erleben. Jetzt ziehen wir dich schön warm an und machen ein Mitternachtsabenteuer. Was meinst du?«

In ihrem Zimmer suchte ich warme Socken und eine Hose, ein T-Shirt, einen dicken Pullover und eine Regenjacke zusammen. Sie ließ sich anziehen, die Augen schwer vor Müdigkeit.

Als wir fertig waren, führte ich sie Schritt für Schritt die Treppe hinunter, wobei ich sie mit Blicken ermahnte, leise zu sein. Wir erreichten den Treppenabsatz vor meinem Zimmer und warfen einen vorsichtigen Blick hinunter in die Eingangshalle. Die Küchentür war geschlossen. Ein Topf klapperte. Dem leisen Murmeln des Wetterberichts folgten die durchdringenden Pieptöne, die die volle Stunde markierten.

Ich flüsterte Lucy ins Ohr: »Warte einen Moment. Warte hier. Kannst du das?«

Ich lief in mein Zimmer, griff nach meiner Tasche und den Schlüsseln für das Nanny-Auto.

Lucy sah so klein und verletzlich aus, wie sie da im Dunklen auf mich wartete. Ich nahm ihre Hand, und gemeinsam schlichen wir die Treppe hinunter, angespannt, Stufe für Stufe.

Wir waren fast unten angekommen, da stolperte sie. Im Fallen löste sich ihre Hand aus meiner. Ich wollte sie auffangen, aber sie prallte gegen das Treppengeländer und landete schlaff auf dem Boden.

Eine Sekunde lang herrschte Totenstille. Das Haus hielt mit mir den Atem an. Das einzige Geräusch war das Prasseln des Regens gegen die Fenster im Erdgeschoss.

»Lucy?«

Dann zerriss ein hoher Schrei die Stille. Ich rannte die letzten Stufen hinunter und schlang die Arme um sie, um ihr aufzuhelfen.

»Alles ist gut, Lucy. Alles ist gut. Wo tut es weh?«

Sie war zu schockiert, um zu sprechen. Sie heulte auf, ihr Gesicht rötete sich.

Die Küchentür flog auf.

»Was zum …?« Da stand die Frau, die ich einmal für Caroline gehalten hatte, eine Hand auf der Klinke, starrte uns an, verstand.

Es gab kein Zurück mehr. Wir waren aufgeflogen. Lucy, lange nach Schlafenszeit vollständig angezogen, schrie in meinen Armen.

Ihre Miene versteinerte. »Was machst du da? Sie sollte doch schlafen. Warum ist sie angezogen?«

Ich holte tief Luft. »Ich weiß, was du getan hast.«

Sie verzog das Gesicht, dann seufzte sie. »Das war's dann wohl. Tja … was soll ich sagen? Gut gemacht, Mäuschen.«

Ich schluckte. »Ich weiß, wer du bist.«

Sie spannte sich an, wartete, die Augen auf mich gerichtet.

»Du bist Fi«, sagte ich. »Dominics Geliebte. Du bist gar nicht Caroline.«

»Fi?« Sie warf den Kopf zurück und lachte. »Oh nein. Fast hättest du mich erwischt. Und du hast dich für so clever gehalten. Hast geglaubt, du hättest alles durchschaut.« Sie legte den Kopf schief, eine von Carolines mädchenhaften Gesten, die ihr so in Fleisch und Blut übergegangen war. »Ich sage es dir nicht gern, aber du bist genauso verrückt wie sie. Ich bin nicht Caroline, da hast du recht. Aber Fi? Oh nein, Mäuschen. Sie war nie die Böse. Sie war nie Dominics Geliebte. Das war alles nur in Carolines armem, verwirrtem Kopf.«

Ich starrte sie an.

Spöttisch erwiderte sie den Blick. »Du hättest sie sehen sollen, an dem Tag, als sie in die Bank stürmte und Fi sprechen wollte. Ich habe es beobachtet. Die Wachmänner haben sie auf die Straße geworfen.«

Ich zog Lucy fester an mich. Langsam bekam ich Angst.

»Es war nicht schwer, sie zu ködern, weißt du? Sie war so zerbrechlich wie Porzellan. Armes kleines reiches Mädchen. Sie war schon in der Schule so. Dachte, wir alle sollten ihr huldigen, weil sie so hübsch und reich war. Sie lachte über diejenigen von uns, die ihren Lebensunterhalt verdienen mussten. Die Bank war für sie bloß ein Freizeitvergnügen. Aber ich musste mich immer abrackern.«

Sie durchbohrte die Luft mit einem Finger und steigerte sich in ihre Wut hinein. Ich rührte mich nicht, blieb ganz still am Fuß der Treppe stehen und hielt Lucy im Arm. Während sie redete, wurde draußen eine Autotür zugeschlagen. Schwere Schritte knirschten auf dem Kies. Ein Schatten erschien vor der Haustür.

Sie fuhr fort, ohne es zu bemerken. »Ich habe das blöde Armband genommen, als wir alle auf der Poolparty waren. Sie ging immer so achtlos mit ihren Sachen um. Ich wollte ihr eine Lektion erteilen, sie bei Dominic schlechtmachen. Und es hat funktioniert. Er war stocksauer. Geschah ihr recht. Er liebt mich viel mehr, als er sie je geliebt hat. Aber sie wollte ihn einfach nicht gehen lassen. Hat es ihm nicht gegönnt, glücklich zu werden. Mit ihrem Geld hat sie ihn an sich gebunden. Und mit Lucy.«

»Und wer bist du?«, stotterte ich.

Sie lächelte. »Kate.«

Sie machte eine dramatische Pause und legte den Kopf schief, als sollte ich selbst meine Schlüsse ziehen. »Verstehst du? Die treue Freundin, die ihr so freundlich geraten hat, Dominic nach London zu bringen. Und weißt du, warum?« Sie lachte. »Ich war selbst schon dabei, hierher versetzt zu werden. Es passte uns gut.«

»Dann gehörte der Schmuck aus Hongkong also dir?«

Sie nickte. »Ja, leider. Ein Geschenk von Dominic. Es

war unvorsichtig von mir, ihn in der Wohnung zu lassen, aber er hat gesagt, sie käme nie dorthin.« Sie schüttelte den Kopf und ließ ihre Haare fliegen. »Erstaunlich, wie ähnlich ich ihr sehe, seit ich mir die Haare blond gefärbt habe. Findest du nicht?«

Sie zögerte und beobachtete mein Gesicht. »Und es war mein ausgefallenes Parfüm, nicht Fis. Ich hatte schon befürchtet, nach Fis Party hätte sie es gemerkt. Dominic hat mir erzählt, wie misstrauisch sie im Taxi war, als sie an seinen Kleidern gerochen hat. Aber ich war zu schlau für sie.«

Ein Schlüssel wurde im Schloss gedreht, und langsam schwang die Haustür auf.

Lucys Schluchzen wurde leiser. Ich half ihr auf die Beine und baute mich vor Kate auf. Ihre Selbstgefälligkeit machte mich rasend. Ich dachte daran, wie sehr meine Freundin gekämpft haben musste, um ihre Ehe zu retten.

»Was hast du ihr angetan? Hast du sie von der Klippe gestoßen? Sie ins Meer geworfen? Was auch immer es war, sie werden es aufklären und euch beide einsperren.«

Sie schüttelte den Kopf. »Oh nein, Mäuschen. Ich habe einmal versucht, einen Sturz zu provozieren. Sie war so durcheinander, dass es fast geklappt hätte. Aber ich habe ihr nicht wehgetan. Jedenfalls nicht so.«

Ich drückte Lucy enger an mich, legte den Arm um ihre Schultern, und sie schmiegte sich an mich. Ihr Atem ging schwer, als wir uns gemeinsam Zentimeter für Zentimeter durch die Halle in Richtung Haustür bewegten.

»Nun, wenn du es nicht warst, dann war er es, nicht wahr? Dominic.«

»Irgendwann war sie einfach verschwunden.« Kates Ton war trotzig, aber ihr Gesicht misstrauisch. »Das hat er mir gesagt.« Sie hielt inne, als überlegte sie. »Dann hat er mich gebeten, bei ihm einzuziehen und ihren Platz einzunehmen. Ich hatte nichts dagegen, seine reiche Frau zu spielen, warum nicht? Hier kannte sie ja niemand richtig.« Sie kniff die Augen zusammen. »Und dann bist du aufgetaucht.«

Als ich mit Lucy die Eingangstür erreicht hatte, schwang sie auf, und ein Windstoß und Regen drangen herein. Auf der Schwelle stand Dominic, den Schlüssel in der einen, die Aktentasche in der anderen Hand. Er schaute von Kate zu mir und verstand.

»Na, na, das Mäuschen hat endlich gelernt zu brüllen.«

Ich blieb standhaft. »Lucy weiß Bescheid. Was auch immer du Caroline angetan hast, sie hat es gesehen. Stimmt's, Lucy? Sie wird der Polizei alles erzählen.«

»Lucy?« Kate grinste. »Viel Glück dabei.«

Dominic beugte sich zu seiner Tochter hinunter und breitete die Arme aus. »Das würde Lucy niemals tun, nicht wahr, Liebling? Du würdest Daddy nie in Schwierigkeiten bringen.«

Sie rannte auf ihn zu, aber anstatt sich in seine Arme zu werfen, schlug sie mit ihren kleinen Fäusten auf ihn ein und schrie: »Was hast du mit Mummy gemacht? Ich hasse dich!«

»Lucy!« Dominic versuchte, ihre Hände festzuhalten, während sie mit rotem Gesicht auf ihn einschlug. »Sie hat gesagt, sie kommt zurück! Das hat sie mir gesagt.«

Sie brachte ihn aus dem Gleichgewicht, stieß ihn zur Seite und stürzte zur Tür hinaus in den Sturm.

»Lucy! Warte!«

Kate rührte sich als Erste. Sie rannte hinter Lucy her, zur Tür hinaus, ums Haus herum und Richtung Meer.

Ich folgte ihnen. Der Wind peitschte mir den Regen ins Gesicht, raubte mir die Sicht. Seine Kraft drückte mich zurück und schleuderte mich zur Seite.

»Lucy! Bleib stehen!« Mein Schrei wurde sofort vom Sturm fortgetragen.

Dominic überholte mich und rannte voraus, doch am Rand der Klippe blieb er abrupt stehen. Als ich ihn erreichte, war ich viel zu sehr außer Atem, um zu sprechen. Von Kate und Lucy war nichts zu sehen. Einen Moment lang standen wir Seite an Seite, sahen uns verwirrt um, während wir zu verstehen versuchten, wohin sie verschwunden waren.

»Sie können nicht weit sein!«, rief ich.

Ich drehte mich zu den Bäumen um. Keine Bewegung. Dominic rannte weiter an der Klippe entlang und suchte den Weg ab.

Ich lauschte angestrengt. Im nächsten Moment durchschnitt ein schriller Schrei die Luft. Verängstigt und nicht von dieser Welt. Benommen blickte ich mich um, dann winkte ich Dominic hektisch zu, und er kam zurückgestürmt.

»Hör mal!«

Da, wieder. Lucys Schrei, voller Panik.

Dominic verstand sofort, fiel auf die Knie und beugte sich über den Rand der Klippe. Ich kauerte mich neben ihn, doch er schrie: »Vorsicht!«

Mit den Knien hatte ich lockere Steine in Bewegung gesetzt, und als sie auf die Felsen unter mir prallten, robbte ich rasch rückwärts auf festeren Grund. Die regennasse Erde hing in zerklüfteten Klumpen am Rand der Felsen, pockennarbig, wo sich Steine, die das Gerüst der Klippe bildeten, gelöst hatten und ins Meer gestürzt waren. Das ganze Gebiet war instabil. Ich schloss die

Augen und stellte mir vor, wie es unvermittelt unter dem Gewicht von Kate und Lucy nachgegeben haben musste.

»Kate!«, brüllte Dominic, die Hände an den Mund gelegt. »Lucy!«

Wieder ein Schrei. Jetzt näher. Ich öffnete die Augen und legte mich in voller Länge auf das nasse Gras, vorsichtig, das Gewicht verteilt. Langsam kroch ich vorwärts, bis ich gerade über den Rand spähen konnte.

Da waren sie beide und klammerten sich an einen schmalen Felsvorsprung, der sich knapp unterhalb der Klippe befand. Kate balancierte seitlich auf dem nassen Sims, die Beine gespreizt, die Hände an den Felsen gepresst. Lucy neben ihr drückte sich zitternd ans Gestein und blickte zu uns auf, Ihr Gesicht war weiß vor Angst. Der Regen rann ihr über die Stirn, die Nase und die Wangen. Die durchnässten Haare klebten ihr in Strähnen am Kopf.

Dominic ließ sich auf den Bauch fallen, schob sich über die Klippe und streckte einen Arm aus. Mit den Fingerspitzen erreichte er beinahe Lucys Hand.

»Heb sie hoch«, brüllte er gegen den Wind an.

»Es bröckelt.« Kate verlagerte ihr Gewicht, und dabei brachen weitere Gesteinsbrocken unter ihren Füßen ab und stürzten ins Meer. Sie löste vorsichtig eine Hand von der Felswand und streckte sich Dominic entgegen, ihre Hand reichte so viel höher als Lucys.

Er zog sich sofort zurück. »Erst Lucy!«

Ich verstand sofort. Vielleicht würde es ihm gelingen, Kate nach oben zu ziehen, aber das würde bedeuten, Lucy im Stich zu lassen. Der Wind raubte mir den Atem, während ich zusah. Weit unter ihnen glitzerten die Felsen, während die vom Sturm aufgepeitschten Wellen donnerten und schäumten.

Wieder schrie er. »Heb sie hoch!«

Kate klammerte sich mit einer Hand an den Felsen. Ihre Fingerknöchel waren weiß. Ihr Gesicht starr vor Wut. Sie machte keine Anstalten, Lucy zu helfen, sondern streckte sich weiter nach Dominics Hand, um sich hochzuziehen.

Als sie merkte, dass er nicht nachgeben und sie zuerst retten würde, schrie sie ihn an. »Wie konntest du nur? Ich habe dich gedeckt. Ich habe dich beschützt. Sie hat recht, nicht wahr? Du hast Caroline ermordet. Das ist doch ihre Leiche, die angespült wurde, oder etwa nicht?«

Dann, eine Minute später, wurde ihr Tonfall flehentlicher. »Ich werde nichts verraten. Vertrau mir. Gib mir einfach deine Hand, um Himmels willen. Bitte.«

Der Wind trug die Worte nach oben. Dominics Gesicht war hart und verschlossen. Er kroch vorwärts und schob den Oberkörper ein Stück weiter in den leeren Raum, über die Klippe, und streckte den Arm aus. Seine Finger packten Lucys verzweifelt fuchtelnde Hand, die glitschig vom Regenwasser war, und irgendwie bekam er ihr Handgelenk zu fassen.

Ein Steinbrocken neben Lucys Füßen löste sich und fiel hinunter. Der Vorsprung war jetzt nur noch ein schmaler Grat.

»Es bricht! Bitte!« Kate drückte sich in Panik mit dem Oberkörper an den Felsen.

Dominic gelang es, Lucy mit einer Hand hoch genug zu ziehen, um auch mit der anderen Hand zuzupacken. Langsam und sichtlich unter Schmerzen hievte er sie die Felswand hinauf.

»Nein! Lass mich nicht zurück!« Kate löste ihre Hände vom Felsen und umklammerte Lucys Beine, als wollte sie sich mit ihr hinaufziehen lassen. Lucy fing an zu schreien.

»Lass sie los!« Dominic stemmte sich hoch, sein Gesicht war weiß, er hatte Mühe, seine Tochter festzuhalten.

Mit einem plötzlichen Ruck schnellte Lucy hinauf. Als ihr Oberkörper auf gleicher Höhe mit der Felskante war, packte ich sie unter den Armen und half Dominic, sie hochzuziehen, dann rollten wir rückwärts, bis wir festen Boden erreichten. Sie sank auf mir zusammen, die Arme schlaff, das bleiche, verängstigte Gesicht kalt und nass an meinem Hals.

»Alles ist gut. Du bist jetzt in Sicherheit. Du bist in Sicherheit, Lucy.«

Sie schluchzte, während ich meinen Mantel auszog und sie darin einhüllte, um sie zu wärmen.

Dominic war bereits an den Rand der Klippe zurückgekrochen. Wasser rann ihm aus den Haaren, und wieder streckte er sich und griff in die Leere.

Ich ließ Lucy auf dem Boden sitzen und kroch näher heran.

Die Überreste des Felsvorsprungs, auf dem Kate gestanden hatte, hatten nachgegeben, als sie mit Lucy rangelte, und hatten sie ein Stück die Felswand hinab gezwungen. Sie balancierte auf den Zehenspitzen auf einem zerklüfteten Vorsprung, ihr Körper war angespannt und gegen den nackten Felsen gedrückt, mit den Fingern krallte sie sich in Spalten fest. Es wirkte nicht so, als könnte sie sich noch lange festhalten.

Mit Furcht in den Augen sah sie zu uns auf und löste eine Hand vom Stein. Dabei geriet sie aus der Balance, ihr Gewicht riss sie nach hinten, und im nächsten Augenblick, noch während wir zusahen, noch während Dominic sich bemühte, nach ihr zu greifen, stürzte sie in die Tiefe.

»Nein!« Dominics Schrei wurde vom Wind verschluckt. Mehr war nicht zu hören.

Kate stürzte mit vor Schreck verzerrtem Gesicht rückwärts, ihre Hände griffen ins Leere. Ihr Körper wurde immer kleiner und zerschellte schließlich an den Felsen unten. Einen Moment später brach eine Welle über sie herein und ergriff ihre Haare. Blonde Strähnen blitzten in der Dunkelheit auf. Ihre weiße Bluse blähte sich auf und wogte sanft im Wasser.

Dominic brach schluchzend auf dem Gras zusammen, seine Schultern bebten.

Ich wandte mich ab, hob Lucy hoch und rannte los, während ich hektisch in meiner Tasche nach dem Autoschlüssel tastete.

Mit zitternden Händen riss ich die Tür des Nanny-Autos auf, hob Lucy in den Kindersitz und fummelte am Sicherheitsgurt herum.

Endlich saß ich auf dem Fahrersitz, hatte die Türen verriegelt und drehte den Schlüssel im Zündschloss, da prallte Dominic gegen die Seitenscheibe. Sein Blick war wild, aus seinen Haaren tropfte Wasser.

»Stopp!« Seine Hände donnerten gegen das Fenster. »Was machst du da?«

Hinter mir begann Lucy zu schluchzen.

Der Motor sprang an, ich löste die Handbremse und schoss über die Einfahrt davon. Er taumelte und fiel hinter dem Wagen zurück. Ein leichter Nebel zog vom Meer herauf, und ich beugte mich auf dem Fahrersitz vor, blickte hinaus in die Düsternis und versuchte, im Rückspiegel zu erkennen, ob er uns verfolgte. Nichts. Nur zunehmende Dunkelheit.

Ich schaltete die Scheibenwischer und die Scheinwerfer an und raste die Einfahrt hinunter auf dem unbefestigten Weg. Die Reifen wirbelten Schlamm auf und drehten durch, weil ich viel zu schnell fuhr. Lucy schrie.

»Alles ist gut, Lucy.«

Sie schien zu verzweifelt, um mich überhaupt zu hören.

Ich versuchte, meinen Atem zu beruhigen und den Griff ums Lenkrad zu lockern. Vor uns huschten die Lichtkegel über die Bäume. Stämme und Büsche schimmerten geisterhaft, erwachten urplötzlich zum Leben, tauchten drohend aus dem Nebel auf, wenn ich mich ihnen näherte, um sofort wieder zu verschwinden. Die Windschutzscheibe beschlug von innen, und ich ließ das Fenster einen Zentimeter herunter. Kühle, salzige Luft strömte herein und brachte das leise Rauschen der Wellen mit sich.

Ich spähte voraus in die Dunkelheit, die Nerven zum Zerreißen gespannt, und versuchte, die plötzlichen Kurven vor mir auszumachen. Das Auto war klein und leicht, und jedes Mal, wenn wir eine ungeschützte Stelle zwischen den Bäumen erreichten, wurde es vom Wind durchgerüttelt, so dass ich gezwungen war, das Lenkrad fester zu umklammern. Ich trat das Gaspedal durch, und der Wagen zitterte, während der Motor hochdrehte. Wir mussten uns dem Dorf nähern. Noch zehn Minuten, und wir hätten seine Ausläufer erreicht.

Der Nebel wurde immer dichter und machte es fast unmöglich, den Weg vor mir zu sehen. Ich versuchte verzweifelt, mich an die Häuser auf der Strecke zu erinnern oder irgendwelche Landmarken zu sehen. Es gab nichts, woran ich mich orientieren konnte, nur Schatten und sich unendlich verändernde Dunkelheit.

Im Rückspiegel sah ich Lucys weit aufgerissene Augen, die Arme hatte sie eng um den Körper geschlungen.

Ein plötzlicher Blitz im Spiegel blendete mich. Ich verstellte ihn, um den Winkel zu ändern. Ein schnelles Auto war aus dem Nebel aufgetaucht, es war mir schon viel zu nah. Ich konnte weder das Modell noch die Farbe erkennen, aber das war auch nicht nötig. Das musste Dominic sein. Er verfolgte mich. Genau wie ich befürchtet hatte.

Ich habe Angst. Sie sind clever und manipulativ. Carolines Worte fielen mir wieder ein. *Ich kann mir nur ausmalen, was sie vorhaben. Vielleicht ein Autounfall. Oder ein Sturz von der Klippe. Oder ein gekentertes Boot.*

Er war jetzt so dicht hinter uns, dass seine Scheinwerfer in unseren Wagen hereinleuchteten. Lucy wimmerte in ihrem Kindersitz.

Er würde sie niemals aufgeben. Das wusste ich. Aber nach allem, was er getan hatte, hatte er das Recht auf sie verwirkt. Das war ich Caroline schuldig.

Ich umklammerte das Lenkrad und versuchte, die scharfen Kurven vor uns zu erkennen. Das Licht seiner Scheinwerfer blendete mich im Rückspiegel. Noch näher, und er würde uns rammen. Mein schwerer Atem dröhnte mir in den Ohren, als wir mit quietschenden Reifen um eine Kurve fuhren. Die beiden Autos waren nur noch Zentimeter voneinander entfernt.

In der nächsten Sekunde war es wieder schwarz im Spiegel. Er hatte ausgeschert und fuhr jetzt neben uns. Funken stoben, und unser Auto wurde in Richtung der Bäume geschoben, als sein Wagen unseren streifte und von der Straße abdrängte. Meine Fingerknöchel wurden weiß, so fest umklammerte ich das Lenkrad und versuchte, unsere Spur zu halten. Auf dem Rücksitz stieß Lucy einen schrillen Schrei aus.

Krampfhaft hielt ich das Lenkrad fest, als er erneut zu uns aufschloss. Wir hatten das Wäldchen fast hinter uns.

Bald würde die Straße breiter werden. Nur noch ein paar Sekunden.

»Alles ist gut, Lucy!«, rief ich nach hinten. »Halt dich fest.«

Dominic zog an uns vorbei und scherte vor uns wieder ein, bis er die Straße ausfüllte. Rot leuchteten seine Bremslichter, als er verlangsamte. Der Abstand zwischen uns schrumpfte rasant. Ich hatte keine Möglichkeit, nach links oder rechts auszuweichen. Wenn ich nicht bremste, würde ich direkt in sein Heck krachen.

Ich holte tief Luft, dann riss ich das Lenkrad herum und betete, dass meine Erinnerung mich nicht trog. Es war eine gute Entscheidung, genau hier endete die Baumreihe, wie ich es mir gedacht hatte, das Auto machte eine scharfe Kurve und streifte die hintere Ecke von Dominics Auto, als es von der Fahrbahn abkam.

Vor uns tat sich unwegsames Gelände auf. Ich wurde von meinem Sitz geschleudert und in den Sicherheitsgurt gedrückt. Die Räder schlitterten und rutschten auf dem Gras, während ich weiter das Gaspedal durchdrückte.

Ich versuchte verzweifelt, mir das Stück Brache, das ich auf dem Weg zum und vom Dorf durchquert hatte, vor Augen zu führen. Der Nebel war dicht, und das Auto holperte und ruckelte über das Gras, die Räder blieben hängen, wühlten den Schlamm auf, doch dann schossen wir wieder vorwärts, als der Motor hochdrehte.

Einen Moment lang dachte ich, ich hätte es geschafft und wir hätten ihn wirklich abgehängt. Dann blitzten seine Scheinwerfer wieder in den Spiegeln auf. Sein Motor war stärker als meiner, sein Auto schneller. Auch er war von der Strecke abgekommen und verfolgte uns über die Wiese. Schon bald würde er uns wieder einholen.

»Mummy!«, rief Lucy, genau in dem Moment, als auch ich es sah. Eine große, dünne Gestalt, tropfend und schemenhaft, war vor uns aufgetaucht. Ich riss den Wagen abrupt nach links. Es war der knorrige Baum, der, gekrümmt von der Kraft des Windes, am Rand der Klippe stand. Im Nebel wirkte er gespenstisch wie ein Mensch, die Äste ausgestreckt wie Arme. Zweige trommelten auf die Flanken des Autos wie Finger, ein Abschiedsgruß, als wir scharf links abbogen, um auszuweichen.

Einen Moment später schoss Dominic mit Vollgas an uns vorbei. Aber er war zu schnell, um darauf zu reagieren, dass wir den Kurs geändert hatten.

Ich drehte mich um und sah mit Entsetzen, ohne irgendetwas tun zu können, wie sein Auto über den Rand der Klippe ins Nichts flog. Das Letzte, was ich sah, waren die leuchtenden Rücklichter, die einen Moment später vom Nebel verschluckt wurden.

Ich versuchte, die Kontrolle über unser Auto zurückzuerlangen, das sich wieder in Richtung Straße gedreht hatte und nun über den Schlamm schlitterte. Ich trat auf die Bremse, als die Baumreihe erneut vor uns auftauchte, aber zu spät. Wir krachten frontal gegen einen Baumstamm.

Der Airbag löste aus und schleuderte mich in den Sitz zurück. Weißes Licht. Ein zischender, stöhnender Laut, als ob das Fahrzeug mit einem letzten gasförmigen Seufzer seine Seele aushauchte. Schmerzen durchzuckten meine Arme und meine Brust. Hinter dem prallen Airbag konnte ich mich kaum bewegen.

»Lucy! Lucy, geht es dir gut?«

In der plötzlichen Stille klingelten mir die Ohren.

Von draußen, gedämpft durch den Nebel, drang ein ferner, gleichmäßiger Rhythmus zum offenen Fenster herein. Das Meer, da draußen in der Dunkelheit, das ans

Ufer brandete und sich leise rumpelnd wieder zurückzog, gleichgültig gegenüber uns allen.

So unsichtbar wie der Tod und genauso sicher.

Im Krankenhaus roch es nach Gummi und Desinfektionsmittel und kalter, klimatisierter Luft.

Ich lag still. Jede Bewegung tat weh. Meine schmerzenden Arme und die Brust, die von dem sich öffnenden Airbag geprellt und versengt waren, waren mit Wundsalbe eingerieben und locker mit Mull verbunden.

Ich hatte ein Einzelzimmer, ein Zugeständnis an die Tatsache, dass ich eine ungewöhnliche Patientin war, eine, die für die Polizei von Interesse war. Es war ein kleiner, unscheinbarer Raum. Das Morgenlicht fiel in Streifen durch eine heruntergelassene Jalousie und warf ein Muster auf die alten Möbel: einen hohen Tisch auf Rädern und einen verblichenen grünen Sessel.

Die Tür war angelehnt und ließ das gelegentliche Rumpeln von Rollwagen, leises Murmeln und das Quietschen von Krankenhausschuhen herein. Es war spät.

In der Ferne schlug eine Tür, und auf dem Korridor klapperten die harten Absätze von Straßenschuhen. Sie näherten sich meinem Zimmer.

Detective Inspector Williams erschien in der Tür, ihr Gesicht war ernst. »Ich muss Ihnen ein paar Fragen stellen.«

Ich nickte, und sie trat ein und zog sich den Sessel an mein Bett. Hinter ihr erschien ein Constable, postierte sich in der Tür und klappte einen Notizblock auf.

Williams hörte mir zu, musterte mein Gesicht und unterbrach mich nur selten, während ich versuchte, alles, was geschehen war, zu schildern. Hinter ihr machte sich der Constable Notizen.

Ich hatte Beweise, die meine Geschichte stützten. Carolines Tagebuch war bereits aus dem Wrack des Nanny-Autos geborgen worden. Die Polizei würde nicht lange brauchen, um eine DNA-Probe zu besorgen, entweder von Lucy oder von Carolines Mutter. Ich war zuversichtlich, dass sie bestätigen würde, dass die mysteriöse Leiche tatsächlich ihre Tochter und meine alte Freundin Caroline war.

Was Kates und Dominics Sturz von der Klippe anging, so war ich mir sicher, dass die forensische Untersuchung des Tatorts die nötigen Informationen liefern würde. Ich wusste, dass ich die Wahrheit sagte.

Ich brauchte nicht zu fragen, ob einer der beiden überlebt hatte. Die Antwort kannte ich bereits.

Es tat mir leid. Seit ich hier lag, hatte ich viel über Dominic nachgedacht, den charismatischen Mann, der das Herz meiner Freundin im Nu gewonnen hatte. Das hübsche Gesicht, das jetzt kalt war. Er hatte Caroline betrogen. Und sosehr er auch beteuert hatte, Lucy zu lieben, so hatte er ihr doch die Person genommen, die sie am meisten liebte und brauchte: ihre Mutter. Wie grausam von ihm, seine Tochter zum Schweigen zu bringen, indem er ihr Angst gemacht hatte, damit sie kein Wort über das Verschwinden ihrer Mutter und die Tatsache, dass eine Fremde ihren Platz eingenommen hatte, verlor.

Als ich die Augen schloss, sah ich wieder Kates zerschmetterten Körper auf den Felsen, ihre Kleidung, die auf den Wellen wogte. Auch um sie konnte ich nicht trauern. Es hatte ihr offensichtlich Spaß gemacht, Caroline zu quälen. Sie hatte ihre Ehe zerstört und sie an den Rand des Wahnsinns getrieben. Sie hatte sich mit Dominic verschworen, um Carolines Identität und ihren

Reichtum zu stehlen, und sich so wenig um das Kind ihrer Rivalin gekümmert.

Ich wusste immer noch nicht mit Sicherheit, wer von beiden – oder vielleicht sogar beide – Caroline getötet hatte und wie sie gestorben war. Vielleicht würde ich das auch nie erfahren. Aber ich wusste, dass der Gerechtigkeit nun Genüge getan war. Wie schrecklich ihre Verbrechen auch waren, sie hatten den Preis dafür bezahlt.

Doch vor allem dachte ich an Lucy. Sie hatte erst ihre Mutter und jetzt auch noch ihren Vater verloren. Ihr Glück war alles, was jetzt zählte. Was auch immer für ihre Zukunft entschieden wurde, ich würde sie nie im Stich lassen. Caroline wusste immer, wie sehr ich mich nach einer Tochter gesehnt hatte. Sie schien gespürt zu haben, wie bereitwillig ich Lucy lieben würde, als wäre sie mein eigenes Kind.

Am Ende unseres Gesprächs wollte Detective Inspector Williams wissen, ob ich noch Fragen hätte.

Ich schluckte und leckte mir über die trockenen, rissigen Lippen. »Wie geht es Lucy?«

Sie nickte und stand aus dem Sessel auf. »Nur Schnittwunden und Prellungen. Sie hat Schmerzmittel bekommen. Aber Sie können sie besuchen, wenn Sie möchten. Sie hat nach Ihnen gefragt.«

Lucy lag reglos im Bett, an ihrer Seite saß ein steifer, neuer Teddy. Ihre Augen waren geschlossen, als ich mich ihr in der dämmrigen Kinderstation näherte. Ich setzte mich schwer auf den Stuhl neben ihrem Bett. Sie wirkte so verletzlich, so blass, ihr kurzes Haar war zerzaust und stachelig.

Du bist nicht allein, kleine Lucy. Ich werde alles tun, was nötig ist. Werde mich um dich kümmern, wenn du mich lässt. Ich werde für dich kämpfen.

Ich streckte die Hand aus und legte sie auf ihre kleine.

Sie wandte den Kopf, öffnete die Augen und lächelte breit, dann sah sie mein Gesicht und schaute mich verwirrt an. »Warum weinst du denn?«, flüsterte sie.

Ich schüttelte den Kopf und zwang mich zu einem Lächeln. »Ich bin so froh, dich zu sehen, Lucy. Ich habe mir Sorgen gemacht.«

Sie nickte nachdenklich, dann grinste sie. »Mummy hat uns gerettet, nicht wahr? Sie war da im Nebel und hat uns von der Klippe weggedreht. Sie hat gesagt, sie würde wiederkommen. Und das ist sie auch. Ich wusste es.«

Ich blinzelte, hatte keine Ahnung, was ich sagen sollte. Wenn sie glaubte, sie hätte in dem knorrigen alten Baum im Nebel ihre Mutter gesehen, wer war ich, ihr zu sagen, dass sie sich irrte?

Sie plapperte weiter, mit leiser, verschwörerischer Stimme. »Und dann ist sie noch einmal zu mir gekommen. Als ich in dem Krankenwagen war.«

Ich runzelte die Stirn. Bestimmt hatte sie halluziniert. Vielleicht lag es an den Medikamenten.

Sie flüsterte: »Sie hat gesagt, sie würde mir Daddy wegnehmen, aber dass ich nicht traurig sein soll, weil sie jemanden gefunden hat, der auf mich aufpasst, bis ich groß und ganz alt bin und es Zeit für sie ist, zurückzukommen und mich für immer nach Hause zu holen.«

Ich drückte ihr die Hand, weil ich nicht antworten konnte. »Sie meinte dich!« Sie lächelte. »Dumme Sophie, wein doch nicht. Sie hat alles ganz richtig gemacht. War das nicht schlau von ihr?«

Ich nahm sie in die Arme und hielt sie fest. Sie schlang die schmalen Ärmchen um meinen Hals und drückte mich, zuversichtlich und vertrauensvoll.

»Sehr schlau«, sagte ich. »Wirklich sehr schlau.«

KAPITEL 14

SOPHIE

SECHS MONATE SPÄTER

Das war immer die beste Zeit des Tages.

Jedes Mal war ich aufgeregt, ein wenig nervös, voller kribbelnder Vorfreude.

Ich war als Erste da. Nach und nach gesellten sich Mütter und Nannys dazu, plauderten, verabredeten ihre Kinder zum Spielen oder sprachen über die Einschulungen im nächsten Jahr. Meistens lächelte ich nur milde in die Runde, wandte mich von den Frauen ab und ließ die Kitatür nicht aus den Augen.

Sobald sie aufging, stürmte ich mit suchendem Blick hinein. Drinnen roch es nach Wachsmalstiften und feuchter Wolle. Lucy blickte auf, als ich hereinkam, und ein Lächeln erschien auf ihrem Gesicht, als sie zu mir herübergerannt kam und sich in meine Arme warf.

»Hallo, Süße.« Ich gab ihr einen Kuss auf den Kopf.

»Hallo.« Sie schob mir ihre Kitatasche hin, die nass und klebrig war, weil irgendetwas ausgelaufen war. Zusammen suchten wir nach ihrem Mantel, ich hielt ihr die Ärmel hin, damit sie hineinschlüpfen konnte, und half ihr mit dem Reißverschluss. Tückische Dinger, Reißverschlüsse.

Auf dem Heimweg schwang sie unsere Hände rhythmisch hin und her, während sie die unterschiedlichsten Sachen erzählte.

»Archie hat ein Kaninchen. Es ist grau. Er hat gesagt, es ist ein Mädchen.«

Ich nickte und hörte zu.

»Er sagt, wenn ich mal zu ihm komme, darf ich es streicheln. Darf ich?«

»Warum verabreden wir uns nicht mal mit ihm?«

Sie dachte nach und legte den Kopf schief, genau wie Caroline früher.

Dann zog sie die Hand weg und schoss davon, um am Wegesrand einen Kiefernzapfen aufzuheben und noch einen. Neben unserer Haustür stand ein großer Blumentopf mit all den Schätzen, die wir unterwegs fanden. Knorrige Äste. Kiefernzapfen. Interessant geformte Blätter.

Ich wartete und beobachtete sie, während sie sammelte. Kein Grund zur Eile. Wir hatten Zeit.

Mrs Minns berichtete, dass Lucy in der Kita inzwischen glücklich wirkte. Sie hielt sich nicht länger zurück, isolierte sich nicht mehr. Spielte mit den anderen Kindern, hatte Freunde gefunden. Sie redete über alles und jeden, genau wie man es von einem Kind in ihrem Alter erwarten konnte.

Als sie den schönsten Kiefernzapfen ausgesucht hatte, brachte sie ihn zu mir und steckte ihn in meine Tasche, dann schob sie ihre Hand in meine, und Seite an Seite gingen wir weiter, nach Hause. Die See war heute ruhig und klar, eine leichte Brise ging, und das Geräusch der Wellen, die sich unsichtbar tief unter uns brachen, das vertraute Rauschen unten am Strand, gefolgt vom Rasseln der Steine, war friedlich und wohlwollend.

Lucy ließ meine Hand schwingen und sang ein selbst ausgedachtes Liedchen darüber, dass sie Hunger hatte und zum Mittagessen nach Hause ging.

»Das ist ein schönes Lied, Lucy«, sagte ich.

Sie blickte zu mir auf, lächelte und sang weiter.

Wir verstanden einander, Lucy und ich. Wir waren uns ähnlich. Beide hatten wir Menschen verloren, die wir geliebt hatten. Aber wir waren auch Kämpferinnen. Wir wussten, worauf es ankam, wir wussten glücklich zu sein.

Sobald wir zu Hause waren, raste Lucy von einem Zimmer ins nächste, ließ ihren Mantel, dann Schuhe und Socken und schließlich die Strickjacke fallen. Ich folgte ihrer Spur, sammelte Kleidungsstücke auf und erinnerte sie dann und wann daran, dass sie lernen musste, ihre Sachen selbst wegzuräumen.

Wohin gehören deine Schuhe? Nicht mitten in die Eingangshalle, nicht wahr?

Lucy antwortete nicht, und ich bedrängte sie nicht. In Gedanken war sie längst woanders. Neben der Wanne mit Plastikbauklötzchen kniete sie sich hin und wühlte darin herum. Sie suchte einen ganz bestimmten Stein, um das Haus fertigzustellen, mit dem sie heute früh vor der Kita angefangen hatte. Darin war sie gut – dort weiterzumachen, wo sie aufgehört hatte.

Ich ging in die Küche, machte einen Becher Milch für sie warm und schaltete den Ofen an, um unser Mittagessen zu kochen.

Später zogen wir uns alte Sachen und Gummistiefel an und gingen hinunter ans Meer.

Es war Ebbe, und die gezackten Felsen waren zum Vorschein gekommen, glitschig von Seetang. Lucy nahm meine Hand, um nicht das Gleichgewicht zu verlieren, als sie mit ihrem Plastikeimer und einer Schaufel hinaus zu einem flachen Gezeitentümpel kletterte. Sie platschte darin herum, stocherte und suchte, beugte sich hin und wieder hinab, um ihre Funde genauer in Augenschein zu nehmen.

Das waren die Momente, in denen Lucy und ich uns

am nächsten waren, wenn wir dort herumplanschten, nach Schätzen suchten, die Salzluft und den schweren, muffigen Geruch von Seetang einatmeten.

Es fiel mir immer noch schwer, mit ihr über Caroline und Dominic zu sprechen. Ich wollte sie nicht aufwühlen, fragte mich aber immer noch, was sie in jener Nacht gesehen hatte und wie sehr es sie verfolgen musste. Ein- oder zweimal hatte ich vorsichtig das Gespräch darauf gebracht, aber sie sagte nichts.

Lucy schien zu verstehen, dass ich alle rechtlichen Schritte unternahm, um sie zu adoptieren, wie Caroline in ihrem Testament verfügt hatte. Lucys einzige Großmutter, Carolines Mutter, war zur Beerdigung aus Kanada eingeflogen, aber die Atmosphäre war angespannt. Sowohl sie als auch Lucy wirkten erleichtert, als es Zeit war, wieder abzureisen. Es war keine Rede davon, dass sie Lucy mitnehmen könnte.

Ich hatte Lucy erklärt, dass Caroline ihr fast alles vermacht hatte. Das Haus, ihre Ersparnisse und die Aktien wurden alle durch einen Treuhandfonds verwaltet, bis sie achtzehn würde. Lucy verstand noch nicht, wie viel Geld sie geerbt hatte, aber sie freute sich, dass wir weiterhin hier wohnen konnten, auf The Conifers. Sie mochte ihr neues Zimmer, das, in dem früher die Nannys gelebt hatten, direkt gegenüber von meinem. Der Dachboden war nun abgeschlossen. Das Zimmer dort war viel zu zugig für ein Kind. Außerdem wohnten dort zu viele unangenehme Erinnerungen.

Mir hatte Caroline ihre Eigentumswohnung in London vermacht. Nachdem ich sie mithilfe eines Maklers vermietet hatte, verschaffte sie mir ein regelmäßiges Einkommen. Damit und mit dem Erbe meiner Eltern, das ich endlich erhalten hatte, war ich so unabhängig, dass ich mich in Vollzeit um Lucy kümmern konnte. Ich war mir sicher, Caroline hätte das so gewollt.

Langsam schloss ich neue Freundschaften. Einmal die Woche machte ich morgens, wenn Lucy in der Kita war, einen Segelkurs, und ich war einem morgendlichen Filmclub des örtlichen Kinos beigetreten. Wir schauten einen Film und diskutierten ihn anschließend beim Kaffee, und ich stellte fest, dass ich durchaus mithalten konnte. Ich hatte nur eine Regel: nichts allzu Obskures, nichts mit Untertiteln, noch nicht.

Von den Ermittlungen hatte ich Lucy nichts erzählt. Der DNA-Abgleich mit Carolines Mutter und die formale Identifizierung von Carolines Überresten erwiesen sich als der einfache Teil. Doch trotz allem, was ich ausgesagt hatte, ließ sich nach der Obduktion der Leiche Mord nicht zweifelsfrei feststellen. Vielleicht würde es Lucy, wenn sie älter war, dadurch leichter fallen, den Tod ihrer Eltern zu akzeptieren, aber mich frustrierte es. Ich konnte es nicht beweisen, aber tief im Herzen wusste ich, dass Kate und Dominic sie umgebracht hatten. Ich hoffte nur, dass Caroline nicht enttäuscht von mir wäre. Zumindest hatten ihr manipulativer Ehemann und seine Geliebte ihr eigenes Ende herbeigeführt.

Nun, als wir beide knöcheltief durchs Salzwasser wateten und im Seetang nach Muscheln stocherten, sagte ich: »Deine Mummy und dein Daddy haben dich sehr lieb gehabt. Das weißt du, oder? Sie wollten dich nicht verlassen.«

Sie blickte auf und lächelte. »Dumme Sophie!«

»Wieso das?«, fragte ich leichthin.

»Mummy hat mich nicht verlassen. Nicht wirklich.«

Sie machte sich auf zum nächsten Tümpel, hielt sich

an den zerklüfteten Steinen fest, während sie über die glitschige Oberfläche rutschte.

Ich zögerte und fragte mich, ob ich ihr die Wahrheit sagen sollte. Sie kletterte zielstrebig und entschlossen vorwärts, die Haare fielen ihr ins Gesicht. Ich überlegte. In gewisser Weise hatte sie recht. Caroline würde immer bei ihr sein. In ihren Gesichtszügen. In ihrer Mimik. In ihrem Lachen.

Ihr Gemälde von Lucy in ihrem pinken Mantel hing in Lucys neuem Zimmer. Sie liebte es, im Bett zu liegen und es anzuschauen. Es bedeutete ihr viel. Ich war mir sicher, sie würde es immer in Ehren halten.

Lucy rutschte aus und trat direkt in eine tiefe Pfütze.

»Ich hab Wasser im Stiefel«, kreischte sie, dann zog sie ihre nasse Socke aus dem Gummistiefel und ließ sich rückwärts auf einen Felsen plumpsen. Sie lachte, während sie den tropfenden Fuß in die Höhe reckte. »Hilfe!«

So schnell ich konnte, lief ich zu ihr hinüber und hob sie hoch. Sie schlang die Arme um meinen Hals, vertrauensvoll und zuversichtlich. Ihr Eimer und ihre Schaufel schlugen gegen meinen Rücken, als wir uns einen Weg zwischen den Felsen hindurch bahnten.

Ich setzte sie auf einen flachen, trockenen Stein am Fuß der Klippe, zog ihr den durchnässten Strumpf aus und kramte in meiner Tasche nach einem trockenen Paar Socken und Turnschuhen. Danach saßen wir eine Weile nebeneinander, sahen ihre neuen Schätze durch und überlegten, welche wir behalten wollten.

Schwaches Sonnenlicht brach durch die Wolken, und ich legte den Kopf in den Nacken, genoss die Wärme auf dem Gesicht und blickte hinauf zu The Conifers, hoch über uns auf der Klippe.

Oben unter dem Dach, hinter dem vergitterten Kinderzimmerfenster, nahm ich eine Bewegung wahr.

Für einen Augenblick schien es mir, als stünde dort eine Gestalt: Caroline, das Gesicht an die Scheibe gepresst, die mich direkt ansah. Sie grinste, genau wie früher, dann wandte sie sich halb ab und deutete hinter sich in die Finsternis.

Ich kniff die Augen zusammen. War da noch eine Gestalt, hinter ihr, die Hand erhoben? Nein, nicht eine, zwei Personen, die sich dicht neben sie stellten und zu mir herunterschauten, ihre Gesichtszüge von der Dunkelheit verschleiert.

Mir blieb das Herz stehen. Wie konnte das sein? Meine Mutter und mein Vater, wieder vereint, dort in den Schatten, ihre Gesichter so voller Liebe.

Tränen stiegen mir in die Augen, und das Fenster verschwamm. Ich blinzelte, und als ich wieder hinschaute, sah ich nichts weiter als das Sonnenlicht, das sich in der Scheibe spiegelte, durchbrochen vom Muster vorbeijagender Wolken.

»Komm jetzt.« Lucy, wieder bereit, streckte mir die Arme entgegen, um sich hochheben zu lassen. »Gehen wir nach Hause.«

KAPITEL 15

CAROLINE

Ich bin im Strandhaus. Der Tag neigt sich dem Ende entgegen, und von draußen drückt die Dunkelheit gegen die Scheibe. Das Wetter ist umgeschlagen, ein nächtlicher Sturm zieht auf.

Diese Seiten, die ich nun schreibe, die losen Blätter, die ich hinten aus meinem Notizbuch herausgerissen habe, die sind für dich, meine wunderbare Tochter. Sie enthalten das wahre Ende meiner Geschichte. Wirst du sie finden? Das werde ich nie erfahren.

Im Notizbuch habe ich Sophie eine andere Version erzählt. Ich hoffe, sie wird es mir verzeihen. Sie musste an eine Geschichte glauben, die nicht die ganze Wahrheit war. Sie brauchte Beweise, die die Polizei zu den gleichen Schlussfolgerungen führen würden.

Sophie glaubt, sie räche meinen Mord. Nun, für mich ist Rache eine Art poetische Gerechtigkeit, selbst wenn ein Richter das anders sehen würde.

In meinem Notizbuch habe ich Sophie von meinem Leben in Hongkong erzählt. Wie ich Dominic, deinen Vater, kennengelernt und mich in ihn verliebt habe. Wie mein Gedächtnis langsam nachließ und er es ausnutzte. Die Spielchen, die er mit mir gespielt hat, waren grausam, das weiß ich jetzt. Er wollte mir sogar weismachen, ich sei diejenige gewesen, die ihn betrogen hatte, ich sei diejenige, die sich schämen müsse, dabei war er es die ganze Zeit selbst.

Ich habe Sophie von seiner Geliebten erzählt und

davon, dass er sich weigerte, sie zu verlassen, selbst als ich darauf bestand, dass wir zurück nach England ziehen. Und von meiner Liebe zu dir, Lucy. Der Fixpunkt in meiner zunehmend instabilen Welt. Das ist die größte Wahrheit von allen.

Aber ich habe ihr auch erzählt, dass ich um mein Leben fürchtete. Dass Dominic und seine Geliebte geplant hätten, mich umzubringen. Dass sie, falls ich verschwunden sein sollte, wenn sie auf The Conifers ankäme, Nachforschungen anstellen sollte und die beiden gegenüber der Polizei als Mörder entlarven sollte.

Ob sie mir geglaubt hat? Das hoffe ich.

Aber die echte Wahrheit?

Als Einziger kennt sie Dr. Braithwaite. Was ich meine Momente nannte, nannte er Absencen. Eine Art epileptischer Anfall. Kurz nachdem er die Ergebnisse all der Tests und Scans erhalten hatte, zeigte er mir in seinem mit Teppichen ausgelegten Sprechzimmer das große Modell eines vernarbten Gehirns und deutete auf die Bereiche, die zunehmend von einem wachsenden Tumor eingeengt wurden. Die Narben zeigen die Schäden am Hippocampus, ein Wulst aus grauem Gewebe in meinem Schädel.

»Das ist das Archiv des Gehirns«, hatte er erklärt.

Sofort stand mir das Bild eines grauen metallenen Aktenschranks mit tiefen Schubladen vor Augen. Die untersten enthielten all die Erinnerungen, die dort vor meinen ersten Anfällen abgelegt worden waren. Die sind intakt. Deshalb erinnere ich mich an meine Kindheit und Schulzeit so deutlich wie immer. Meine Eltern und Freundinnen und die erste Zeit in Hongkong. Wie ich Dominic kennenlernte.

Doch als die Anfälle, hervorgerufen von dem rasch wachsenden Tumor, einsetzten, nahm auch der Schaden zu. Ab dem Moment konnte ich keine mittelfristigen Erinnerungen mehr abspeichern. Die Erinnerungen in den oberen Schubladen des Aktenschrankes zerstören sich nach ein paar Monaten von selbst, wenn sie nicht aufgefrischt werden. Gesichter. Namen. Sogar meine Hochzeit. Ich kann nichts dagegen tun.

Es sei vollkommen logisch, hatte er einmal zu mir gesagt. Es sei nicht meine Schuld, dass ich mich an so vieles nicht erinnerte. Mein Gehirn starb langsam.

Dr. Braithwaite hatte versucht, mich zu einer Behandlung zu überreden, selbst nachdem er mir erklärt hatte, dass der Tumor inoperabel sei und es sich um eine seltene und aggressive Krebsform handele.

»Wir könnten ein paar Therapien ausprobieren«, hatte er gesagt, »die Ihnen womöglich ein wenig mehr Zeit verschaffen.«

Ein wenig mehr Zeit? Es klang verlockend, Lucy. Glaub mir. Vielleicht hätte ich deinen vierten Geburtstag noch miterlebt. Vielleicht hätte ich an deinem ersten Schultag am Schultor warten können und dich mit flatternden Zöpfen und weißen Söckchen hinausrennen sehen.

Aber ich habe abgelehnt. Kannst du das verstehen? Natürlich wünschte ich mir mehr Zeit, aber nur zu meinen Bedingungen, kräftig genug, um sie auch zu genießen. Nicht zerfressen von einer Chemotherapie. Ich hatte Tanten und Cousins dahinsiechen sehen. Wie sie sich übergaben. Die Haare, die ihnen ausgingen. Ich wollte nicht, dass du mich so siehst. So solltest du dich nicht an mich erinnern.

Ich wollte meine Würde bewahren. Die Kontrolle behalten. Bis zum Schluss. Ich wollte meine Krankheit geheim halten. Vor Dominic. Und natürlich vor dir.

Heute Morgen, bei Tagesanbruch, bin ich hier hinaus zum Strandhaus gegangen. Du hast noch geschlafen, als ich hinausgeschlichen bin. Ich konnte dem Licht, so blass und weich über dem Meer, nicht widerstehen. Die Wellen waren sanft. Noch kein Anzeichen für den aufkommenden Sturm.

Ich habe keine gute Nacht hinter mir. Wenig Schlaf. Inzwischen sind die schrecklichen Kopfschmerzen meine ständigen Begleiter. Und neuerdings strahlen sie auch in Bauch und Rücken aus. Der Krebs streut, nehme ich an. Der Tod ist nah.

Die Welt draußen war ruhig und schön. Doch drinnen im Atelier fiel mein Blick auf mein Gesicht, das sich in der Glasscheibe vor der heiteren Aussicht spiegelte. Entstellt. Trübe, hervortretende Augen. Fahle Haut. Ich sah so abscheulich aus, dass ich vor mir selbst Angst bekam, und während ich mein Spiegelbild anstarrte, sah ich, wie sich die hervorquellenden Augen noch mehr weiteten und mit Tränen füllten und die Lippen zitterten. Grässlich. Entsetzlich. Das bin ich nicht.

Ich versuchte, die Fratze zu malen. Ich stellte eine frische Leinwand auf die Staffelei, mischte Farben und begann, mit einem dicken Pinsel wie besessen zu klecksen, wütend, verbittert und unversöhnlich. Mein Abschied von der Welt. Nicht friedlich, sondern zornig, das Selbstporträt eines Ungeheuers mit roten, wirbelnden Wolken im Hintergrund, die Hände zum apokalyptischen, schreienden Gesicht erhoben.

Ich malte über eine Stunde lang, dann brach ich erschöpft zusammen und weinte.

Wie soll ich erklären, was ich empfinde? Dass ich das alles nicht mehr aushalte? Ich bin schon viel zu weit fortgeschritten auf dem Weg ins Verschwinden, ins Nichts, um es zu ertragen. Ich verwandele mich bereits in die kranke, verkümmerte Kreatur, die du nie sehen solltest.

Und so traf ich meinen Entschluss.

Das war's.

Heute ist es so weit.

Es ist seltsam, die Worte zu schreiben. Es fühlt sich unwirklich an. Kann es wirklich sein, dass ich morgen nicht mehr da bin? Dass die Sonne ohne mich aufgehen wird?

Ich nehme die Hand vom Papier und betaste mein Gesicht. Die Haut ist nun schlaff, aber ich spüre die vertrauten Wangenknochen, das Kinn, die großen Augen in ihren Höhlen.

Ich streiche über meinen Schädel und stelle mir vor, wie der Tumor darin wächst und gedeiht wie ein Hefeteig, meinen Verstand auffrisst. Er hat mir schon so viel geraubt. All die Erinnerungen der letzten Jahre, die mein Gehirn nicht mehr speichern konnte.

Ich habe mich von dir verabschiedet, gerade eben. Ich kann den Gedanken kaum ertragen. Du warst allein in deinem Zimmer, frisch gebadet und in deinem Schlafanzug, hast mit deinen Puppen gespielt und darauf gewartet, dass ich dich ins Bett bringe.

»Komm jetzt. Schlafenszeit.« Ich zog die Vorhänge zu. »Ich dachte, wir könnten heute Abend das hier lesen?«

Ich hielt eines unserer Lieblingsbilderbücher hoch. Bald wirst du zu alt dafür sein, aber es war etwas, das ich dir mitgeben wollte. Natürlich geht es um Liebe. Um die unendliche Liebe einer Bärenmutter zu ihrem Jungen.

Beim Vorlesen hast du auf meinen Knien gesessen und mir beim Umblättern der Seiten geholfen. Ich hielt dich fest im Arm. Du rochst sauber und frisch, nach Kamillenschaumbad und Kindershampoo. Ein paar Haarsträhnen waren noch feucht, und ich hielt sie in der Hand, während ich las, dann ließ ich sie fallen, so dass sie dir um den Hals fielen. Ich liebe deine Haare. Wie du sie wohl tragen wirst, wenn du groß bist? Ich werde es nie sehen. Ich werde es nie erfahren.

Nach der Geschichte steckte ich dich unter die Decke und küsste dich auf die Wangen, die Lippen und die Nasenspitze.

»Du musst ganz tapfer sein, Lucy. Für mich. Kannst du das?«

»Warum, Mummy?« Du hast die Augen zusammengekniffen und versucht, in meinem Gesicht irgendeinen Sinn auszumachen. Du hattest schon immer eine Art, mich zu lesen, schon als Baby. Zumindest habe ich mir das eingebildet.

»Mummy muss gehen …«

Du kämpftest gegen mich an und versuchtest, dich aufzusetzen. »Wohin?«

Ich legte dir einen Finger auf die Lippen. Ich durfte mich nicht hinreißen lassen. »Das ist eine lange Geschichte, mein Schatz.«

Du sahst verzweifelt aus. »Nein! Geh nicht. Ich lasse dich nicht gehen.«

Ich nahm dich in die Arme und schaukelte dich leicht hin und her wie ein Baby, das man in den Schlaf wiegt. Dann flüsterte ich in deine Haare: »Ich habe dich so lieb, Lucy. Das weißt du doch, oder?«

Du hast dich aus meinem Armen gewunden und sahst mich an. »Warum gehst du weg?«

Ich biss mir auf die Lippe. »Das kann ich nicht erklären. Es ist zu verzwickt. Aber wenn du mich vermisst, kannst du die Augen schließen und dir vorstellen, dass ich hier bei dir bin. Verstehst du? Und denk immer daran, wie sehr ich dich liebe. Kannst du das?«

Du zogst eine Schnute und warfst dich zurück auf dein Kissen. »Bist du zu meinem Geburtstag wieder da?«

Das konnte ich nicht beantworten, nicht ehrlich. Es war zu grausam. Du sahst so verzweifelt aus, so voller Schmerz. »Du kommst doch zurück?«

Da sprach ich die einzige Lüge aus, die ich dir je erzählt habe. »Natürlich, mein Schatz.« Tatsächlich schaffte ich es, mir ein Lächeln abzuringen. »Ich liebe dich.« Ich nahm dich in den Arm und drückte dir einen letzten Kuss auf die Wange. »Daddy ist auf dem Weg. Er ist ganz bald zu Hause.«

Ich war schon im Begriff zu gehen, als mir etwas einfiel, was ich nicht vorhergesehen hatte.

»Bleib im Bett, Lucy, ja?« Der aufziehende Sturm peitschte das Meer auf. »Am Fenster ist es zugig. Halt dich fern davon, bitte.«

Ich riss mich zusammen, bis ich mir sicher war, dass du schliefst, dann ging ich hinunter ins Strandhaus, legte den Kopf in die Hände und heulte. Ich durfte jetzt nicht einknicken. Ich musste mir immer sagen: So ist es am besten für dich. Es ist besser, wenn du dich so an mich erinnerst, gesund und stark und voller Liebe zu dir. Kein Kind sollte dem Sterben ausgesetzt sein. Krankenhausbetten und gedämpfte Stimmen und eine Mutter, die du kaum noch erkennst, weil sie eher einem Skelett gleicht. Es wäre zu grausam.

Schließlich wischte ich mir die Tränen ab, griff nach diesen Seiten und fing an, dir zu schreiben.

Ein Sturm zieht auf. Hinter meinen Augen brauen sich Kopfschmerzen zusammen.

Ich sehe alles vor mir: Die schwarzen Wolken werden

einen Schatten auf das Wasser werfen. Die See ist bereits unruhig. Eine brodelnde Masse von aufgewühlter Dunkelheit.

Ich habe eine letzte drängende Mail an Sophie geschrieben, in der ich sie anflehte, herzukommen.

Als Nächstes werde ich im Strandhaus die Bühne herrichten. Ich werde eine Rolle Samuel's Weingummis für Sophie in den Kühlschrank legen und meine Gemälde ordentlich stapeln.

Wenn ich diesen letzten Brief an dich fertig habe, Lucy, und ihn mit einem Kuss beende, werde ich die Seiten in ihr Versteck schieben, hier zwischen die Leinwand und den Rahmen des Bildes, das ich Anfang der Woche fertiggestellt habe. Es ist mein Abschiedsgeschenk für dich, Lucy, und zugleich ein Teil meines Plans. Ein Bild von dir. Wie du in deinem pinken Mantel vor einer Ecke des Strandhauses hockst und in der Erde herumstocherst, auf der Suche nach Hinweisen.

Sophie wird sich davon angezogen fühlen, genau wie von dir. Sie wünscht sich eine Tochter, weißt du? Das hat sie schon immer, und der Wunsch wurde größer, nachdem sie ihre Mutter verloren hat. Wir kennen uns schon lange, Sophie und ich. Sie wird dich aufnehmen und lieben wie ihr eigenes Kind.

Sei glücklich, Lucy. Denk hin und wieder an mich. Zu jedem Geburtstag, wenn ein neuer Goldanhänger ankommt, verpackt und verschickt aus Covent Garden, sorgfältig und mit Liebe ausgesucht. In jeder Schachtel wird sich ein Briefchen von mir befinden, mit ein paar Zeilen über das Alter, in dem du jetzt bist. *Von Mummy in Liebe. Für immer.*

Jetzt ist es Zeit für mich zu gehen.

Bevor ich die Tür hinter mir abschließe, werde ich meinen dicken Wollmantel anziehen und meine alte Brosche ans Revers heften, den Strass-Schwan, den Sophie mir vor so vielen Jahren geschenkt hat. Sie wird sich daran erinnern, wenn er gefunden wird. Wie könnte sie nicht?

Der Wind mit seinen plötzlichen Böen wird mich antreiben, wenn ich den Klippenpfad vom Strandhaus zum Ufer hinabsteige und auf den knirschenden Kies trete. Sobald ich den Schutz der Felswand verlasse, wird mich der Sturm erfassen, zur Seite taumeln lassen und mir in den Ohren brüllen.

Ich werde die Schultern hochziehen, die Hände tiefer in die Taschen meines Mantels schieben und ans Wasser treten. Die Wellen werden sich krachend ans Ufer werfen, den Sand hinaufkriechen und sich mit dem leisen, gutturalen Klappern der Steine wieder zurückziehen. Meine Nase und Wangen werden vor Kälte brennen.

Ich weiß, ich werde mich verzweifelt abwenden wollen. Ich werde zurück zum Haus klettern und die Tür hinter mir schließen wollen. Werde mich retten wollen. Werde leben wollen.

Ich muss mir auf die Lippe beißen und meinen Geist verschließen. Das ist nur der Körper, der um eine weitere Chance bettelt. Der Körper hat keine Ahnung. Er ist ein Narr.

Ich sehe alles genau vor mir.

Ich werde tief einatmen, um mich zu beruhigen, dann werde ich mich in Bewegung setzen, einen Schritt nach dem anderen, immer weiter. Kein Bedauern. Keine zweite Chance.

Das Wasser wird sich sammeln und gegen meine Schuhe drücken, es wird meine Fußabdrücke füllen, sobald ich sie hinterlasse. Einen Moment lang werde ich losgelöst sein, alles beobachten. Dann trifft die Kälte auf meine Haut. Sie sickert ein und durchtränkt meine Socken. Die nasse Baumwolle scheuert an den Fersen, an den Fußsohlen und Zehen.

Ich darf nicht nachdenken. Nicht innehalten. Meine Schritte werden länger, während ich voran in die Wellen stürme und versuche, in der reißenden Strömung das Gleichgewicht zu behalten. Meine Hose zerrt an mir. Eine Welle wirft mich zur Seite, nasse, bittere Kälte schlägt mir gegen den Unterleib, den Bauch. Ich zittere.

Mit aller Willenskraft kämpfe ich mich voran, stürze mich in die Wellen. Ich werde mit den Armen rudern, die nun schwer sind vom durchnässten Pullover und dem Mantel, ich werde zu schwimmen versuchen. Ich werde wieder drei Jahre alt sein, so alt wie du jetzt, und im Wasser strampeln, das Kinn erhoben, die Augen weit vor Angst, aber entschlossen.

Vielleicht werde ich jemanden dort spüren, an meiner Seite, der mich antreibt. Schreit. Feuert er mich an oder tadelt er mich? Ist das mein Vater, der da neben mir schwimmt, und mich retten will? Ich wende den Kopf, um genauer hinzusehen, und Salzwasser schwappt mir in den Mund.

Die Schwärze schlägt über mir zusammen. Meine Arme und Beine werden schon bald erschöpft sein und taub vor Kälte. Das Wasser wird mir ins Gesicht schwappen, in meine Nase, meine Ohren, meine Kehle eindringen.

Prustend und platschend und strampelnd werde ich zurück an die Oberfläche kommen. Meine Bewegungen werden schwächer. Ein Augenblick purer, verzweifelter Panik.

Irgendwie werde ich mich aufrichten und einen Blick zurückwerfen.

Am Ufer erheben sich die Klippen, und ganz oben zeichnet sich vor dem düsteren Nachthimmel die schwarze Silhouette von The Conifers ab.

Das Haus verschwimmt vor meinen Augen, als die Wellen erneut über mir zusammenschlagen. Ich neige den Kopf, und ein letztes Mal rinnt mir das Wasser übers Gesicht.

Im obersten Stockwerk des Hauses wird ein Licht aufflackern. Ich werde versuchen, den erschöpften Arm zu heben. Bist du das, Lucy, die ihr kleines weißes Gesichtchen an die Scheibe drückt? Siehst du, wie ich dir zum Abschied zuwinke?

Hab keine Angst, mein Liebling. Ich habe auch keine Angst.

Das Letzte, was ich sehen werde, bist du, meine wunderbare Tochter. Ich werde immer bei dir sein, dein ganzes Leben lang.

Am Ende bleibt die Liebe. Verstehst du? Die Liebe.

NACHWORT

Wie nah stehen Sie Ihren ältesten Freunden? Haben Sie noch Kontakt zu Ihren Klassenkameraden aus der Schule, vielleicht sogar aus dem Kindergarten?

Haben Sie Freunde, die Ihnen so nahe sind, dass Sie sich in schweren Zeiten an sie wenden könnten, selbst wenn Sie einander seit Jahren nicht gesehen haben?

Einige meiner besten Freundinnen kenne ich seit meiner Schulzeit. Wir haben nicht mehr viel gemeinsam, zumindest oberflächlich betrachtet. Unsere Leben haben verschiedene Richtungen eingeschlagen, genau wie Sophies und Carolines. Wir haben unterschiedliche Karrieren verfolgt, unterschiedliche Lebensstile gepflegt und in verschiedenen Städten, sogar verschiedenen Ländern gelebt. Aber wir kennen einander in- und auswendig, und egal wie viele Kilometer zwischen uns lagen, wir haben uns immer geschrieben, Höhen und Tiefen, Erfolge und Enttäuschungen miteinander geteilt.

Seit ich Kinder habe, habe ich viel über diese Freundschaften nachgedacht. Als Eltern müssen wir uns alle dem ernüchternden Gedanken stellen, was aus unseren Kindern werden würde, sollte uns etwas zustoßen. Wer würde sich um sie kümmern? Wenn mein Mann und ich keine Verwandten hätten, würde ich unsere Töchter diesen langjährigen Freundinnen anvertrauen.

Doch zugleich machte mich das nachdenklich. Was, wenn diese Freundinnen überhaupt nicht das wären, was sie zu sein scheinen? Was, wenn sie sich in all den Jahren so sehr verändert hätten, dass ich sie gar nicht wiedererkennen würde? Oder was, wenn ich diejenige wäre, die sich verändert hätte, und auf einmal nicht mehr vertrauenswürdig wäre?

Aus diesen Überlegungen entstand *Das Klippenmädchen*.

Ich hoffe, es hat Ihnen gefallen. Wenn ja, würde ich mich über eine Rezension freuen. Ihre Meinung interessiert mich, und vor allem helfen Sie damit anderen, meine Bücher zu entdecken.

Ich freue mich über Austausch mit meinen Leserinnen und Lesern. Sie erreichen mich auf Facebook und Twitter.

Mit den besten Grüßen
Jill

Facebook: jill.childs.71
Twitter: @author_jill

DANKSAGUNG

Ich danke meiner wunderbaren Verlegerin Kathryn Taussig und dem ganzen Team bei Bookouture sowie meiner genialen Agentin Judith Murdoch, der besten in der Branche.

Danke auch wie immer an meine Familie für all die Liebe und Unterstützung, und ganz besonders an meine Tante Sheila Mary McGivering, die immer an mich geglaubt hat, für meinen ersten Schreibtisch, für meine erste Schreibmaschine und für so vieles mehr. Dieses Buch ist für dich.